中華文化思想叢書

魏晉南北朝隋唐五代
石刻用典研究

下冊

徐志學　著

目次

第四章
石刻用典形式的意義研究

第一節 石刻用典形式意義的構成

一 用典形式的意義層次

與非用典形式的意義相比，用典形式的意義具有特殊性。用典形式雖然也是由語素、詞、短語等語言單位組成，可真正表達的意義卻不是語素、詞、短語的組合意義，因為這些語言單位的實際身份是典故符號，是有來歷出處的，具有特殊意義。簡言之，用典形式的意義包括用典形式作為普通語言單位所具有的一般意義和作為典故符號所具有的特殊意義。一般意義是語素、詞、短語或其組合的意義，這類意義不是用典形式的言語交際意義；特殊意義是產生於用典形式來歷出處的意義，是用典形式的言語交際意義。根據用典形式的意義在性質、功用方面的主要區別，可以將用典形式的意義分為三個層次：一是用典形式各構成成分意義或構成成分組合的意義，我們稱之為用典形式的形式意義；一是用典形式的言語交際意義，我們稱之為用典形式的語境意義；一是用典形式來歷出處所蘊含的意義，我們稱之為用典形式的來源意義。

用典形式的形式意義主要包括用典形式的現代語法結構意義和構成成分來源意義兩個層面。用典形式的現代語法結構意義是指以現代漢語的音、義、結構方式去分析、理解的用典形式的意義，是現代人們對用典形式整體直觀理解的意義。這種直觀理解大多與用典形式的

言語交際意義不一致，一方面因為用典形式本身含有的信息量有限，而需要它體現的信息量卻很豐富；另一方面因為用典形式作為典故符號具有特殊的表義方式；而且有不少用典形式無法用現代漢語語法結構分析。比如，色斯、瓜綿、盍徹、鶺原、競、豕亥、月將、式好、常棣、生聚、學殖、螽斯、草玄、筆削、立年、衡泌、及瓜、亨鮮、使星、有於、典午、帝俞、肯堂、東膠西序、九原可作、干父之蠱、雷雨作解、遭家不造，等等。用典形式構成成分來源意義是指用典形式各構成成分在其來歷出處中的意義。用典形式構成成分粗略分為用典形式來歷出處中的構成成分和添加成分兩類。來歷出處中的構成成分來源意義為構成成分在來歷出處中的意義，添加成分的意義為其添加之初的意義。用典形式構成成分的來源意義比較穩定，從用典形式形成之初直到今天，一般不會隨著時代的發展而變化。

構成成分來源意義與現代語法結構意義有時相近或相同，有時迥異。瞭解構成成分來源意義有助於正確理解用典形式的語境意義。用典形式的現代語法結構意義和構成成分來源意義不在一個共時的層面：前者為現代的意義，後者一般為古代意義。人們在理解、分析用典形式的形式意義時，多僅論及現代語法結構意義，而忽略構成成分來源意義。

用典形式的語境意義是用典形式在言語作品中的言語交際含義，是用典形式作為典故符號所具有的特殊意義。用典形式的語境意義與來源意義密切相關，有的與來源意義相近或相同；有的是對來源意義的總體概括，是典故主旨的體現；有的是對來源意義某一方面、某一角度的概括，是典故主旨內容之一；有的是來源意義的細節內容，是典故的非主旨內容；有的是來源意義某一方面的比喻義、引申義、借代義、反義、增添義等。我們通常所說的用典形式的意義，如果沒有特別區分，一般指的就是用典形式的語境意義，即用典形式的言語交際含義。

　　用典形式的來源意義是用典形式來歷出處所蘊含的意義，包括典故的主要內容、主旨含義以及由此生發出的其它意義等。

　　用典形式的語境意義和現代語法結構意義是用典形式的表層意義；用典形式的來源意義和構成成分來源意義是用典形式的深層意義。表層意義的載體是用典形式本身；深層意義的載體有兩部分：構成成分來源意義的載體是用典形式，來源意義的載體是用典形式之來歷出處。表層意義有時會隨著時代、語境等的變化而變化；深層意義一般不會變化。語境意義是用典形式的核心意義，因為語言最主要的功能是交際功能；現代語法結構意義和構成成分來源意義是用典形式的附著意義，這兩者僅僅是附著在用典形式上的符號意義，沒有直接的交際作用；來源意義是用典形式語境意義構成的主要部分。

二　石刻用典形式意義層次的相互關係

　　石刻用典形式的意義也可分為三個層次：形式意義、語境意義、來源意義。由於我們考察的石刻用典形式及其用例時代去今較遠，無須考慮其現代語法結構意義，其所處時代的語法結構意義無從也不必考慮；因此，石刻用典形式的形式意義主要指構成成分來源意義。石刻用典形式的語境意義是石刻用典形式在石刻語料中的言語交際意義。石刻用典形式來源意義是石刻用典形式來歷出處所蘊含的意義，包括典故的主要內容、主旨含義以及由此生發出的其它意義。從語言的交際功能來說，語境意義是石刻用典形式的核心意義；石刻用典形式來源意義和構成成分來源意義分別是石刻用典形式意義構成的主要部分和石刻用典形式的附著意義。我們選取了四一九〇個石刻用典形式，分析它們的語境意義、來源意義、構成成分來源意義之間的相互關係，從而探究石刻用典形式的表義方式特點。

（一）石刻用典形式語境意義與來源意義的關係

石刻用典形式語境意義與來源意義之間存在密切聯繫，這種聯繫是由用典形式與其來歷出處之間的關係及用典形式的表義特點決定的。根據語境意義與來源意義之間關係密切程度的不同，將二者之間的關係分為五種情況。

第一種情況，語境意義與來源意義相同或相近。共有七十六個這種類型的石刻用典形式，占總數的百分之一點八一。

1 「崩角」，較早見於《書・泰誓中》[1]：「百姓懍懍，若崩厥角。」孔傳：「言民畏紂之虐，危懼不安，若崩摧其角，無所容頭。」孔穎達疏：「以畜獸為喻。民之怖懼，若似畜獸崩摧其頭角然。」

「崩角」，形容恐懼不安。

唐〈孟晟墓誌〉：「凶黨崩角而逃散，姦人望風而自革，非天生才俊，孰能至此歟？」（21.140）

2 「弼違」，較早見於《書・益稷》[2]：「予違，汝弼。」孔傳：「我違道，汝當以義輔正我。」

「弼違」，指糾正君王的過失。

隋〈隋使持節上柱國德廣郡開國公李使君（和）之墓誌銘〉：「獻策陳謀，則手書削稿；弼違補闕，則知無不為。」（新出陝西2.007）

唐〈崔玄隱墓誌〉：「弼違獻可，抗議雲階，含香握蘭，騰芳星署。」（24.099）

---

1 〔漢〕孔安國傳，〔唐〕孔穎達等正義：《十三經注疏・尚書正義》（北京市：中華書局，2003年），頁182。

2 〔漢〕孔安國傳，〔唐〕孔穎達等正義：《十三經注疏・尚書正義》（北京市：中華書局，2003年），頁142。

3 「補袞」，較早見於《詩・大雅・烝民》[3]：「袞職有闕，維仲山甫補之。」

袞衣，龍袍。袞職，謂帝王的職責。「補袞」，規諫補救帝王過失。

唐〈于志寧碑〉：「既蒞宮端，復臨政本。職惟參乘，寄深補袞。」（15.017）

4 「興亡繼絕」，較早見於《論語・堯曰》[4]：「興滅國，繼絕世。」

「興亡繼絕」，謂使滅絕了的重新振興起來。

唐〈孔廟詔表並祭文〉：「尚齒尊賢，邁鴻名於萬古；興亡繼絕，騰峻軌於千齡。」（16.056）

其它還有：豹蔚、淡水、賓實、登遐、觀風、習坎、授室、斗城、時不我與、一諾千金、兵凶戰危、夫唱婦隨、復子明闢、母以子貴、入孝出悌、直諒多聞、身先士卒、逍遙自得、易於反掌、直內方外，等等。

第二種情況，語境意義是對來源意義的概括，是典故主旨內容的體現。共有一一六九個這種類型的石刻用典形式，占總數的百分之二十七點九。

1 「不吐不茹」，較早見於《詩・大雅・烝民》[5]：「人亦有言，柔則茹之，剛則吐之。維仲山甫，柔亦不茹，剛亦不吐，不侮矜寡，不畏強禦。」

「不吐不茹」，形容人正直不阿，不欺軟怕硬。

3　〔漢〕孔安國傳，〔唐〕孔穎達等正義：《十三經注疏・尚書正義》（北京市：中華書局，2003年），頁569。

4　〔魏〕何晏集解，〔宋〕邢昺疏：《十三經注疏・論語注疏》（北京市：中華書局，2003年），頁2535。

5　〔漢〕毛亨傳、鄭玄箋，〔唐〕孔穎達等正義：《十三經注疏・毛詩正義》（北京市：中華書局，2003年），頁569。

　　隋〈元智墓誌〉：「虛心以待物，直己以明義。不吐不茹，正色正言。」（10.133）

　　唐〈唐故銀青光祿大夫守司刑大常伯李公（爽）墓誌銘〉：「知微知章，萬夫以之傾首；不吐不茹，九流由其洗心。」（新出陝西2.042）（總章元年）

　　唐〈王承裕及妻高氏合祔志〉：「不吐不茹，爰剛爰正，萬里無虞，邊陲克淨。」（26.044）（天寶十年）

　　2 「出處語默」，較早見於《易・繫辭上》[6]：「君子之道，或出或處，或默或語。」

　　「出處語默」，指出仕和隱退，發言和沉默。

　　唐〈王君德墓誌〉：「君出處語默，性尚疏通，弦韋兩兼，水火交濟。」（15.129）

　　3 「置醴」，較早見於《漢書・楚元王劉交傳》[7]：「初，元王敬禮申公等，穆生不耆酒，元王每置酒，常為穆生設醴。」

　　「置醴」，指禮遇賢士。

　　北魏〈鄭道忠墓誌〉：「雖義在策名，而遇同置醴。」（4.129）

　　隋〈張軻墓誌〉：「皇上昔居唐晉，地崇旦奭，吐餐待士，置醴憂賢。」（10.110）

　　唐〈楊敏墓誌〉：「小山蓊蔚，雁池清沘。飛□陪軒，長筵置醴。」（11.013）

　　唐〈張胤墓碑〉：「公曾徽彌劭，累職英藩，置醴猿岩，恩逾申穆。」（13.061）

　　唐〈張曉墓誌〉：「祖磻，梁邵陵王府諮議；道洽好書，恩融置

6　〔魏〕王弼，〔晉〕韓康伯注，〔唐〕孔穎達等正義：《十三經注疏・周易正義》（北京市：中華書局，2003年），頁79。

7　〔漢〕班固撰，〔唐〕顏師古注：《漢書》（北京市：中華書局，1962年），頁1923。

醴，春蘭被阪，恒隨東閣之遊；秋桂開岩，屢入西園之醼。」（15.143）（咸亨元年）

唐〈大唐故贈司空荊州大都督上柱國趙王（李福）墓誌銘〉：「賦華七澤，異研精於闕文；罍重千金，寧虛心於置醴。」（新出陝西1.071）（咸亨二年）

唐〈大唐故右威衛將軍上柱國安府君（元壽）墓誌銘〉：「託身鳳邸，澤厚命車。飛名菀園，恩均置醴。」（新出陝西1.082）（光宅元年）

唐〈楊高仁墓誌〉：「次銓衡超授任薛王府士曹參軍，文參曳裾，敬洽置醴。」（22.143）（開元十五年）

唐〈王固己墓誌〉：「王不歸藩，雖未聞於置醴；人之懷寶，允有愜於曳裾。」（24.066）

4　「肥馬輕裘」，較早見於《論語・雍也》[8]：「赤之適齊也，乘肥馬，衣輕裘。」

「肥馬輕裘」，謂騎著肥壯的駿馬，穿著輕暖的皮袍，形容生活豪華。

唐〈胡光復墓誌〉：「肥馬輕裘，四海交遊之志；良田廣宅，百年山水之情。」（16.175）

後周〈妙樂寺真身舍利塔碑〉：「殊不知肥馬輕裘，珥貂金印，貴冠百辟，富□千金者，宿種良因，曩修勝福之所致也。」（36.141）

其它還有：白足、疇庸、重玄、設醴、椎髻、負戴、投醪、和衷、盍徹、及時、建極、灌瓜、借留、雷解、賣刀、哭竹、烹魚、七剳、風花、謙牧、清寧、三接、聞雷、寢處、守白、探丸、一錢、一

8　〔魏〕何晏集解，〔宋〕邢昺疏：《十三經注疏・論語注疏》（北京：中華書局，2003年），頁2478。

唯、驅九折、岐路悲、賦歸來、人中龍、窮途泣、不妄語、貫金石、附驥尾、隱朝市、忘帝利、登龍門、烹小鮮、愈頭風、請長纓、避賢路、不敢當、弔屈平、伏青蒲、歌來晚、追赤松、歌三樂、斬樓蘭、擲孫金、作威福、指白日、目擊道存、伯牙絕弦、繫風捕影、孤竹之操、滄海成田、閉門投轄、冬溫夏清、晉用楚材、定交杵臼、明揚仄陋、觀過知仁、倒屣迎賓、筌忘蹄忘、羝羊觸藩、功成身退、角巾私第、龍戰玄黃、日就月將、參天兩地、尺布斗粟、耿恭拜井、鼓腹含哺、察眉睫之奸、陳室之未掃、楚老泣其蘭芳，等等。

　　第三種情況，語境意義是對來源意義某一方面、某一角度的概括，是典故主旨內容之一。共有一五二二個這種類型的石刻用典形式，占總數的百分之三十六點三二。

　　1　「膏肓之疾」，較早見於《左傳‧成公十年》[9]：「公疾病，求醫於秦。秦伯使醫緩為之。未至，公夢疾為二豎子，曰：『彼良醫也，懼傷我，焉逃之。』其一曰：『居肓之上，膏之下，若我何？』醫至，曰：『疾不可為也，在肓之上，膏之下，攻之不可，達之不及，藥不至焉，不可為也。』公曰：『良醫也。』厚為之禮而歸之。」

　　「膏肓之疾」，指危重難治之疾。

　　隋〈元君崔暹墓誌〉：「桑榆之年末迫，風雨之病忽侵，膏肓之疾，和緩不救。」（10.015）

　　唐〈韓仲良碑〉：「豈謂素王入夢，忽悲辰巳之年，豎子為災，翻厄膏肓之疾。」（12.149）

　　唐〈元瑛墓誌〉：「豈謂金飆變序，玉露頻移，俄成蒿里之征，掩遘膏肓之疾。」（18.186）

9　〔晉〕杜預注，（唐）孔穎達等正義：《十三經注疏‧春秋左傳正義》（北京市：中華書局，2003年），頁1906。

　　唐〈周履潔墓誌〉：「因使松州，遂遘膏肓之疾，針之不可，藥石
□□。」（19.061）

　　唐〈元瑛墓誌〉：「豈謂金飆變序，玉露頻移，俄成蒿里之征，掩
遘膏肓之疾。」（19.076）

　　唐〈王思齊墓誌〉：「而光陰不借，人事焉留，膏肓之疾遽增，泉
壤之悲俄結。」（22.138）

　　唐〈公孫孝遷墓誌〉：「有制令擁旄朔外，驅傳磧西，聞鞞鼓之
聲，力能死戰；遇膏肓之疾，表乞生還。」（23.153）

　　唐〈張仁方墓誌〉：「嗚呼！秦醫不理，膏肓之疾已成；齊客去
瞻，腹腠之症將結。」（24.007）

　　2 「撥亂反正」，較早見於《公羊傳・哀公十四年》[10]：「撥亂
世，反諸正，莫近諸《春秋》。」何休注：「撥，猶治也。」

　　「撥亂反正」，指治理混亂局面，使恢復正常。

　　東魏〈蔡儁斷碑〉：「天資秀出，神武命世。撥亂反正，扶危定
傾。」（6.063）

　　唐〈大唐故司空太子太師贈太尉揚州大都督上柱國英國公（李）
績墓誌銘〉：「我大唐繼天理物，撥亂反正。革夏而三風已變，宅秦而
五星遽聚。」（新出陝西1.067）（總章三年）

　　唐〈尉遲迴廟碑陰記〉：「洎有唐撥亂反正，崇德報功。」
（24.057）（開元二十六年）

　　3「躍馬」，較早見於《史記・范雎蔡澤列傳》[11]：「（蔡澤）謂其
御者曰：『吾持粱刺齒肥，躍馬疾驅，懷黃金之印，結紫綬於要，揖
讓人主之前，食肉富貴，四十三年足矣。』」

10　〔漢〕何休解詁，〔唐〕徐顏疏：《十三經注疏・春秋公羊傳注疏》（北京市：中華書
　　局，2003年），頁2354。

11　〔漢〕司馬遷：《史記》（北京市：中華書局，1982年），頁2418。

「躍馬」，謂顯榮富貴。

北魏〈乞伏賓墓誌〉：「君受蜃闕庭，躍馬闔外，色有難犯，志在勤王。」（5.185）

唐〈馮名墓誌〉：「中節安上，跨將三軍，彎弧寫月，躍馬風雲。」（19.014）

唐〈孟孝敏妻陸氏墓誌〉：「大父以鳳策勳，躍馬拜爵，出交霜戟，入陪雲陛。」（20.032）

唐〈薛義墓誌〉：「自初任至冠軍，總十三政，躍馬卌載，春申有立楚之功；食邑五百戶，周勃有佐漢之力。」（26.006）

4「掣肘」，較早見於《呂氏春秋・具備》[12]：「宓子賤治亶父，恐魯君之聽讒人而令己不得行其術也。將辭而行，請近吏二人於魯君，與之俱至於亶父。邑吏皆朝，宓子賤令吏二人書。吏方將書，宓子賤從旁時掣搖其肘；吏書之不善，則宓子賤為之怒。吏甚患之，辭而請歸……魯君太息而歎曰：『宓子以此諫寡人之不肖也。』」

「掣肘」，謂從旁牽制。

唐〈朱崇慶墓誌〉：「政息掣肘，豈惟密子之賢；德洽馴翬，非獨魯公之感。」（22.085）

唐〈龐履溫碑〉：「修職奉符，不為進越，下有鬱滯，必掣肘諭言，每課田租，時臨調賦，寬為限約，曾無再輸，其政五也。」（24.002）

5「待年」，較早見於《後漢書・皇后紀下・獻穆曹皇后》[13]：「操進三女憲、節、華為夫人，聘以束帛玄纁五萬匹，小者待年於國。」李賢注：「留住於國，以待年長。」

---

12 許維遹：《呂氏春秋集釋》（北京市：中華書局，2009年），頁506-507。

13 〔南朝宋〕范曄：《後漢書》（北京市：中華書局，1965年），頁455。

「待年」，稱女子待嫁。

唐〈柳君妻田氏墓誌〉：「爰自待年，言歸柳氏。」（11.057）

唐〈李兒墓誌〉：「自待年華閫，作儷高門，教深中饋，訓光內則。」（13.103）（顯慶四年）

唐〈大唐太宗文皇帝故貴妃紀國太妃韋氏（珪）墓誌銘〉：「待年素裏，凝□紫宸。」（新出陝西1.063）（乾封元年）

唐〈大唐故睦州刺史夏侯府君夫人李氏（淑姿）墓誌銘〉：「爰洎待年，歸於鼎族。」（新出陝西1.073）（咸亨四年）

唐〈慕容君妻李氏墓誌〉：「爰自待年，聿資嘉偶。」（18.098）（萬歲通天二年）

唐〈王季隨妻鄭氏墓誌〉：「待年之際，已窈窕於宗姻；有行之初，終焜耀於邦族。」（25.079）

唐〈李君妻崔氏墓誌〉：「待年有行，率禮而動，蹈和納順，中外穆如。」（26.001）

唐〈李翼墓誌〉：「長女適范陽盧氏，次女適沛國武氏，幼女二人方待年於室。」（30.167）

6「杞梓」，較早見於《左傳·襄公二十六年》[14]：「聲子通使於晉，還如楚。令尹子木與之語，問晉故焉，且曰：『晉大夫與楚孰賢？』對曰：『晉卿不如楚，其大夫則賢，皆卿材也。如杞梓、皮革，自楚往也。雖楚有材，晉實用之。』」

「杞梓」，比喻優秀人才。

北魏〈高貞墓誌〉：「杞梓備陳，瑤金必剖。」（4.143）

東魏〈閭伯升及妻元仲英墓誌〉：「爰初濯纓，薄言入仕，齊蹤驥騄，連陰杞梓。」（6.068）

---

14 〔晉〕杜預注，（唐）孔穎達等正義：《十三經注疏·春秋左傳正義》（北京市：中華書局，2003年），頁1991。

北齊〈和紹隆墓誌〉：「贊務臺階，曳裾槐路，是兼杞梓，實號琳琅。」（新出河南1.429）

北齊〈朱岱林墓誌〉：「整在晉嗣，美表於趙。垂名所謂杞梓。繼生公侯，閒起哲人。去挺衣冠代襲。」（8.019）

隋〈楊秀墓誌〉：「六世祖從宦分居，遷杞梓於漳濱，徙芝蘭於灞滻。」（10.038）

唐〈楊士漢墓誌〉：「將軍武功，太尉文史。家積瑾瑜，門多杞梓。」（11.087）（貞觀十四年）

唐〈李孟常碑〉：「文皇帝親揔六軍，將清四海。言收杞梓，且延英俊。召人莫府，委之爪牙。」（全集346）（乾封元年）

唐〈姚遷墓誌〉：「方諸瑚璉，則宗廟之器；同夫杞梓，則棟樑之材。」（23.080）（開元二十年）

唐〈王惠忠墓誌〉：「高門茂族，鼎邑賢良，材稱杞梓，器號珪璋。」（24.081）

唐〈盧仲容墓誌〉：「盧氏盛門，人倫歸美，載誕明淑，時標杞梓。」（27.013）

其它還有：八眉、晉夢、醉尉、盜憎、得兔、噬指、提耳、逆鱗、梁壞、聚米、功狗、黑頭、三魚、雀環、三虎、接淅、竇貧、爛柯、沉灰、一丸、牛眠、引裾、日近、靜專、一揆、行藏、握粟、心馬、前席、雁帛、要襋、杭葦、有土、望舒、道肥、杖朝、非煙、枯魚、泰山頹、不茹柔、運斤質、歌易水、駐行雲、薦枕席、介眉壽、不忍欺、黃鳥哀、解連環、萬人敵、夢周公、吾道窮、河陽花、疏太傅、奠兩楹、哲人萎、請骸骨、秦晉匹、懸秦鏡、驪龍珠、九折路、細柳營、賈餘勇、直如弦、懷魏闕、銘座右、觀魚樂、登春臺、濟巨川、非日非月、風雨時若、繡衣直指、漏盡鐘鳴、激濁揚清、玉樹長埋、攀龍附鳳、救焚拯溺、克傳弓冶、三冬足用、溫樹不言、玉樹芝

蘭、薪盡火滅、王門曳裾、夷門抱關、積微成著、利用厚生、明並日月、負局紫丸、去泰去甚、隱若敵國、智周萬物，等等。

　　第四種情況，語境意義是來源意義的細節內容，是典故的非主旨內容。共有四二一個這種類型的石刻用典形式，占總數的百分之十點〇五。

　　1 「簪白筆」、「簪筆」，較早見於《太平御覽》[15]卷六八八引三國魏魚豢《魏略》：「明帝時，嘗大會，殿中御史簪白筆，側階而坐。上問左右：『此何官？』侍中辛毗對曰：『此謂御史，舊簪筆以奏不法，今但備官耳。』」

　　「簪白筆」，借指御史。因典故中「殿中御史簪白筆」，故以「簪白筆」借指御史，而「殿中御史簪白筆」是典故的細節內容。「簪筆」同。

　　隋〈元智墓誌〉：「君清修疾惡，正色讜言，簪筆自肅於權豪，霜簡不吐於彊衛。」（10.133）

　　唐〈徐綜墓誌〉：「掌戎蘭錡，簪筆蒲規，蟬珥交暉，鵔冠兼映。」（14.024）

　　唐〈泉男產墓誌〉：「君獨鏘玉於槁街，腰金於棘署，晨趨北闕，聞簪筆於夔龍；夕宿南鄰，雜笙歌於近韻。」（19.039）

　　唐〈王震墓誌〉：「簪白筆而坐風臺，共推剛正；揮赤管而臨粉署，譽重彌綸。」（20.093）

　　唐〈鄧森墓誌〉：「同子游之為宰，坐奏絃歌；等鮑宣之司憲，更搖簪筆。」（20.115）

　　唐〈王仲堪墓誌〉：「易水湯湯兮燕山崇崇，有斐君子兮穆如清風，簪筆拽裾兮佐我上公，直哉惟清兮允執厥中。」（28.125）

15 〔宋〕李昉等：《太平御覽》（北京市：中華書局，1960年），頁3071。

唐〈崔載墓誌〉:「崔氏之先,世有英賢,既盛簪筆,亦耀貂蟬,太公之封,千古昭然。」(29.148)

2 「羊車」,較早見於《晉書‧后妃傳上‧胡貴嬪》[16]:「帝莫知所適,常乘羊車,恣其所之,至便宴寢。宮人乃取竹葉插戶,以鹽汁灑地,而引帝車。」《南史‧后妃傳上‧潘淑妃》亦載,但以為潘淑妃事。

「羊車」,猶言御駕,代指皇帝。

唐〈李孝同墓碑〉:「公宅慶朱邸,憑光紫漢,羊車在馭,先擅拔萃之姿;獸艦登□,獨擅生知之敏。」(15.113)

唐〈王道智墓誌〉:「辯析言河,心憂翰苑,器涵牛鼎,望重羊車。」(15.024)

3 「使乎」,較早見於《論語‧憲問》[17]:「蘧伯玉使人於孔子。孔子與之坐而問焉,曰:『夫子何為?』對曰:『夫子欲寡其過而未能也。』使者出,子曰:『使乎!使乎!』」

「使乎」,本為讚歎使者之語,代稱使者。

隋〈劉則墓誌〉:「十九年文官並加戎秩,轉授帥都督,朔方內款,錫以和親,使乎不易,實歸懿德。」(10.048)

唐〈於孝顯碑〉:「公喻以存亡,示其禍福,敕勤犁顙樹,領獻馬稱藩,主上嘉使乎之功,授以征北將軍隴西太守。」(11.090)

唐〈孫成墓誌〉:「貞賦庸部,財羨而有蠲貸,使乎著稱,公議當遷,進轉司勳員外郎。」(28.068)

唐〈孫杲墓誌〉:「罷羊馬之入,杜縑繒之求,安彼虜庭,存我國用,不辱君命,美哉使乎!」(29.046)

---

16 〔唐〕房玄齡、褚遂良等:《晉書》(北京市:中華書局,1974年),頁962。

17 〔魏〕何晏集解,〔宋〕邢昺疏:《十三經注疏‧論語注疏》(北京:中華書局,2003年),頁2512。

唐〈朱孝誠墓碑〉：「任非其人，情則莫達，使乎之選，朝廷為難。」（30.005）（長慶元年）

唐〈唐故昭武校尉左武衛將軍李府君（元簡）墓誌銘〉：「廉使擇其幹蠱，俾當其選而為使乎。」（新出河南2.292）（開成二年）

唐〈唐故南內留後使承奉郎行內侍省內僕局令上柱國賜緋魚袋隴西李府君（令崇）墓誌銘〉：「中和五年，朝廷以師勞蔡水，躍駐龜城，欲選使乎，遠頒帝誥，乃命故內相濮陽公充許蔡通和使，公乃副之。」（新出陝西2.324）（光化二年）

其它還有：愛日、皐鄉、白鹿、柴桑、從心、下澤、含香、鶴原、金地、麗牲、天孫、鯨魚、日下、負郭、泉客、魏闕、筆削、谷口、帝利、熊車、穿窬、翹車、微管、律谷、登山屐、荀奉倩、合浦珠、潘河陽、竇車騎、荊山玉、曹大家、金銀臺、方寸地、金壺墨、秉魚須、負郭二頃、夢在兩楹、蠻府參軍、元方季方、梅生下位、知命之紀，等等。

第五種情況，語境意義是來源意義某一方面的比喻義、引申義、借代義、反義、增添義等。共有一〇〇二個這種類型的石刻用典形式，占總數的百分之二十三點八九。

1 「豹變」，較早見於《易・革》[18]：「上六，君子豹變，其文蔚也。」孔穎達疏：「上六居『革』之終，變道已成，君子處之，雖不能同九五革命創制，如虎文之彪炳，然亦潤色鴻業，如豹文之蔚縟。」

「豹變」，謂如豹文那樣發生顯著的變化。比喻人的行為變好或勢位顯貴。

北魏〈元珍墓誌〉：「並虬申豹變，烈氣陵霄，世號猛將之門。」（4.020）

---

18 〔魏〕王弼，〔晉〕韓康伯注，〔唐〕孔穎達等正義：《十三經注疏・周易正義》（北京市：中華書局，2003年），頁61。

唐〈大唐故開府儀同三司鄂國公尉遲君（敬德）墓誌〉：「是以淮陰豹變，終翼漢圖；渭渚鷹揚，遂遷殷鼎。」（新出陝西1.047）（顯慶四年）

唐〈韓昂墓誌〉：「君鑒董扶之說，感殷馗之言，考南陽之伏符，察東井之祥緯，俄從豹變，獻款轅門。」（16.023）（上元二年）

唐〈張仁楚墓誌〉：「英英秀哲，謇謇忠良，宏材豹變，壯氣鷹揚。」（19.083）

唐〈邢君妻劉達墓誌〉：「遇白蛇而啟祚，因赤伏以開祥；歷九五之虯飛，出四六之豹變，時遷晉魏，不虧環佩之音，代變齊梁，無絕握蘭之馥。」（20.052）（神龍三年）

唐〈大唐故蘄州蘄春原尉孟府君（孝立）墓誌銘〉：「父禮，朝議郎、行眉州洪雅縣丞。三葉蟬聯，一時豹變。」（新出陝西1.111）（開元十五年）

唐〈唐故雲麾將軍右龍武軍將軍同正上柱國南浦縣開國男屈府君（元壽）墓誌銘〉：「幼而龜文，長而豹變。」（新出陝西2.126）（天寶九年）

唐〈崔湛墓誌〉：「不雜風塵，載罹寒暑，豹變郡邑，鴻騫師旅。」（26.046）（天寶十五年）

唐〈張曄墓誌〉：「若夫學廣如江海之渺，文華並天星之煥爛，高談則龍飛豹變，下筆則煙霏霧凝，窮八體於豪端，搜六義於懷抱，千古闕文，前哲遺韻；盡為公之所錄。」（33.102）

後晉〈梁瑰墓誌〉：「淹留暫滯於鵬飛，拏躩終期於豹變。」（36.069）

2 「一顧」，較早見於《戰國策·燕策二》[19]：「蘇代為燕說齊，

---

19 〔漢〕劉向集錄：《戰國策》（上海市：上海古籍出版社，1998年），頁1092。

未見齊王，先說淳于髡曰：『人有賣駿馬者，比三旦立市，人莫之知。往見伯樂曰：「臣有駿馬，欲賣之，比三旦立於市，人莫與言，願子還而視之，去而顧之，臣請獻一朝之賈。」伯樂乃環而視之，去而顧之，一旦而馬價十倍。』」

「一顧」，喻受名人引舉稱揚或提攜知遇；或具有伯樂般的識人之才。

北魏〈弔比干文〉：「步懸圃以溜濆兮，咀玉英而折蘭。歷崦嵫而一顧兮，齊沐髮於洧槃。」（3.021）

唐〈大唐故右監門衛大將軍上柱國贈涼州都督清河恭公斛斯府君（政則）之墓誌銘〉：「加以鑒澈伏波，識該伯樂，盡四家之妙術，留一顧之奇能。」（新出陝西1.070）（咸亨元年）

唐〈柳君靈表〉：「後進屬□行義者，得公一顧一歎，則以為終身之榮。」（28.168）（貞元十八年）

3 「出震」，較早見於《易·說卦》[20]：「帝出乎震。」

八卦中震卦位應東方，謂帝出萬物於震。「出震」，指帝王登基。

北魏〈元朗墓誌〉：「其先龍飛創歷之元，鳳翔出震之美，丹青垂之無窮，國藉炳其鴻烈，文傳已詳，故可得如略也。」（5.053）

北魏〈元頊墓誌〉：「配天瑤緒，就日瓊枝。帝唯出震，王乃生知。」（5.167）

隋〈任軌墓誌〉：「道源出震，自羲皇而命氏；開國爭長，與滕侯而共朝。」（10.017）

唐〈唐左衛將軍上開府考城縣開國公獨孤使君（開遠）墓誌銘〉：「功參出震，業贊興王。盛德必祀，高門克昌。」（新出陝西2.020）（貞觀十六年）

---

20 〔魏〕王弼，〔晉〕韓康伯注，〔唐〕孔穎達等正義：《十三經注疏·周易正義》（北京市：中華書局，2003年），頁94。

唐〈韓仲良碑〉：「於是四海混淆，九圍版蕩，我高祖乘時撫運，出震握圖，膺五運之寶符，定九牧之神鼎，廟諱冠紫綬賁，帛嘉於琳琅，裂土剖符，寵命屬於翹楚，乃授公銀青光祿大夫馮翊郡丞。」（12.149）（永徽六年）

唐〈吳黑闥碑〉：「黑山妖祲，始貽暴於稽天；翠渚祥符，已呈休於出震。」（全集379）（總章二年）

唐〈太上老君石像碑〉：「我大唐鑿乾開運，出震乘時，月照瑤光，構顓頊之昌緒；雲浮玉葉，啟咎繇之慶胄。」（17.034）（垂拱元年）

唐〈韓仁惠墓誌〉：「昔軒丘出震，風后稱臣，列土封疆，地臨鶉首；花岩孕業，家控龍津。」（18.111）（萬歲通天二年）

唐〈唐故金紫光祿大夫行鄜州刺史贈戶部尚書上柱國河東忠公楊府君（執一）墓誌銘〉：「大君出震，天下文明。」（新出陝西2.087）（開元十五年）

唐〈懷惲墓碑〉：「高宗天皇大帝乘乾撫運，出震披圖，虛己求賢，明□待士。」（25.046）（天寶二年）

4 「碧鮮」，較早見於晉左思〈吳都賦〉[21]：「檀欒嬋娟，玉潤碧鮮。」

「碧鮮」，來源中用以形容竹的色澤。語境意義指竹，是來源意義的借代義。

唐〈霍達墓誌〉：「勵節碧鮮，敦恭蘭畹，素弘忠讜，立事軍謀。」（14.125）

5 「蒼兕」，較早見於《史記・齊太公世家》[22]：「師尚父左杖黃鉞，右把白旄以誓，曰：『蒼兕蒼兕，總爾眾庶，與爾舟楫，後至者

---

21 〔南朝梁〕蕭統撰，〔唐〕李善注：《文選》（上海市：上海古籍出版社，1986年），頁212。

22 〔漢〕司馬遷：《史記》（北京市：中華書局，1982年），頁1479。

斬。』遂至盟津。」司馬貞索隱引馬融曰：「蒼兕，主舟楫官名。」

「蒼兕」，本為傳說中的水獸名，善奔突，能覆舟，故以之名官為警。借指水軍。

北齊〈朱岱林墓誌〉：「而魏高祖孝文皇帝熊羆競騁，蒼兕爭先。化洽江湘，令行天下。」（8.019）

唐〈昭仁寺碑〉：「命蒼兕以泛流，麾鳥旗以長邁，以仁為本，扶義而西。」（11.031）（貞觀四年）

唐〈豆盧仁業碑〉：「驅蒼兕而風邁，剿黑龍而霧卷。」（全集414）（儀鳳三年）

唐〈丁範墓誌〉：「青龍踐位，爰登上將之壇；蒼兕聯營，即受中軍之律。」（17.030）（垂拱元年）

唐〈高像護墓誌〉：「□鞭乘運，襲炎帝之宗；蒼兕應期，承太公之胤。」（17.165）

6 「逾立」，較早來源為《論語・為政》[23]：「子曰：『吾十有五而志於學，三十而立。』」

「逾立」，超過三十歲。來源意義中無「逾」，此為增添意義。

唐〈樂昇進墓誌〉：「年才逾立，蒞事轅門，忠勤奉公，用赴誠信。」（30.071）

其它還有：豎子、雞夢、制錦、蒼鵝、社鼠、更僕、瓜綿、管見、漸鴻、槐市、及祿、競、木吏、蹲龍、騎鯨、翹楚、驅雞、三壽、客星、八翼、狡童、一鶚、巢幕、蟻術、烏攫、負暄、學殖、一戎、濯滄浪、月中桂、分虎竹、鏡中鸞、吹劍首、凌九萬、熊羆夢、蓼莪哀、拾青紫、紉蘭佩、擎天柱、解倒懸、拱北辰、蹈春冰、履虎

---

23 〔魏〕何晏集解，〔宋〕邢昺疏：《十三經注疏・論語注疏》（北京：中華書局，2003年），頁2461。

尾、結金蘭、陵谷變、啟手足、千里駒、拾地芥、為魚歎、席上珍、
攀桂樹、掌上珠、夢鈞天、搏扶搖、無長物、貫白日、臥白雲、不愁
遺、出其不意、萬里長城、當仁不讓、如泡如電、短綆汲深、山雞學
舞、天平地成、西鶼東鰈、窮波暴鱗、椒聊之福、魚水相從、席上稱
珍、悉索輿賦、靡淵不測，等等。

（二）石刻用典形式語境意義與構成成分來源意義的關係

石刻用典形式語境意義與構成成分來源意義之間沒有直接的聯
繫，它們都與來源意義聯繫密切。在多數情況下，我們可以通過構成
成分來源意義正確理解語境意義。根據語境意義與構成成分來源意義
之間相關性程度的不同，將二者之間的關係分為四種情況。

第一種情況，語境意義與構成成分來源意義相同或相近，有助於
正確理解語境意義。共有三〇五個這種類型的石刻用典形式，占總數
的百分之七點二八。

1 「機心」，較早見於《莊子・天地》[24]：「吾聞之吾師，有機械
者必有機事，有機事者必有機心。機心存於胸中，則純白不備。」成
玄英疏：「有機動之務者，必有機變之心。」

「機心」，指機巧之心。

北齊〈梁子彥墓誌〉：「是以金匱玉韜之術，破蠶啼猿之伎，莫不
同發機心，盡窮其妙。」（8.022）

唐〈陳沖墓誌〉：「孝發機心，仁明體正。」（17.051）

2 「書不盡言」，較早見於《易・繫辭上》[25]：「子曰：『書不盡
言，言不盡意。』」

---

24 〔清〕郭慶藩撰，王孝魚點校：《莊子集釋》（北京市：中華書局，2004年），頁433。
25 〔魏〕王弼，〔晉〕韓康伯注，〔唐〕孔穎達等正義：《十三經注疏・周易正義》（北
　京市：中華書局，2003年），頁82。

「書不盡言」，謂文辭難充分達意。

唐〈唐故右威衛兵曹參軍吳府君（巽）墓誌銘〉：「僕與夫子游最久，備知其行已已，哭送於野，書不盡言，有籍其聲者。」（新出陝西2.121）

3「盜跖」，較早見於《莊子・盜跖》[26]：「盜跖從卒九千人，橫行天下，侵暴諸侯。」《荀子・不苟》[27]第三：「盜跖吟口，名聲若日月，與舜禹俱傳而不息。」相傳盜跖為古時民眾起義的領袖，名跖，一作蹠，「盜」是當時統治者對他的貶稱。

「盜跖」，盜賊或盜魁的代稱。

後晉〈梁瑰墓誌〉：「善言禍促，若以福延。顏面何折，盜跖何綿。」（36.069）

其它還有：安劉、悲秋、斗城、吹萬、干紀、德讓、敦仁、滅學、諫鼓、教忠、授室、執殳、宰衡、寸陰、延譽、天涯、生知、讓國、金銀臺、岐路悲、不妄語、隱朝市、避賢路、登山屐、率舊章、珪璋特達、時不我與、獻可替否、功成身退、聖神文武、天工人代、元戎啟行、政出多門、復子明闢、觀過知仁、積微成著、母以子貴、日不暇給、秀而不實、易於反掌、一去不復返，等等。

第二種情況，語境意義是構成成分來源意義的比喻義、引申義、借代義、反義等，構成成分來源意義有助於分析語境意義。共有二六七二個這種類型的石刻用典形式，占總數的百分之六十三點七七。

1「陳蕃解榻」，較早見於《後漢書・徐穉傳》[28]：「時陳蕃為太守，以禮請署功曹，穉不免之，既謁而退。蕃在郡不接賓客，唯穉來

---

26 〔清〕郭慶藩撰，王孝魚點校：《莊子集釋》（北京市：中華書局，2004年），頁990。

27 〔戰國〕荀況撰：《荀子》，收入《百子全書》（杭州市：浙江人民出版社，影印1919年掃葉山房石印本，1984年），第1冊。

28 〔南朝宋〕范曄：《後漢書》（北京市：中華書局，1965年），頁1746。

特設一榻，去則縣之。」

「陳蕃解榻」，表示禮待賢士嘉賓。

唐〈徐思倩墓誌〉：「昔魏文旌賢五璧，未嘗降志。陳蕃解榻，抑為徵君。」（全集3280）

2 「繪事後素」，較早見於《論語・八佾》[29]：「子曰：『繪事後素。』」朱熹集注：「繪事，繪畫之事也；後素，後於素也。《考工記》曰：『繪畫之事後素功。』謂先以粉地為質，而後施五采，猶人有美質，然後可加文飾。」

「繪事後素」，比喻有良好的質地，才能進行錦上添花的加工。

唐〈北嶽廟碑〉：「庭廡遂敞，容衛彌飾。繪事後素，昭彰歙艴。」（23.158）

3 「倦勤」，較早見於《書・大禹謨》[30]：「朕宅帝位，三十有三載，耄期倦於勤。」孔傳：「言已年老，厭倦萬機。」

「倦勤」，謂帝王厭倦於政事的辛勞。

唐〈裴坦墓誌〉：「倦勤告老，罷職還邑。」（24.133）

其它還有：拔葵去織、柴桑、溫清、椎髻、鳳毛、共敝、歸馬、集蓼、借恂、貫虱、珠樹、阮嘯、隼、談藪、重玄、建家、狡童、竇貧、曉孤、琴瑟、玄牝、堯年、脫驂、雌黃、禹甸、渾沌、投漆、垣翰、臥漳濱、歌易水、附驥尾、鏡中鸞、九霄鵬、解連環、金壺墨、吹劍首、吾道窮、解倒懸、貫金石、擎天柱、拾青紫、人中龍、紉蘭佩、哲人萎、夢周公、駒過隙、海成田、畫一法、忘帝利、結金蘭、埋玉樹、懸秦鏡、垂衣裳、驪龍珠、天驕子、席上珍、懷魏闕、觀魚

---

29 〔魏〕何晏集解，〔宋〕邢昺疏：《十三經注疏・論語注疏》（北京：中華書局，2003年），頁2466。

30 〔漢〕孔安國傳，〔唐〕孔穎達等正義：《十三經注疏・尚書正義》（北京：中華書局，2003年），頁135。

樂、父母之邦、王門曳裾、吐鳳之才、枕石漱流、秣馬脂車、蹇蹇匪躬、散馬休牛、瓜剖豆分、浮雲蔽日、救焚拯溺、毛義捧檄、片言折獄、娥眉蠐首、日就月將、魏絳和戎、明揚仄陋，等等。

　　第三種情況，語境意義與構成成分來源意義之間沒有顯然聯繫，難以從構成成分來源意義理解語境意義。共有七五八個這種類型的石刻用典形式，占總數的百分之十八點〇九。

　　1 「撤瑟」，較早見於《儀禮·既夕禮》[31]：「有疾，疾者齊，養者皆齊，徹琴瑟。」

　　徹、撤，同。本謂撤去琴瑟，使病者安靜，且示敬意。「撤瑟」，稱疾病危篤或死亡。

　　隋〈蔡君妻張貴男墓誌〉：「居諸忽往，風燭難留。俄悲撤瑟，遽切藏舟。」（10.012）

　　隋〈元智墓誌〉：「忽悲撤瑟，俄驚復綏。」（10.133）

　　唐〈劉文墓誌〉：「遂使門哀撤瑟，鄰愴停舂。琴無別鶴之音，笛敗龍吟之韻。」（11.195）

　　唐〈王素墓誌〉：「豈謂晨歌奄及，撤瑟方臨。殲良之詠有徵，輔仁之言無效。」（12.117）

　　唐〈王孝瑜及妻孫氏墓誌〉：「棲神得性，耳順已過，撤瑟中霄，杳然遐逝。」（12.153）

　　唐〈張相墓誌〉：「撤瑟宵中，奠楹晨起。」（13.037）

　　唐〈張善及妻上官氏墓誌〉：「奄罹撤瑟，俄痛逝川，不反巫咸之招，遽瘞滕公之室。」（15.046）

　　唐〈謝通墓誌〉：「豈謂迅商飆於青春，促彭年於殤壽，俄聞撤瑟，奄游岱宗。」（15.057）

---

31 〔漢〕鄭玄注，〔唐〕賈公彥疏：《十三經注疏·儀禮注疏》（北京：中華書局，2003年），頁1157。

唐〈裴君妻李芳墓誌〉：「良人撤瑟，撫珍簟而傷神；幼女未笄，對畫屏而泣血。」（21.160）

唐〈崔沔墓誌〉：「及撤瑟初艱，蓋棺他日，聚族之費，崇福之餘，薄葬不足以送終，遠日不足以集事。」（27.162）

2　「初九」，較早見於《易・乾》[32]：「初九：潛龍，勿用。《象》曰：『潛龍勿用』，陽在下也。」

《周易》每卦六爻。第一爻為陽爻者，稱為「初九」，表明事物正處於發展變化的初級階段。「初九」，謂尚未發跡之時。

北魏〈元昭墓誌〉：「器宇崇遙，萬頃無以同其量；雅志淵凝，初九詎能並其趣。」（4.160）

唐〈張遊恪墓誌〉：「主上以公門逢初九，身會通三，宜出入玉墀，典司金，除殿中省尚乘直長。」（20.117）

3　「觸瑟」，較早見於《漢書・金日磾傳》[33]：「何羅袖白刃從東箱上，見日，色變，走趨臥內欲入，行觸寶瑟，僵。日得抱何羅，因傳曰：『莽何羅反！』……日摔胡投何羅殿下，得禽縛之。」

「觸瑟」，謂姦邪行兇暴露。

唐〈昭仁寺碑〉：「伊尹去而夏亡，辛甲奔而殷滅，人怨神怒，眾叛親離，觸瑟無漢臣之忠，夢騌成秦宮之酷。」（11.031）（貞觀四年）

唐〈唐故右驍衛大將軍兼檢校羽林軍贈鎮軍大將軍荊州大都督上柱國薛國公阿史那貞公（忠）墓誌銘〉：「諷疑役鬼，心驚觸瑟。」（新出陝西1.074）（上元二年）

其它還有：阜鄉、掇蜂、鳴轂、醉尉、海桑、問羊、青門、聚

32　〔魏〕王弼，〔晉〕韓康伯注，〔唐〕孔穎達等正義：《十三經注疏・周易正義》（北京：中華書局，2003年），頁13-15。

33　〔漢〕班固撰，〔唐〕顏師古注：《漢書》（北京市：中華書局，1962年），頁2961。

米、狂斐、前箸、哭竹、蒲鞭、青囊、寒泉、金埒、清角、振鷺、象
譯、為山、狎鳥、四知、操割、羊碑、咳唾、授簡、履端、駿骨、象
數、執組、歌梁木、彭澤柳、伏青蒲、濟巨川、賈餘勇、驅九折、履
霜露、對宣室、乘箕尾、猛虎去、高車畫鹿、魯衛之政、幼婦外孫、
文終之第、毛女卻粒、出谷鶯遷，等等。

　　第四種情況，構成成分沒有獨立意義，無助於語境意義的理解。
共有四五五個這種類型的石刻用典形式，占總數的百分之十點八六。

　　1 「塵表」，較早見於《晉書・王戎傳》[34]：「王衍神姿高徹，如
瑤林瓊樹，自然是風塵表物。」

　　「塵表」，謂人品超世絕俗。

　　北魏〈昭玄法師墓誌〉：「天生英德，志逸旻穹，孤拔塵表，獨得
瑰中，道與物合，行共時融，百代飛譽，千載垂風。」（全集893）

　　唐〈劉盛墓誌〉：「鶡冠外警，魚服內融，心懷止足，意出塵表。」
（15.156）

　　唐〈劉巖墓誌〉：「遂迺拂衣塵表，振翮雲霄，不事王侯，收心仕
進。」（15.219）

　　2 「雷雨作解」，較早見於《易・解》[35]：「雷雨作，解。君子以赦
過宥罪。」

　　「雷雨作解」，謂帝王對有過者赦之，有罪者寬之。

　　唐〈唐故雲麾將軍右龍武軍將軍同正上柱國南浦縣開國男屈府君
（元壽）墓誌銘〉：「天寶六載正月大享於郊，中壇陪位，雷雨作解，
明命是孚。」（新出陝西2.126）（天寶九年）

---

34 〔唐〕房玄齡、褚遂良等：《晉書》（北京市：中華書局，1974年），頁1235。

35 〔魏〕王弼，〔晉〕韓康伯注，〔唐〕孔穎達等正義：《十三經注疏・周易正義》（北
　　京：中華書局，2003年），頁52。

唐〈李滙墓誌〉：「旋逢雷雨作解，量移撫州法曹，方聞霈澤，北望生還。」（29.037）（元和三年）

其它還有：疇庸、盜憎、盍徹、浸假、雷解、綸命、式好、養蒙、震男、智水、卜鳳、逾立、揮日、馴羽、餘刃、從心、牛涔、月扇、典午、帝俞、德風、牆仞、隗始、悔尤、龍媒、啟全、使乎、律谷、則百、求勾漏、追赤松、不敢當、宰絃歌、掌絲綸、孟裏擇遷、壑舟奔夜、履霜堅冰、攬轡澄清，等等。

（三）石刻用典形式來源意義與構成成分來源意義的關係

由於石刻用典形式的構成成分主要來自於典故，通常情況下，構成成分來源意義是來源意義的一部分。根據構成成分來源意義體現、反映來源意義內容的不同，將二者之間的關係分為五種情況。構成成分沒有獨立完整的意義時，根據其構成方式分為兩種情況。

第一種情況，構成成分來源意義能夠體現、反映來源意義的主旨內容。共有二八七個這種類型的石刻用典形式，占總數的百分之六點八五。

1 「藏器待時」，較早見於《易‧繫辭下》[36]：「君子藏器於身，待時而動。」

「藏器待時」，比喻懷才以等待施展的時機。

唐〈于志寧碑〉：「公藏器待時，逍遙文史。」（15.017）

唐〈姚懿墓碑〉：「雖五善三變，窮妙曲成，而藏器待時，移官於位。」（21.043）

唐〈司馬君妻盧氏墓誌〉：「樂天知命而育德，藏器待時而□政。」（22.021）

---

36 〔魏〕王弼，〔晉〕韓康伯注，〔唐〕孔穎達等正義：《十三經注疏‧周易正義》（北京：中華書局，2003年），頁88。

　　2 「悅近來遠」，較早見於《論語‧子路》[37]：「葉公問政，子曰：
『近者說，遠者來。』」

　　「悅近來遠」，形容政治清明，遠近歸附。

　　唐〈皇甫誕墓碑〉：「悅近來遠，變輕於雕題，伐叛懷柔，漸淳化
於緩耳。」（11.117）

　　其它還有：悲秋、屍諫、授室、京觀、易簀、封豨、陵谷變、櫛
沐風雨、車書混一、方外司馬、信及豚魚、相杵停音、知雄守雌、鄧
攸無子、精誠貫日、晉用楚材、浮雲蔽日、懷寶迷邦、中牟三異、七
擒七縱、聖神文武、五行俱下，等等。

　　第二種情況，構成成分來源意義不能體現、反映來源意義的主旨
內容，但是來源意義的關鍵構成部分，能夠體現、反映來源意義的重
要方面。共有二○七○個這種類型的石刻用典形式，占總數的百分之
四十九點四。

　　1 「遏密」，較早見於《書‧舜典》[38]：「帝乃殂落，百姓如喪考
妣，三載，四海遏密八音。」孔傳：「遏，絕；密，靜也。」孔穎達
疏：「四海之人，蠻、夷、戎、狄，皆絕靜八音而不復作樂。」

　　「遏密」，指帝王等死後百姓悲痛哀思，停止舉樂。「遏密」的構
成成分意義為「絕、靜」。

　　唐〈獨孤開遠墓誌〉：「九年，四海遏密，遣奠有期。」（11.105）
（貞觀十六年）

　　唐〈高士廉碑〉：「□□之唱將興，俄鍾遏密之痛；爻象之文方
煥，遽迫晏駕之哀。」（全集259）（永徽六年）

---

37 〔魏〕何晏集解，〔宋〕邢昺疏：《十三經注疏‧論語注疏》（北京：中華書局，2003
　　年），頁2507。

38 〔漢〕孔安國傳，〔唐〕孔穎達等正義：《十三經注疏‧尚書正義》（北京：中華書
　　局，2003年），頁129。

唐〈於大猷墓碑〉：「屬攀號弓劍，遏密金石，錫印章而錄舊，膺璽誥而念勞。」（18.187）（聖曆三年）

唐〈尹文操碑〉：「旋於皇極，屬紫微虛位，白雲上徵，萬國號訴，四方遏密。」（21.076）

2 「代工」，較早來源為《書・皋陶謨》[39]：「無曠庶官，天工人其代之。」孔穎達疏：「天不自治，立君乃治之；君不獨治，為臣以佐之。」

「代工」，謂人臣輔佐君王，以代行天之使命。

唐〈桓萬基墓誌〉：「或光鳳池而出□，或展龍翰而代工，昭絢緗編，可略言也。」（14.050）

唐〈戴令言墓誌〉：「夫出處者君子之大節，進退者達識之能事，天地閉而賢隱，王塗亨而代工，懿哉若人，有足尚者。」（21.026）

唐〈盧知宗墓誌〉：「先考相國，聖政歷試，推以代工，樹置門閭，輝煥圖諜。」（33.127）

3 「大隱」，較早來源為《史記・滑稽列傳》[40]：「朔行殿中，郎謂之曰：『人皆以先生為狂。』朔曰：『如朔等，所謂避世於朝廷間者也。古之人，乃避世於深山中。』時坐席中，酒酣，據地歌曰：『陸沉於俗，避世金馬門。宮殿中可以避世全身，何必深山之中，蒿廬之下。』」

「大隱」，指身在朝廷而志在隱逸。

隋〈張波墓誌〉：「門鄰甲第，還嗤高蓋之憂，巷接旗亭，方知大隱之趣。」（10.125）

---

39 〔漢〕孔安國傳，〔唐〕孔穎達等正義：《十三經注疏・尚書正義》（北京：中華書局，2003年），頁139。

40 〔漢〕司馬遷：《史記》（北京市：中華書局，1982年），頁3205。

唐〈李繼叔墓誌〉：「性好陸沉，但恂恂於鄉黨；情崇大隱，無汲汲於簪縷。」（11.056）

唐〈張行滿墓誌〉：「父猷，齠年慕道，餐霞沖寂，頻徵不就，潛躬卻掃，闇闉尚其大隱，視聽奇其卓異。」（11.172）

唐〈黃羅漢墓誌〉：「苞九流於心府，實曰陸沉；括七略於胸懷，實惟大隱。」（12.160）

唐〈張泉墓誌〉：「惟君稟靈川瀆，挺質琨珸，桂馥蘭芬，金聲玉亮，崇蹤大隱，無求干祿之心；遁跡閒居，有懷自怡之志。」（13.156）

唐〈宋璋墓誌〉：「自可心齊大隱，神逸小山，豈復徇虛名於林藪，安小職於郎署而已。」（14.110）（麟德元年）

唐〈唐故處士任君（智才）墓誌銘〉：「公稟象少微，韜精大隱。優遊何所，詩書禮樂之場；放曠何從，山水煙霞之境。」（新出陝西1.088）（載初元年）

唐〈羅承先妻李柔墓誌〉：「或志惟高尚，情兼大隱；坐輕軒冕，不仕王侯。」（20.109）（景龍四年）

唐〈霍行感墓誌〉：「曾祖惠通，道深莊老，志滅榮耀，薄宦取世，大隱是名。遂受散官，示不躁求也。」（新出河南1.147）（開元二十二年）

唐〈魏仲俛墓誌〉：「積善立身，雖俗若釋，處眾自靜，大隱同名。」（30.049）（寶曆元年）

其它還有：拔斾、拔幟、神州、椿靈、積薪、淡水、任釣、藩屏、孚號、負戴、蠡測、諫鼓、灌瓜、利錐、驅雞、人龍、射隼、天厭、康歌、蹲龍、京坻、玄根、唇齒、怖鴿、承筐、負乘、函夏、豹隱、鑿楹、飲羽、直如弦、乞骸骨、解連環、解倒懸、金壺墨、懷瑾瑜、無長物、山吏部、左右手、轅下駒、斬樓蘭、酌貪泉、黃鳥哀、

鴻鵠之志、畫日三接、麥秀兩岐、馬援銅柱、鳴琴單父、涅而不緇、經天緯地、赳赳桓桓、漂母進飯、帝師之略、百尺無枝，等等。

第三種情況，構成成分來源意義不是來源意義的關鍵構成部分，是來源意義的細節內容。共有三五九個這種類型的石刻用典形式，占總數的百分之八點五七。

1 「矍相」，較早見於《禮記・射義》[41]：「孔子射於矍相之圃，蓋觀者如堵牆。」鄭玄注：「矍相，地名也。」

「矍相」，借指學宮中習射的場所。

東魏〈侯海墓誌〉：「至乃提弓矍相之門，問道西河之館，藝單六德，學盡琴書，擊劍投鋒之術，談天鏤素之能，鸞弧騁馳之功，神機譽悟之略，莫不籠罩武文，陵轢俊艾者也。」(6.115)

2 「德曜」，較早見於《後漢書・梁鴻傳》[42]：「遂至吳，依大家皋伯通，居廡下，為人賃舂。每歸，妻為具食，不敢於鴻前仰視，舉案齊眉。」

「德曜」，賢妻的典範。

唐〈焦松墓誌〉：「夫人種氏，河南洛陽人也。有德曜高尚之風，敬姜貞柔之操。」(17.167)

唐〈崔妻王媛墓誌〉：「是知德曜有隱居之具，於陵聽箕帚之言，高義充符故也。」(21.156)

唐〈崔君妻朱氏墓誌〉：「若永錫爾類，合姜詩之道也；友其琴瑟，旌德曜之賢也；夙夜匪懈，助盛吉之恩也；七子均養，葉鳲鳩之仁也，猗歟淑美，內外式瞻。」(25.009)

其它還有：柴桑、問羊、大椿、碧雞、青囊、支機、景鍾、趙

---

41 〔漢〕鄭玄注，〔唐〕孔穎達等正義：《十三經注疏・禮記正義》(北京市：中華書局，2003年)，頁1687。

42 〔南朝宋〕范曄：《後漢書》(北京市：中華書局，1965年)，頁2768。

壁、玄圃、二豎、瓜時、坦腹、半面、徂暑、焚林、姑射、叩馬、漆
室、青驪、星橋、推轂、蔽芾、南冠、秉魚須、削桐葉、幼婦外孫、
三墳五典、萬里長城，等等。

第四種情況，構成成分來源意義是來源意義某一方面的概括。共
有八四九個這種類型的石刻用典形式，占總數的百分之二十點二六。

1 「知音」，較早見於《呂氏春秋・本味》[43]：「伯牙鼓琴，鍾子
期聽之。方鼓琴而志在太山。鍾子期曰：『善哉乎鼓琴，巍巍乎若太
山。』少選之間，而志在流水。鍾子期又曰：『善哉乎鼓琴，湯湯乎
若流水。』鍾子期死，伯牙破琴絕弦，終身不復鼓琴，以為世無足復
為鼓琴者。」

「知音」，比喻知己。

北魏〈元顯魏墓誌〉：「夙成之歎播美於知音，穎脫之姿殊異於公
族。」（5.006）

唐〈王烈墓誌〉：「鍾子期之山水，永絕知音；王子敬之琴書，獨
嗟長往。」（16.073）

唐〈吳續墓誌〉：「一登片玉，光紹金，揚名欲報，未遇知音。」
（19.005）

唐〈於知微墓碑〉：「良友既沒，誰堪制服之悲？知音者希，空軫
絕弦之痛。」（21.107）

唐〈裴適墓誌〉：「嗚呼！遠近愕驚，知音痛恨，斯文已喪，蒼蒼
奈何。」（27.185）

唐〈李弘亮墓誌〉：「士君子有材茂德碩而位不顯者，有壘仁積慶
而壽不融者，天遠難訴，為知音痛之，悲夫，悲夫！」（29.140）

---

43 許維遹：《呂氏春秋集釋》（北京市：中華書局，2009年），頁312。

唐〈乘著墓誌〉：「公素薄名利，式罕知音，躡先高蹤，掛冠遠引。」（29.154）（元和十五年）

唐〈張暉墓誌〉：「安卿與令子知音，見命抒述，乃採敍徽猷，彰於刻石。」（新出河南1.207）（長慶三年）

唐〈陳士揀墓誌〉：「遂大開賓館，廣延時俊，談話韜略，博究兵機，旋遇知音，援入軍伍。」（31.053）（開成五年）

唐〈張勍墓誌〉：「秩滿為知音推薦，攝新鄭縣尉，用能也。」（33.007）

2 「蝤領」，較早見於《詩・衛風・碩人》[44]：「領如蝤蠐。」毛傳：「蝤蠐，蠍蟲也。」《埤雅・釋蟲》[45]：「蓋蝤蠐之體有豐潔且白者，故《詩》以況莊姜之領，《七辯》曰『蝤蠐之領，阿那宜顧』是也。」

「蝤領」，比喻女子潔白豐潤的頸項。

唐〈大唐故西宮二品昭儀誌銘〉：「稟淑濟姜，姿和宋子。挺瓠犀之麗質，蔚蝤領之孅容。」（新出陝西1.080）

其它還有：虎去、鶴立、治命、下帷、碭館、尋河、落塵、桀犬、棠陰、仙尉、暖律、畏景、聖期、三餘、乃心、應星辰、指白日、不妄語、懸秦鏡、九折路、歌來晚、摶扶搖、寶車騎、臥漳濱、蓬萊水淺、井蛙之見、克紹箕裘、子敬人琴、舟壑潛移、元方季方、莫逆之友、螽斯之德、豐屋蔀家、傅粉何郎、吾家千里駒，等等。

第五種情況，構成成分來源意義的一部分是來源意義中的內容，另一部分是與來源意義相關的內容。共有二三七個這種類型的石刻用典形式，占總數的百分之五點六六。

---

44 〔漢〕毛亨傳、鄭玄箋，〔唐〕孔穎達等正義：《十三經注疏・毛詩正義》（北京市：中華書局，2003年），頁322。

45 〔宋〕陸佃撰，王敏紅校點：《埤雅》（杭州市：浙江大學出版社，2008年），頁105。

1 「楚畹」，較早來源為《楚辭‧離騷》[46]：「余既滋蘭之九畹兮，又樹蕙之百畝。」

「楚畹」，泛稱蘭圃。

唐〈張懷實墓誌〉：「楚畹蘭歇，荊岩玉碎，空想華亭，難追上蔡。」（28.025）

2 「泌丘」，較早來源為《詩‧陳風‧衡門》[47]：「衡門之下，可以棲遲，泌之洋洋，可以樂饑。」

《魯詩》以為「泌」丘名。「泌丘」，指隱居之地。

唐〈李威墓誌〉：「乃祖乃父，惟公惟侯，君以盛德，棲遲泌丘。」（17.090）

其它還有：斷弦、錦城、玄書、振錫、鳳曲、磨鉛、髻珠、焚舟、啟全、驚鵲、金籍、情猿、跗萼、潛鱗、扇仁風、伯道之悲、角巾私第、暉光日新、投筆前驅，等等。

第六種情況，構成成分沒有獨立完整的意義，是來源中相關內容的組合。共有三一二個這種類型的石刻用典形式，占總數的百之分七點四五。

1 「卜食」，較早見於《書‧洛誥》[48]：「我乃卜澗水東，瀍水西，惟洛食。」

周時以占卜擇地建都，惟有卜洛邑時，甲殼裂紋食去墨蹟，認為吉利，即建都洛邑。「卜食」，擇地建都的代稱。

東魏〈義橋石像碑〉：「屬皇朝遷鼎，卜食漳濱，遂方割四縣，在古州城置武德郡焉。」（6.153）

---

46 金開誠、董洪利、高路明：《屈原集校注》（北京市：中華書局，1996年），頁26。

47 〔漢〕毛亨傳、鄭玄箋，〔唐〕孔穎達等正義：《十三經注疏‧毛詩正義》（北京市：中華書局，2003年），頁377。

48 〔漢〕孔安國傳，〔唐〕孔穎達等正義：《十三經注疏‧尚書正義》（北京：中華書局，2003年），頁214。

隋〈段濟墓誌〉：「於時，新都草創，卜食伊瀍。」（10.141）

2 「雷解」，較早來源為《易・解》[49]：「雷雨作，解。君子以赦過宥罪。」

「雷解」，謂帝王對有過者赦之，有罪者寬之。

北魏〈馬鳴寺根法師碑〉：「興難則眾席喪氣，復問則道俗雷解。」（4.132）

其它還有：復隍、龜疇、會文、建極、鵬天、攀鱗、誓牧、談屑、號弓、養蒙、幽貞、心印、銀黃、卜洛、肥輕、草玄、石席、和璞、典學、若士、悔尤、居諸、雞樹、秋期、頌石、維嵩、宅相、求勾漏、懷陸橘、帶礪山河，等等。

第七種情況，構成成分沒有獨立完整的意義，是來源中跨層語法結構的割裂。共有七十六個這種類型的石刻用典形式，占總數的百分之一點八一。

1 「彼蒼」，較早見於《詩・秦風・黃鳥》[50]：「彼蒼者天，殲我良人。」孔穎達疏：「彼蒼蒼者，是在上之天。」

「彼蒼」，代稱天。

北齊〈乞伏保達墓誌〉：「常謂神聽孔明，善人是福。而彼蒼多舛，曾不愍遺。」（8.021）

唐〈段儉妻李弟墓誌〉：「彼蒼不弔，奄逝華茵，鳳文韜色，鸞鏡生塵。」（15.049）

唐〈王儉墓誌〉：「以茲厚德，宜享永年，彼蒼不仁，殲良奄及。」（15.202）

---

49 〔魏〕王弼，〔晉〕韓康伯注，〔唐〕孔穎達等正義：《十三經注疏・周易正義》（北京：中華書局，2003年），頁52。

50 〔漢〕毛亨傳、鄭玄箋，〔唐〕孔穎達等正義：《十三經注疏・毛詩正義》（北京市：中華書局，2003年），頁373。

唐〈高珍墓誌〉：「四德無虧，三從有允，彼蒼不顧，貞質鳳摧。」（16.119）

唐〈楊師善及妻丁氏墓誌〉：「巨魚方縱，窮波暴鱗，如何彼蒼，摧殘玉樹。」（17.135）

唐〈王慶祚墓誌〉：「杳杳潛運，悠悠彼蒼，殲義明哲，此崇邙。」（18.149）

唐〈趙進墓誌〉：「雖未申於驥力，方欲騁於牛刀，誰為彼蒼，善人無與，惜哉！」（19.024）

唐〈孟俊墓誌〉：「男曻等號咷彼蒼，愁遺凶禍。」（22.129）

唐〈姚處璡墓誌〉：「人之不返，翳遊魂於彼蒼；馬之雲來，引歸柩於帝裏。」（24.043）

唐〈張侔墓誌〉：「風烈則在，精魂不追，淑人如此，彼蒼何哉？」（30.090）

2　「殆庶」，較早見於《易・繫辭下》[51]：「子曰：『顏氏之子，其殆庶幾乎！』」

「殆庶」，指賢德者。

唐〈顏仁楚墓誌〉：「賢因德舉，功以邑襃。猗歟殆庶，濟我人勞！」（15.005）

唐〈崔韶墓誌〉：「顏子淵之德行，空留殆庶之名，衛叔寶之風流，無復談玄之日。」（18.143）

唐〈王望之墓誌〉：「孔門殆庶，恭聞白首之年；王氏含章，奄及非春之日。」（18.148）

唐〈於賁墓誌〉：「公芳庭玉樹，合浦珠胎，早挺端嶷，夙鄰殆庶，言擇詩書，業傳弓冶。」（20.074）

51　〔魏〕王弼，〔晉〕韓康伯注，〔唐〕孔穎達等正義：《十三經注疏・周易正義》（北京：中華書局，2003年），頁88。

唐〈周利貞墓誌〉:「君幾於生知,昭鄰殆庶,韶華外發,明敏內深。」(21.135)

唐〈景昭法師碑〉:「惟道之大,提功混茫,惟人殆庶,與道迴翔。」(28.041)

其它還有:借秦、寢處、虛受、咸若、微管、屠羊、嗣徽、蕭成、色斯、乃眷、當熊、璧田、貽厥、牛眠、林下、履霜堅冰,等等。

三　石刻用典形式的表義方式特點

普通語言形式(非用典形式)是通過音義之間的結合來表義的。與普通語言形式不同,用典形式有著獨特的表義方式特點。然而,基於認知習慣的影響,多數人對用典形式意義的理解是從用典形式的語法結構意義開始的。這類理解大多與用典形式的語境意義有明顯區別,甚至風馬牛不相及。因為用典形式與其來歷出處之間在構成成分和意義內容方面存在密切聯繫,用典形式在構成之初就不是靠其語法結構來表義的,它的形成可以完全不用考慮語法結構,比如很多通過選字、截取方式構成的用典形式,根本就不是規範的語法結構,不能用語法結構分析,也沒有語法結構意義。而且,隨著時代的發展變化,語言的語音、詞彙、語法等都在變化,用典形式的語法結構意義自然也在改變,這種改變往往會加劇語法結構意義與語境意義之間的差異。因此,通過現代語法結構意義來瞭解用典形式的意義是不可取的。我們略舉幾例來說明。

1　「魚魯」,較早見於晉葛洪《抱朴子‧遐覽》《百子全書》[52]第

52　〔晉〕葛洪撰:《抱朴子》,收入《百子全書》(杭州市:浙江人民出版社,影印1919年掃葉山房石印本,1984年),第8冊。

十九：「書字人知之，猶尚寫之多誤。故諺曰：『書三寫，魚成魯，虛成虎。』此之謂也。」

「魚魯」，泛指書籍傳寫刊印中的文字錯誤。「魚魯」，是選取典故中不相連的關鍵成分構成的用典形式，從語法結構方面不可分析。

唐〈李元軌墓誌〉：「入秘府而稽古典，登延閣而考余文。帝□皇風，□筆削之邪直；遺編落簡，定魚魯之參差。」（16.172）

唐〈蓋暢墓誌〉：「蓬山吮墨，魚魯咸甄；芸閣含豪，陶陰無舛。」（18.123）

唐〈趙越寶墓誌〉：「瑰鉛天祿，握槧雲臺，魚魯行分，刊四部之訛謬；豹鼠斯辯，釋八儒之滯疑。」（19.040）

唐〈衛憑墓誌〉：「王□大問，譽流昆玉，秘府研精，政分魚魯，轉越州剡縣尉。」（26.110）

2 「燕爾」，較早來源為《詩・邶風・谷風》[53]：「宴爾新昏，如兄如弟。」陸德明釋文：「宴，本又作『燕』。」

「燕爾」，指新婚；亦指新婚夫婦歡樂親昵。「燕爾」，是截取典故中相連的成分構成的用典形式，字形也由「宴爾」變為「燕爾」，從語法結構方面不可分析。

唐〈趙承慶墓誌〉：「掎歟顯德，燕爾幽泉，一諧琴瑟，萬古蘭荃。」（17.019）

唐〈劉元超墓誌〉：「燕爾新婚，作嬪嘉偶，雁鳴著代，龜慶承宗。」（21.098）

3 「分虎」，較早來源為《漢書・文帝紀》[54]：「初與郡守為銅虎符、竹使符。」顏師古注：「與郡守為符者，謂各分其半，右留京師，左以與之。」

53　〔漢〕毛亨傳、鄭玄箋，〔唐〕孔穎達等正義：《十三經注疏・毛詩正義》（北京市：中華書局，2003年），頁304。

54　〔漢〕班固撰，〔唐〕顏師古注：《漢書》（北京市：中華書局，1962年），頁118。

「分虎」，謂官拜郡守。「虎」，在典故中指虎符，現在這個意義已不用了，人們見到它多半會想到「老虎」，「分虎」的語法結構意義就可能為「分老虎」，與原來「分虎符」之意義相去甚遠。

北魏〈鄧羨妻李榘蘭墓誌〉：「太和廿年，武昌王以宗室親勳，賞遇隆重，鏤龜分虎，出牧齊蕃。」（4.058）

4　「主器」，較早見於《易‧序卦》[55]：「主器者莫若長子。」

古代國君的長子主宗廟祭器，因以稱太子為「主器」。後對人長子也稱「主器」。「主器」，在典故中為動賓結構，指主宗廟祭器；現代語法結構為偏正結構，意為主要的器物。語法結構的變化使得語法結構意義產生顯著差異，與用典形式的意義差距更遠。

唐〈盧含墓誌〉：「主器早世，窺戶無人，神何昧兮。」（26.093）

探究石刻用典形式的表義方式特點，有必要結合石刻用典形式的意義層次及各層次之間的關係來分析。因為石刻用典形式的意義層次不僅反映了石刻用典形式意義的實際構成情況，也表明了石刻用典形式的主要表義方式特點。各意義層次之間的關係是石刻用典形式的表義方式特點的具體體現。

第一個特點：石刻用典形式語境意義是在來源意義的基礎之上構成的，語境意義的形成不能完全離開來源意義。

在我們調查的四一九〇個石刻用典形式中，所有石刻用典形式的語境意義都與來源意義存在密切聯繫，不存在與來源意義無關的石刻用典形式語境意義。

從石刻用典形式語境意義與來源意義的關係來看，語境意義大多是對來源意義不同程度的概括。其中，語境意義體現典故主旨內容的

55　〔魏〕王弼，〔晉〕韓康伯注，〔唐〕孔穎達等正義：《十三經注疏‧周易正義》（北京：中華書局，2003年），頁96。

石刻用典形式有一一六九個，占總數的百分之二十七點九；是對來源意義某一方面、某一角度的概括，體現典故主旨內容之一的石刻用典形式有一五二二個，占總數的百分之三十六點三二。除了概括來源意義外，語境意義也會是來源意義某一方面的比喻義、引申義、借代義、反義、增添義等，這樣的石刻用典形式有一〇〇二個，占總數的百分之二十三點九一。另外，語境意義是來源意義的細節內容，是典故非主旨內容的石刻用典形式有四二一個，占總數的百分之十點〇五。只有少部分石刻用典形式的語境意義與來源意義相同或相近，這樣的石刻用典形式有七十六個，占總數的百分之一點八一。

　　第二個特點：構成成分來源意義能直接表明語境意義的石刻用典形式很少。

　　語境意義與構成成分來源意義相同或相近的石刻用典形式有三〇五個，占總數的百分之七點二八。

　　第三個特點：石刻用典形式語境意義與構成成分來源意義之間可以沒有意義關聯。也就是說，石刻用典形式與語境意義之間在意義上可以沒有顯然聯繫，石刻用典形式所表達的語境意義與石刻用典形式本身之間不一定存在理據性。因為石刻用典形式的語境意義直接來自來源意義，與構成成分之間可以沒有理據聯繫，構成成分不承擔表明語境意義的責任。

　　首先，語境意義與構成成分來源意義之間沒有顯然聯繫的石刻用典形式有七五八個，占總數的百分之十八點〇九。資料顯示，有近五分之一的石刻用典形式的構成成分來源意義與語境意義之間沒有顯然聯繫，不能表明語境意義。

　　其次，石刻用典形式構成成分可以沒有獨立意義。構成成分沒有獨立意義的石刻用典形式有四五五個，占總數的百分之十點八六。此類石刻用典形式本身沒有獨立意義，不可能表明語境意義。

　　綜合以上兩組資料，可以看出，不能用構成成分來源意義表示語境意義的石刻用典形式有一二一三個，占總數的百分之二十八點九五。

　　第四個特點：石刻用典形式語境意義與構成成分來源意義之間通過來源意義存在間接聯繫。有相當多的構成成分來源意義的比喻義、引申義、借代義、反義等可以和語境意義比較接近。

　　語境意義是構成成分來源意義的比喻義、引申義、借代義、反義等的石刻用典形式有二六七二個，占總數的百分之六十三點七七。資料顯示，有相當多的石刻用典形式的構成成分來源意義可以通過多種途徑間接提示語境意義。由於來源意義是語境意義的構成基礎，構成成分來源意義通常是來源意義的一部分，因此，石刻用典形式語境意義與構成成分來源意義之間通過來源意義存在間接聯繫。

　　第五個特點：構成成分來源意義與來源意義之間關係密切，除少量沒有獨立完整意義的構成成分外，大都或能體現、反映來源意義的主旨內容，或是來源意義某一方面的概括，或是來源意義的關鍵構成部分，或是來源意義的細節內容，或有部分與來源意義相關，等等。

　　構成成分來源意義能夠體現、反映來源意義的主旨內容的石刻用典形式有二八七個，占總數的百分之六點八五；構成成分來源意義不能體現、反映來源意義的主旨內容，但是來源意義的關鍵構成部分，能夠體現、反映來源意義的重要方面的石刻用典形式有二〇七〇個，占總數的百分之四十九點四；構成成分來源意義是來源意義某一方面的概括的石刻用典形式有八四九個，占總數的百分之二十點二六；構成成分來源意義不是來源意義的關鍵構成部分，是來源意義的細節內容的石刻用典形式有三五九個，占總數的百分之八點五七；構成成分來源意義的一部分是來源意義中的內容，另一部分是與來源意義相關的內容的石刻用典形式有二三七個，占總數的百分之五點六六；構成成分沒有獨立完整的意義，是來源中相關內容的組合的石刻用典形式

有三一二個，占總數的百分之七點四五；構成成分沒有獨立完整的意義，是來源中跨層語法結構的割裂的石刻用典形式有七十六個，占總數的百分之一點八一。

由上述資料分析可知，石刻用典形式表義方式特點有：石刻用典形式的語境意義是在來源意義的基礎上構成的，語境意義的形成不能完全離開來源意義；構成成分來源意義能直接表明語境意義的石刻用典形式很少；石刻用典形式語境意義與構成成分來源意義之間可以沒有意義關聯；石刻用典形式語境意義與構成成分來源意義之間通過來源意義存在間接聯繫；除少量沒有獨立完整意義的構成成分外，石刻用典形式構成成分來源意義主要是來源意義的關鍵構成部分，大都能體現、反映來源意義某一方面的內容。

歸納起來，我們可以將石刻用典形式的表義方式特點概括為：從內容來看，石刻用典形式的意義是以來源意義為基礎構成的；從形式來看，石刻用典形式基本來自典故中，除少量沒有獨立完整意義的形式外，石刻用典形式大都能體現、反映來源意義某一方面的內容；從石刻用典形式與其所表達的意義關係來看，能夠直接表明意義的石刻用典形式很少，石刻用典形式與其所表達的意義之間傾向於不存在理據性。

四　石刻用典形式語境意義的構成特點

石刻用典形式語境意義構成的總特點是：石刻用典形式語境意義是在來源意義的基礎之上構成的，語境意義的構成不能完全離開來源意義。

石刻用典形式語境意義必須和來源意義保持意義上的關聯。語境意義完全和來源意義沒有關聯的石刻用典形式，或者該語言形式另有

來歷出處，或者該語言形式根本不是用典形式。例如：

南朝宋劉義慶《世說新語‧容止》[56]：「稽康身長七尺八寸，風姿特秀，見者歎曰：『蕭蕭肅肅，爽朗清舉。』或云：『肅肅如松下風，高而徐引。』山公曰：『稽叔夜之為人也，岩岩若孤松之獨立；其醉也，傀俄若玉山之將崩。』」

「山頹」，形容醉倒。

北魏〈元廞墓誌〉：「菆塗不施，舟楫莫設，而望舒示稷，山頹奄及。」（5.103）

上例中「山頹」與死亡義有關，和南朝宋劉義慶《世說新語‧容止》之來源意義完全無關，當另有來歷出處。

《禮記‧檀弓上》[57]：「孔子蚤作，負手曳杖，消搖於門，歌曰：『泰山其頹乎，梁木其壞乎，哲人其萎乎！』既歌而入，當戶而坐。子貢聞之，曰：『……梁木其壞，哲人其萎，則吾將安放！夫子殆將病也。』……夫子曰：『予疇昔之夜，夢坐奠於兩楹之間，夫明王不興，而天下其孰能宗予？予殆將死也。』蓋寢疾七日而沒。」

「山頹」，人死亡的婉稱。

北魏〈元欽墓誌〉：「中途頓駕，陵空落翰。山頹何悲，良折豈歎。」（5.112）

隋〈謝嶽墓誌〉：「但災禽致禍，積善無徵，木折山頹，奄鍾君子。」（9.105）

隋〈姬威墓誌〉：「恩深吳漢，澤甚張良。將亡星，相歿山頹。」（10.035）

---

56 〔南朝宋〕劉義慶撰，〔南朝梁〕劉孝標注，余嘉錫箋疏：《世說新語箋疏》（北京市：中華書局，2007年），頁716。

57 〔漢〕鄭玄注，〔唐〕孔穎達等正義：《十三經注疏‧禮記正義》（北京市：中華書局，2003年），頁1283。

唐〈李彥墓誌〉：「盛衰是易，離合非難，山頹梁壞，友悒朋酸。」（11.026）（貞觀四年）

唐〈崔德政墓誌〉：「墜芳物忌，明智人猜。詩吟漳浦，歌奏山頹。」（全集1060）（聖曆元年）

唐〈王慶墓碣〉：「嗚呼哀哉！昊天不傭，殲我良懿。山頹玉折，何嗟及之。」（21.133）（開元八年）

唐〈趙瓊琰墓誌〉：「才高位下兮今已矣，梁壞山頹兮傷我神！」（24.138）

典故辭書在釋義時也要注意用典形式來源意義，如果離開來源意義去釋義，將會影響用典形式表義的準確性，甚者會誤釋。例如：

「一秦」，較早見於《史記・陳涉世家》[58]：「武臣到邯鄲，自立為趙王，陳餘為大將軍，張耳、召騷為左右丞相。陳王怒，補繫武臣等家室，欲誅之。柱國曰：『秦未亡而誅趙王將相家屬，此生一秦也。不如因而立之。』」《漢書・陳勝傳》亦載此事，顏師古注：「言為仇敵，與秦無異。」

《漢語典故大辭典》釋義：「一秦」，常以指獨一，惟一。書證：唐韓翃〈田倉曹東亭夏夜得春字〉：「更羨風流外，文章是一秦。」此釋義不當，屬離開來源意義隨文釋義。在來源意義中，「一秦」指像秦王朝那樣的強勁敵方；亦可指力量強大的一方霸主。「強勁、強大、擁有不一般的能力等意義」與「敵方、霸主、令人不得不提防或認真看待等意義」是來源意義中的主要方面，由此生發出的意義基本要含有這兩方面的意義。如：

唐〈鄭及妻崔氏墓誌〉：「從建中初，鎮冀之間，自為一秦，頗禁衣冠，不出境界，謂其棄我而欲歸還。」（30.123）

---

58 〔漢〕司馬遷：《史記》（北京市：中華書局，1982年），頁1855。

這裏,「一秦」指力量強大的一方霸主。

《舊唐書·李密列傳》[59]:「高祖覽書笑曰:『李密陸梁放肆,不可以折簡致之。吾方安輯京師,未遑東討,即相阻絕,便是更生一秦。』」

這裏,「一秦」指強勁的敵人。

《漢語典故大辭典》釋「一秦」為「獨一,惟一」,這類意義不見於來源意義。就其所舉書證而言,如此釋義也欠周全。「更羨風流外,文章是一秦。」這裏的「文章是一秦」應當含有文章出類拔萃,在學界獲得較高聲譽,在文質和威望等方面足以與大家抗衡之類的意義。

石刻用典形式語境意義是在來源意義的基礎之上構成的,語境意義的構成有多種方法和特點。大致可分為兩種類型:直接來自來源意義的語境意義與間接來自來源意義的語境意義。語境意義直接來自來源意義的石刻用典形式有三一八八個,占總數的百分之七十六點〇九;語境意義間接來自來源意義的石刻用典形式有一〇〇二個,占總數的百分之二十三點九一。直接來自來源意義的語境意義有四種情況:有的與來源意義相近或相同;有的是對來源意義的總體概括,是典故主旨的體現;有的是對來源意義某一方面、某一角度的概括,是典故主旨內容之一;有的是來源意義的細節內容,是典故的非主旨內容。間接來自來源意義的語境意義有幾種情況:語境意義是來源意義某一方面、某一角度的比喻義、引申義、借代義、反義、增添義,等等。

不論是直接來自來源意義或是間接來自來源意義,石刻用典形式語境意義一般都會帶著來源意義的相關限定、補充意義。限定、補充

---

59 〔唐〕房玄齡、褚遂良等:《晉書》(北京市:中華書局,1974年),頁2340。

意義雖不是典故的主旨內容，不是來源意義的主要方面，但對全面、準確表達石刻用典形式的語境意義具有重要的作用，在語境意義的構成中不可或缺。例如：

「伯道無兒」，較早見於《晉書・良吏傳・鄧攸》：「攸棄子之後，妻不復孕。過江，納妾，甚寵之，訊其家屬，說是北人遭亂，憶父母姓名，乃攸之甥。攸素有德行，聞之感恨，遂不復蓄妾，卒以無嗣。時人義而哀之，為之語曰：『天道無知，使鄧伯道無兒。』」

「伯道無兒」，《漢語典故大辭典》釋義為「謂無子嗣」。如此釋義，既沒有抓住來源意義的主旨方面，也沒有體現來源意義的相關限定、補充意義。「伯道無兒」，是歎惋無子嗣，這是來源意義的主旨方面。在釋義時還要體現來源意義的相關限定、補充意義，這裏不是歎惋一般的人無子嗣，而是歎惋類似鄧攸般的品行高潔之士無子嗣。因此，「伯道無兒」，謂歎惋品行高潔之士無子嗣。

唐〈崔素臣墓誌〉：「伯道無兒，竟爽鄧侯之嗣；中郎有女，空傳蔡氏之書。」（新出河南1.161）（景雲二年）

唐〈李敬瑜墓誌〉：「雖伯道無兒，鄧侯絕嗣，感斯碩茂，勒乎清懿。」（21.172）（開元九年）

唐〈盧子鸞墓誌〉：「痛乎回也短命，豈空歎於宣尼；伯道無兒，寧獨傷乎安石。」（30.052）

第二節　石刻用典形式意義的文化內涵

「文化」一詞，古已有之。《易・繫辭下》[60]：「物相雜，故曰

---

60 〔魏〕王弼，〔晉〕韓康伯注，〔唐〕孔穎達等正義：《十三經注疏・周易正義》（北京：中華書局，2003年），頁90。

文。」《說文解字》[61]:「文,錯劃也,象交文。」《易‧繫辭下》[62]:
「男女構精,萬物化生。」「文」、「化」共同出現,較早見於《易‧
賁卦‧象傳》[63]:「觀乎天文,以察時變;觀乎人文,以化成天下。」
西漢時候,「文」、「化」組合成詞。劉向《說苑‧指武》[64]卷十五:
「凡武之興,為不服也,文化不改,然後加誅。」中國古代「文化」
多指「文治教化」。「文化」的現代意義源於西方,範圍極廣,舉凡人
類的一切活動和結果,都屬於文化。

綜合多家觀點,文化的結構可以分為四部分:物質文化、精神文
化、制度文化、行為文化。物質文化是人類的物質生產活動及其產品
的總和。精神文化包括人類的價值觀念、知識體系、思維方式等的總
和。制度文化,是人類在社會實踐活動中所建立的各種社會規範的總
和,包括婚姻、家庭、政治、經濟、宗教等制度以及組織形式在內。
行為文化,是人類在長期的社會實踐和複雜的人際交往中約定俗成的
習慣行為,主要是以民風和民俗形態呈現的行為模式。

語言是文化的主要載體。用典形式,大多來源於傳統典籍文獻中
對後世影響最大、最能體現民族文化的部分,其意義能集中體現中國
民族文化背景下人們的價值觀念、知識體系、思維方式、社會狀況
等,具有豐富的文化內涵。關於典故詞語的文化意義或文化內涵,學
者們已有相關的研究成果。王光漢〈論典故詞的詞義特徵〉[65]:「典故

---

61 〔漢〕許慎:《說文解字》(北京市:中華書局,1963年),頁185。

62 〔魏〕王弼,〔晉〕韓康伯注,〔唐〕孔穎達等正義:《十三經注疏‧周易正義》(北京:中華書局,2003年),頁88。

63 〔魏〕王弼,〔晉〕韓康伯注,〔唐〕孔穎達等正義:《十三經注疏‧周易正義》(北京:中華書局,2003年),頁37。

64 〔漢〕劉向撰:《說苑》,收入《百子全書》(杭州市:浙江人民出版社,影印1919年掃葉山房石印本,1984年),第1冊。

65 王光漢:〈論典故詞的詞義特徵〉,《古漢語研究》1997年第4期(1997年)。

詞是文化詞語，因而典故詞的詞義只是文化意義。」王琪〈從典故看中國古代的隱士文化〉[66]對中國古代隱士文化的產生、發展、高潮、衰落四個階段作了比較系統的總結。唐雪凝、丁建川〈典故詞語的文化內涵〉[67]從「典故詞語反映物質文化」、「典故詞語反映制度文化」、「典故詞語反映精神文化」、「典故詞語與人名」、「典故詞語與地名」五個方面進行了介紹。

　　石刻用典形式來源文獻主要有經、史、子類文獻，也有較多的詩、賦、小說、遊記、佛經等，其意義的文化內涵極為豐富。我們從石刻用典形式意義的物質文化內涵、精神文化內涵、制度文化內涵、行為文化內涵四個方面作簡要介紹。

一　石刻用典形式意義的物質文化內涵

　　石刻用典形式意義的物質文化內涵主要體現在服飾、器物、建築、飲食四個方面，這些方面的石刻用典形式較少。

（一）服飾

　　1 「丹素」，較早見於《詩・唐風・揚之水》[68]「素衣朱襮」毛傳：「諸侯繡黼，丹朱中衣。」鄭玄箋：「中衣以綃黼為領，丹朱為純也。」

　　「丹素」，泛稱士大夫的衣服。

66　王琪：〈從典故看中國古代的隱士文化〉，《渭南師範學院學報》2004年第1期（2004年）。

67　唐雪凝、丁建川：〈典故詞語的文化內涵〉，《畢節師範高等專科學校學報》2005年第6期（2005年）。

68　〔漢〕毛亨傳、鄭玄箋，〔唐〕孔穎達等正義：《十三經注疏・毛詩正義》（北京市：中華書局，2003年），頁362。

北魏〈赫連悅墓誌〉:「亦既九五,迭茲丹素。」（5.146）

北齊〈義慈惠石柱頌〉:「軒駕馳彩,類鄉雲之五色;士女閒雜,狀丹素之紛披。」（7.1167.121）

唐〈大唐故中大夫紫府觀道士薛先土（贖）墓誌銘〉:「披瀝丹素,解釋纁綏。光揚朝序,飄裔仙衣。」（新出陝西1.032）

2　「鳥服」,較早見於《史記・夏本紀》[69]:「鳥夷皮服。」裴駰集解:「鄭玄曰:『東方之民搏食鳥獸者。』孔安國曰:『服其皮,明水害除。』」本謂東方海島居民以鳥獸皮毛為服。

「鳥服」,借指荒遠之地。

南朝宋〈石騳銘〉:「在昔鴻荒,刊啟源陸,表里民邦,經緯鳥服。」（2.128）

唐〈房玄齡碑〉:「尋而有事馬韓,將□鳥服。」（全集235）

3　「方領圓冠」,較早來源為《後漢書・儒林傳序》[70]:「建武五年,乃修起太學……服方領習矩步者,委它乎其中。」《後漢書・馬援傳》[71]:「勃衣方領,能矩步。」李賢注引《前書音義》:「頸下施衿領正方,學者之服也。」

「方領圓冠」,借指儒者或儒者之服。

唐〈仇道朗墓誌〉:「雖環□璧水,弘其待扣之材,方領圓冠,承茲鼓篋之致。」（18.085）

4　「百結」,較早見於《藝文類聚》[72]卷六七引晉王隱《晉書》:「董威輦每得殘碎繒,輒結以為衣,號曰百結。」

69　〔漢〕司馬遷:《史記》（北京市:中華書局,1982年）,頁52。

70　〔南朝宋〕范曄:《後漢書》（北京:中華書局,1965年）,頁2545。

71　〔南朝宋〕范曄:《後漢書》（北京:中華書局,1965年）,頁850。

72　〔唐〕歐陽詢撰,汪紹楹校:《藝文類聚》（上海市:上海古籍出版社,1999年）,頁1188。

「百結」，形容衣多補綴。

唐〈杜順和尚行記〉：「渠百結，師補綴焉。」（32.084）

（二）器物

1　「周鼎」，較早見於《左傳·宣公三年》[73]：「楚子伐陸渾之戎，遂至於雒，觀兵於周疆。定王使王孫滿勞楚子，楚子問鼎之大小輕重焉。」禹鑄九鼎，三代視之為國寶。楚王問鼎，有取而代周之意。

「周鼎」，借指國家政權。

隋〈郁久閭伏仁磚誌〉：「周鼎既移，大隋承運。」（9.031）

唐〈李密墓誌〉：「野戰群龍，原馳走鹿，竟窺周鼎，爭亡秦族。」（新出河南1.109）（武德二年）

唐〈金行舉墓誌〉：「隨屬周鼎未定，秦鹿走嶮，待降絲綸，授承御上士，尋遷車騎將軍。」（12.002）（貞觀十六年）

唐〈吳黑闥碑〉：「屬周鼎鳧飛，秦原鹿逐。黑山妖祲，始貽暴於稽天；翠渚祥符，已呈休於出震。」（全集379）（總章二年）

唐〈高知行墓誌〉：「頃以周鼎沉水，秦鹿走原，波濤溢於九龍，衣冠移於五馬，因官而宅，抑有人焉，紹祚承家，即惟公矣。」（20.076）（景龍三年）

2　「汾鼎」，較早見於《史記·封禪書》[74]：「其夏六月中，汾陰巫錦為民祠魏脽后土營旁，見地如鉤狀，掊視得鼎。鼎大異於眾鼎……『鼎宜見於祖禰，藏於帝廷，以合明應。』」

「汾鼎」，稱象徵國祚的寶鼎。

73　〔晉〕杜預注，（唐）孔穎達等正義：《十三經注疏·春秋左傳正義》（北京市：中華書局，2003年），頁1868。

74　〔漢〕司馬遷：《史記》（北京市：中華書局，1982年），頁1392。

　　唐〈史君妻趙氏墓誌〉:「龍文素襲,映汾鼎以相輝;驥德方申,望天池而篋影。」(16.028)

　　3 「景鍾」,較早見於《國語・晉語七》[75]:「昔克潞之役,秦來圖敗晉功,魏顆以其身卻退秦師於輔氏,親止杜回,其勳銘於景鍾。」韋昭注:「景鍾,景公鍾。」

　　「景鍾」,謂褒揚功勳。

　　唐〈元始天尊素像碑〉:「靈儀勝業,雖無勒於景鍾,敢樹豐碑,傳之於後葉。」(11.058)

　　唐〈張曉墓誌〉:「既勒績於景鍾,亦標名於策府。」(15.143)

　　4 「三雅」,較早見於《太平御覽》[76]卷八四五引《典論》:「劉表有酒爵三,大曰伯雅,次曰仲雅,小曰季雅。伯雅容七升,仲雅六升,季雅五升。」

　　「三雅」,泛指酒器。

　　隋〈張業墓誌〉:「惟君名實高瞻,物望茂歸,非唯書盡八千,抑亦興敦三雅。」(10.080)

　　唐〈王慈善墓誌〉:「君質溫冬日,氣屬秋霜,傅物裝襟,閑居遣累,風前三雅,淡爾忘歸;月下一弦,怡然自得。」(15.147)

　　唐〈王則墓誌〉:「麗景芳辰,命二難而遣慮;風前月下,引三雅以陶情。」(15.212)

　　唐〈楊承胤墓誌〉:「禘紱南郭,銷聲東野,放曠一丘,留連三雅。」(20.050)

　　5 「白鹿」,較早見於《後漢書・鄭弘傳》[77]:「(鄭弘)政有仁惠,民稱蘇息。遷淮陽太守」李賢注引三國吳謝承《後漢書》:「弘消

---

75 俞志慧:《《國語》韋昭注辯正》(北京市:中華書局,2009年版),頁180。

76 〔宋〕李昉等:《太平御覽》(北京市:中華書局,1960年),頁3776。

77 〔南朝宋〕范曄:《後漢書》(北京:中華書局,1965年),頁1155-1156。

息繇賦，政不煩苛。行春天旱，隨車致雨。白鹿方道，俠轂而行。弘怪問主簿黃國曰：『鹿為吉為凶？』國拜賀曰：『聞三公車畫作鹿，明府必為宰相。』」鄭弘後果為太尉。

「白鹿」，指太守的車駕。

北齊〈司馬遵業墓誌〉：「遷太尉公。宅心玄妙，投跡厚重，瑞邀白鹿，冥弄金印。」（7.025）

唐〈張伯墓誌〉：「豈止六穗致詠，五袴流謠。白鹿扶輪，青鸞集館。」（11.044）

唐〈皇甫文備墓誌〉：「俗類從星，政均時雨，榮開白鹿，途盈來晚之歌；怪靜玄犀，野滿去思之詠。」（19.110）

其它石刻用典形式：高車畫鹿、驄馬。

（三）建築

「靈光」、「魯殿」，較早見於漢王延壽〈魯靈光殿賦〉[78]：「魯靈光殿者，蓋景帝程姬之子恭王餘之所立也……遭漢中微，盜賊奔突，自西京未央、建章之殿，皆見隳壞，而靈光巋然獨存。」

「靈光」，指宏偉堅固的宮殿或其它建築；喻碩果僅存的人或事物。「魯殿」同。

隋〈曹植廟碑〉：「蕙樓菌閣，遠邁靈光。」（9.089）

隋〈董美人墓誌〉：「既而來儀魯殿，出事梁臺，搖環佩於芳林，袨綺繢於春景，投壺工鶴飛之巧，彈棋窮巾角之妙。」（9.119）

隋〈陳叔毅修孔子廟碑〉：「睹泮水而思歌，尋靈光而想賦。」（10.051）

---

78 〔南朝梁〕蕭統撰，〔唐〕李善注：《文選》（上海市：上海古籍出版社，1986年），頁508。

　　唐〈王美暢妻長孫氏墓誌〉：「遂以長安三年，梯山鑿道，架險穿空，構石崇其基，斫絮陳其隙，與天地而長固，等靈光而巋然。」（19.093）

（四）飲食

　　「瓢飲」、「簞瓢」，較早見於《論語・雍也》[79]：「一簞食，一瓢飲，在陋巷，人不堪其憂，回也不改其樂。賢哉回也！」

　　「瓢飲」，形容生活簡樸清貧。「簞瓢」同。

　　唐〈劉粲墓誌〉：「梁竦欲廟食，顏回重瓢飲，以今相古，餘生得哉！」（11.010）

　　唐〈賈信墓誌〉：「少有英奇，長多懿德，敦詩悅禮，守義懷廉。居陋巷而忘憂，擁瓢飲而無怨。」（14.152）

　　唐〈楊瓊墓誌〉：「祖仁素，養高不仕；谷神林壑，樂道琴書，類顏子之得性簞瓢，並梁君之坐輕州縣。」（22.036）

　　唐〈李君妻劉氏墓誌〉：「夫人身衣浣濯，樂共簞瓢，損金翠以贍於遺孤，潔蘋藻致美於賓祭。」（22.043）

（五）動物

　　「龍馬」，較早見於《周禮・夏官・廋人》[80]：「馬八尺以上為龍。」

　　「龍馬」，指駿馬。

　　北魏〈高貞墓誌〉：「雖綺繻紈綺，英英於王許；龍馬流車，陸離

---

79 〔魏〕何晏集解，〔宋〕邢昺疏：《十三經注疏・論語注疏》（北京：中華書局，2003年），頁2478。

80 〔漢〕鄭玄注，〔唐〕賈公彥疏：《十三經注疏・周禮注疏》（北京：中華書局，2003年），頁861。

於陰鄧。而不以富貴驕人，必以謙虛業已。」（4.143）

北魏〈元鑽遠墓誌〉：「寒風騷屑，龍馬徘徊。」（5.190）

唐〈張叔子墓誌〉：「夫人田氏，鳳凰入兆，陳敬仲之高宗；龍馬出畿，孟嘗君之貴胄。」（21.022）

其它石刻用典形式：八駿、赤驥。

二　石刻用典形式意義的精神文化內涵

石刻用典形式意義的精神文化內涵主要體現在忠君、孝悌、廉吏善政、禮賢、教育、善報、貞節、隱逸、神仙、佛教、音樂、軍事、祥瑞、占卜、靈夢、面相、風水等方面。

（一）忠君

君主是最高統治者，以君主專制為核心的中國古代社會結構，形成了中國傳統文化中的忠君思想。

1　「教忠」，較早見於《左傳・僖公二十三年》[81]：「子之能仕，父教之忠，古之制也。」

「教忠」，謂教以忠誠之道理。

唐〈高懲墓誌〉：「復州府君時為吏部郎，計無所從，闔門待罪，而教忠有素，道死于歸，安親奉國，有如此者。」（23.041）

唐〈崔湛墓誌〉：「及乎附蘿義缺，崩城痛巨，銘功諡行，不獨黔婁之妻；保德教忠，寧謝王孫之母。」（26.046）（天寶十年）

唐〈唐故東都功德等使朝議大夫內侍省內常侍員外置同正員知東

81　〔晉〕杜預注，（唐）孔穎達等正義：《十三經注疏・春秋左傳正義》（北京市：中華書局，2003年），頁1814。

都內侍省事上柱國長城縣開國公食邑一千五百戶姚公（存古）墓誌銘》:「而能卑恭自持，終始不耀；是知教忠之光，宜哉善繼。」（新出陝西2.232）（大和九年）

2 「鳴轂」，較早見於漢劉向《說苑・立節》《百子全書》[82]卷四:「越甲至齊，雍門子狄請死之。齊王曰:『鼓鐸之聲未聞，矢石未交，長兵未接，子何務死之？為人臣之禮邪？』雍門子狄對曰:『臣聞之，昔者王田於圃，左轂鳴，車右請死之。而王曰:「子何為死？」車右對曰:「為其鳴吾君也。」王曰:「左轂鳴者，工師之罪也，子何事之有焉？」車右曰:「臣不見工師之乘，而見其鳴吾君也。」遂刎頸而死。知有之乎？』齊王曰:『有之。』雍門子狄曰:『今越甲至，其鳴吾君也，豈左轂之下哉？車右可以死左轂，而臣獨不可以死越甲也？』遂刎頸而死。是日越人引甲而退七十里。」

「鳴轂」，謂效死報君。

北齊〈竇泰墓誌〉:「君以鳴轂為恥，遺賊是念，將發函谷之涇，驅渭橋之警，洗兵灞涘，□馬終南。」（7.046）

其它石刻用典形式:捧日。

（二）孝悌

「百善孝為先」，「孝」是中華民族的傳統美德。《孝經・廣至德章第十三》[83]:「教以孝，所以敬天下之為人父者也；教以悌，所以敬天下之為人兄者也。」邢昺疏:「舉孝悌以為教，則天下之為人子弟者無不敬其父兄也。」

---

82 〔漢〕劉向撰:《說苑》，收入《百子全書》（杭州市:浙江人民出版社，影印1919年掃葉山房石印本，1984年），第1冊。

83 〔唐〕唐玄宗注，〔宋〕邢昺疏:《十三經注疏・孝經注疏》（北京市:中華書局，2003年），頁2557。

1 「凱風」、「寒泉」，較早見於《詩・邶風・凱風》[84]：「凱風自南，吹彼棘薪。母氏聖善，我無令人。爰有寒泉，在濬之下。有子七人，母氏勞苦。」

「凱風」，指子女對母親的孝思或子女思念母親的心情。「寒泉」，指子女感念母恩的孝心。

唐〈王懷文墓誌〉：「嗣子德積等，居喪過禮，殆將滅性。思凱風而永慕，蹈寒泉而增感。」（11.119）

唐〈辛衡卿墓誌〉：「哀纏陟岵，痛結寒泉。清規永劭，茂范方傳。」（11.180）（貞觀二十二年）

唐〈大唐故司徒公并州都督上柱國鄂國公夫人蘇氏（斌）墓誌銘〉：「素魄方晈，白駒俄戢。寒泉夜深，凱風朝急。」（新出陝西1.048）（顯慶四年）

唐〈大唐故梓州刺史贈使持節都督幽州諸軍事幽州刺史李公（震）墓銘〉：「每傃彼凱風，嬰號靡及；履茲多露，孺慕興哀。」（新出陝西1.058）（麟德二年）

唐〈成君妻劉尚墓誌〉：「畢地長違，終天靡及，寒泉之慕逾切，凱風之思莫追。」（14.129）（麟德二年）

唐〈大唐太宗文皇帝故貴妃紀國太妃韋氏（珪）墓誌銘〉：「王痛結終身，毀將滅性。抑凱風而增擗，想寒泉以慟懷。」（新出陝西1.063）（乾封元年）

唐〈張君妻王氏墓誌〉：「倏而痛殷如剡，悲結匪莪，訴曾穹而罔極，怨凱風其如何。」（16.069）（儀鳳二年）

唐〈韋公妻裴覺墓誌〉：「攀凱風而血皆，方永三年；感寒泉以痛心，長哀七子。」（20.081）

---

84 〔漢〕毛亨傳、鄭玄箋，〔唐〕孔穎達等正義：《十三經注疏・毛詩正義》（北京市：中華書局，2003年），頁301-302。

唐〈崔守約墓誌〉:「嗣子遠等,藐藐不圖,哀哀在疚,悲蓼莪以隕涕,向凱風而啜泣。」(22.144)

唐〈崔君妻朱氏墓誌〉:「子希先等,痛凱風之吹棘,臨寒泉而陟屺,慘積身世之哀,恨絕幽明之理。」(25.009)

2「冬筍」、「哭竹」,較早來源為《三國志‧吳志‧孫晧(皓)傳》[85]。「司空孟仁」裴松之注引《楚國先賢傳》:「宗母嗜筍。冬節將至,時筍尚未生,宗入竹林哀歎,而筍為之出,得以供母,皆以為至孝之所致感。」

「冬筍」,喻指事親孝行。「哭竹」,稱揚至誠孝親,感天動地。

唐〈崔泰之墓誌〉:「又有白鼠馴於廬側,冬筍抽於庭際,人咸以為孝感所致。」(22.030)

唐〈邵才志墓誌〉:「光榮先祖,忠直事君,孝義奉母,哭竹求辛。」(29.147)

3「懷橘」,較早見於《三國志‧吳志‧陸績傳》[86]:「績年六歲,於九江見袁術。術出橘,績懷三枚,去,拜辭墮地,術謂曰:『陸郎作賓客而懷橘乎?』績跪答曰:『欲歸遺母。』術大奇之。」

「懷橘」,指孝親。

北齊〈高僧護墓誌〉:「君稟異挺生,資靈積善,機惠辨悟,意等讓梨;孝性自天,有如懷橘。」(8.054)

唐〈李智墓誌〉:「辭官遁居,優遊自得。孝同懷橘,仁類埋蛇。」(12.088)(永徽四年)

---

85 〔晉〕陳壽撰,〔南朝宋〕裴松之注:《三國志》(北京市:中華書局,1982年),頁1168-1169。

86 〔晉〕陳壽撰,〔南朝宋〕裴松之注:《三國志》(北京市:中華書局,1982年),頁1328。

　　唐〈周護碑〉：「控竹焉軍陣之娛，懷橘柞爰書之戲。」（全集302）（顯慶三年）

　　唐〈慕容知禮墓誌〉：「惟君幼稟靈和，夙標純至，懷橘締想，符曩陸於髫年；扇枕竭誠，均昔黃於綺歲。」（15.187）（咸亨四年）

　　唐〈李弘裕墓誌〉：「酬梅懷橘，譽聳髫年；吐鳳雕蟲，聲馳卝歲。」（16.101）

　　唐〈張安安墓誌〉：「趨庭奉聞，徙第承訓，孝極懷橘，才兼夢筆。」（17.100）

　　唐〈劉崟墓誌〉：「公青春懷橘，白面淩雲，出事公卿，奏成品秩，解褐任洵陽縣丞。」（30.166）

　　唐〈曹慶妻樊氏合祔誌〉：「陸績懷橘，王祥臥冰，公之事親，其在茲也。」（32.009）

　　唐〈趙建遂妻董氏王氏合祔誌〉：「俱才年壯，孝悌俱傳，衣彩晨昏，承順懷橘。」（32.106）

　　後唐〈任元頁墓誌〉：「孝愛居家，懷橘有譽，信義於外，斷金立名。」（36.035）

　　其它石刻用典形式：蓼莪、蓼莪興感、蓼莪哀、毛義捧檄、杯圈、南陔、陔蘭、循陔、蘭陔、入孝出悌、歡兼水菽、含菽飲水、王祥之孝、扇枕、溫席、斑衣、承歡彩服、衣彩、曹娥、仲由負米、鶺鴒、鴒原、在原、友於、弟瘦兄肥、陸績懷橘、懷陸橘。

（三）廉吏善政

　　封建社會初期，以農業生產為主，社會生產力水準低下，人民生活困苦；而地方政府的行政長官擁有極大的權力，其品德、能力直接影響到人們的生產生活，因此，對廉吏善政的渴盼與讚揚就形成了傳統文化中的一道風景。

1　「斷裳」，較早來源為《漢書‧蓋寬饒傳》[87]：「寬饒初拜為司馬，未出殿門，斷其衣，令短離地，冠大冠，帶長劍，躬案行士卒盧室，視其飲食居處，有疾病者身自撫循問之，加致醫藥，遇之甚有恩。」

「斷裳」，稱頌良吏。

唐〈朱齊之墓誌〉：「斷裳止慢，興齊國之儒風。餘慶蟬聯，弈世不絕。」（21.077）

2　「人歌五袴」，較早來源為《後漢書‧廉范傳》[88]：「建初中，遷蜀郡太守……舊制禁民夜作，以防火災，而更相隱蔽，燒者日屬。範乃毀削先令，但嚴使儲水而已。百姓為便，乃歌之曰：『廉叔度，來何暮？不禁火，民安作。平生無襦今五絝。』」

「人歌五袴」，指百姓歌頌惠政。

唐〈張才墓誌〉：「架漁陽麥秀兩岐，籠城都人歌五袴。」（13.029）

唐〈盧承業墓誌〉：「江連巫峽，地接宕渠，麥秀兩岐，人歌五袴。」（15.169）

3　「伐枳」，較早見於《後漢書‧岑彭傳》[89]：「遷魏郡太守，招聘隱逸，與參政事，無為而化。視事二年，興人歌之曰：『我有枳棘，岑君伐之；我有蟊賊，岑君遏之。』」

「伐枳」，頌揚官吏善政。

唐〈楊基墓誌〉：「氣岸雄舉，風神秀傑。列棘飛芳，伐枳興詠。」（12.037）（永徽二年）

87　〔漢〕班固撰，〔唐〕顏師古注：《漢書》（北京市：中華書局，1962年），頁3244。

88　〔南朝宋〕范曄：《後漢書》（北京市：中華書局，1965年），頁1103。

89　〔南朝宋〕范曄：《後漢書》（北京市：中華書局，1965年），頁663。

唐〈李神符碑〉：「照以秋陽，流之各愛，坐棠所以垂詠，伐枳於是興謠。」（全集223）（永徽二年）

唐〈大唐故輔國大將軍荊州都督虢國公張公（士貴）墓誌銘〉：「思湧觀濤，歌興伐枳。市獄晏而無擾，水火賤而盈儲。」（新出陝西1.043）（顯慶二年）

唐〈唐故使持節青州諸軍事青州刺史上柱國贈司徒揚州大都督虢莊王（李鳳）墓誌銘〉：「垂桃曼於長阡，伐枳開於廣陌。」（新出陝西2.050）（上元二年）

其它石刻用典形式：拔葵去織、去織、公儀之拔葵、留犢、係犢言歸、賣刀留犢、留犢縣魚、浮虎、渡虎、去獸之風、虎去、羊碑、瞻碑墮淚、反風滅火、雨隨丹轂、歌袴、襦袴之詠、來暮、來暮之歌、五袴、五袴之歌、歌來晚、珠還、珠還合浦、借留、借恂、兩岐興詠、麥秀兩岐、兩岐著美、魯恭馴雉、蝗徙、魯恭三異、魯恭飛蝗、乳雉馴童、魯恭、佩犢、賣刀、鳴琴單父、子賤琴鳴、攀轅之戀、攀車、攀輪、臥轍攀轅、攀留、臥轍、劭父杜母、酌水、桐鄉、夜魚、劉寵之錢、一錢、飲水、卓茂遷蝗。

（四）禮賢

「陳蕃之榻」，較早見於《後漢書・徐穉傳》[90]：「時陳蕃為太守，以禮請署功曹，穉不免之，既謁而退。蕃在郡不接賓客，唯穉來特設一榻，去則縣之。」又〈陳蕃傳〉[91]：「郡人周璆，高潔之士……特為置一榻，去則縣之。」

「陳蕃之榻」，指禮待賢士嘉賓。

90　〔南朝宋〕范曄：《後漢書》（北京市：中華書局，1965年），頁1746。
91　〔南朝宋〕范曄：《後漢書》（北京市：中華書局，1965年），頁2159。

隋〈張浚墓誌〉:「若玉樹之居兼葭,野鶴之處雞群。池汎李膺之舟,室降陳蕃之榻。」(10.153)

唐〈董本墓誌〉:「既而凱歌旋旆,載戢干戈,放曠琴樽,賓友下陳蕃之榻;逍遙風月,詩賦經曹植之園。」(17.179)

其它石刻用典形式:置醴、設醴、解榻、陳榻、燕館、燕臺、擁篲。

(五)教育

石刻用典形式的意義體現了古代的教育場所、教育方式等方面的一些情況。

1 「璧水」,較早來源為《詩‧大雅‧靈臺》[92]:「於論鼓鐘,於樂辟廱。」毛傳:「水旋丘如璧,曰辟廱。」辟廱為古天子設立的學校,環以水池,形如璧。

「璧水」,稱太學或讀書講學之所。

東魏〈元玗墓誌〉:「屬泮宮初構,璧水將澄,君從父兄領軍尚書令又為營明堂太將。」(6.030)

唐〈仇道朗墓誌〉:「雖環□璧水,弘其待扣之材;方領圓冠,承茲鼓篋之致。」(18.085)

2 「軻親」,較早來源為漢劉向《列女傳‧鄒孟軻母》[93]:「鄒孟軻之母也,號孟母。其舍近墓。孟子之少也,嬉遊為墓間之事,踊躍築埋。孟母曰:『此非吾所以居處子。』乃去,舍市傍。其嬉戲為賈人衒賣之事。孟母又曰:『此非吾所以居處子也。』復徙舍學宮之

---

92 〔漢〕毛亨傳、鄭玄箋,〔唐〕孔穎達等正義:《十三經注疏‧毛詩正義》(北京市:中華書局,2003年),頁252。

93 〔漢〕劉向撰、劉曉東校點:《列女傳》(瀋陽市:遼寧教育出版社,1998年),頁7。

傍，其嬉遊乃設俎豆揖讓進退。孟母曰：『真可以居吾子矣。』遂居之。及孟子長，學六藝，卒成大儒之名。」

「軻親」，指善於教子的孟軻之母。

唐〈陸日峴妻王氏墓誌〉：「夫人自以府君捐背，四十餘年，以灰心蓬首之容，棄紈綺花鈿之飾。斷機訓子，翦髮奉賓，德容誠比於軻親，禮教實方於陶母。」（32.155）（大中十二年）

唐〈唐故贈朝散大夫奚官局令賜緋魚袋楊公故夫人左太君墓誌銘〉：「勸學倍於軻親，待士濃於侃母。」（新出陝西2.314）（乾符三年）

其它石刻用典形式：璧池、璧沼、面命言提、東膠西序、膠庠、膠序、過庭聞禮、鯉對、過庭之訓、鯉庭、鯉趨、趨庭、過庭、孟母三徙、孟母徙宅、三遷、斷織、斷機、三徙擇鄰、徙宅。

（六）善報

1　「餘慶」，較早見於《易‧坤》[94]：「積善之家，必有餘慶；積不善之家，必有餘殃。」

「餘慶」，謂積德行善之家，恩澤及於子孫。

北魏〈元寶月墓誌〉：「豈其餘慶徒言，與善終謬，長乘弛禁，離倫肆虐，秦緩虧方，夭沴成釁。」（5.014）

北魏〈元悛墓誌〉：「長瀾濬遠，層緒攸綿；餘慶所及，鋌美在焉。」（5.093）

北魏〈笱景墓誌〉：「方當藉此多善，用享餘慶，如浮未幾，若休奄及。」（5.122）

94　〔魏〕王弼，〔晉〕韓康伯注，〔唐〕孔穎達等正義：《十三經注疏‧周易正義》（北京市：中華書局，2003年），頁19。

北魏〈尒朱襲墓誌〉:「天地發祥，川嶽降祉；餘慶在焉，若人生矣。」（5.129）

北魏〈宋虎墓誌〉:「修源蔚矣，聲流萬祀；實有餘慶，在君承祉。」（5.170）

北齊〈義慈惠石柱頌〉:「但餘慶難憑，白駒易驗。」（7.1167.121）

北周〈強獨樂造像碑〉:「正在哀迷，未治軍府；天鑒積善，必加餘慶。」（8.099）

隋〈寇遵考墓誌〉:「爰降淳精，載馮餘慶。」（9.010）

唐〈黑齒俊墓誌〉:「高閣連雲，華貂疊映，享此積善，冀傳餘慶。」（20.033）

後唐〈唐故北京留守押衙前左崇武軍使兼宣威軍使西川節度押衙銀青光祿大夫檢校工部尚書兼御史大夫上柱國渤海高公（暉）墓誌銘〉:「□齊松鶴之遐齡，永保門庭之餘慶。」（新出重慶007）

2 「銜環」，較早見於晉干寶《搜神記》[95]卷二十:「漢時弘農楊寶，年九歲時，至華陰山北，見一黃雀，為鴟梟所搏，墜於樹下，為螻蟻所困。寶見憫之，取歸，置巾箱中，食以黃花。百餘日，毛羽成，朝去暮還。一夕三更，寶讀書未臥，有黃衣童子，向寶再拜曰:『我西王母使者，使蓬萊，不慎為鴟梟所搏，君仁愛見拯，實感盛德。』乃以白環四枚與寶，曰:『令君子孫潔白，位登三事，當如此環。』」

「銜環」，指報恩。

唐〈楊吳生墓誌〉:「慶鍾有德，有德必酬。贈金非寶，銜環是羞。」（12.109）

---

95 〔晉〕干寶撰，汪紹楹校注:《搜神記》（北京市:中華書局，1979年），頁238。

　　3　「結草」，較早見於《左傳・宣公十五年》[96]：「魏武子有嬖妾，無子。武子疾，命顆曰：『必嫁是。』疾病則曰：『必以為殉。』及卒，顆嫁之，曰：『疾病則亂，吾從其治也。』及輔氏之役，顆見老人結草以亢杜回，杜回躓而顛，故獲之。夜夢之曰：『余，而所嫁婦人之父也。爾用先人之治命，於是以報。』」

　　「結草」，謂受厚恩而雖死猶報。

　　唐〈馮審中墓誌〉：「未結草於陣圖，曷報主君之厚恩？」（32.079）

　　其它石刻用典形式：積善多慶、明珠報德、泣珠、扶輪、蛇珠。

（七）貞節

　　中國古代婦女社會地位低下，受「三從四德」之類的禮教約束。丈夫是妻子的天，提倡忠貞節義。

　　1　「靡他之操」、「之死靡他」、「柏舟之誓」、「共姜誓志」、「恭姜」、「柏舟永歎」，較早來源為《詩・鄘風・柏舟》[97]：「之死矢靡它。」又《詩・鄘風・柏舟序》：「柏舟，共姜自誓也。衛世子共伯蚤死，其妻守義，父母欲奪而嫁之，誓而弗許，故作是詩以絕之。」

　　「靡他之操」，形容忠貞不貳。「之死靡他」，至死不變。形容忠貞不貳。「柏舟之誓」，指婦女喪夫不再嫁的誓願。「共姜誓志」，指婦女喪夫後誓守貞節。「恭姜」，泛指誓不再嫁的寡婦。「柏舟永歎」，謂喪夫或夫死矢志不嫁。

　　北魏〈邢巒妻元純陁墓誌〉：「既慚靡他之操，又愧不轉之心。」（5.126）

96　〔晉〕杜預注，（唐）孔穎達等正義：《十三經注疏・春秋左傳正義》（北京市：中華書局，2003年），頁1888。

97　〔漢〕毛亨傳、鄭玄箋，〔唐〕孔穎達等正義：《十三經注疏・毛詩正義》（北京市：中華書局，2003年），頁312。

北齊〈報德像碑〉:「男懷衛珍王承之操,咸體潤珪璋。女履恭姜伯姬之節,皆心貞琬琰。」(7.048)

唐〈淳于君妻陳恭墓誌〉:「夫人蓬首孀閨,鉛華不禦,柏舟自勖,之死靡他,廿餘年,克終貞吉。」(15.174)

唐〈郎國長公主神道碑〉:「撫視遺孤,將守柏舟之誓;志祈剃落,永從奈苑之遊。」(22.077)

唐〈杜元穎妻崔氏墓誌〉:「共姜誓志,孟母求鄰,德門衰謝,令嗣沉湮。」(24.093)

唐〈袁君墓誌〉:「夫人滎陽鄭氏,宿因儷偶,恩重義深,四德同於恭姜,三從齊於孟母,其儀不忒,坤令有聞。」(25.055)(天寶三年)

唐〈唐故彭城劉都尉(暉)墓誌銘〉:「哀哀夫人,自稱未亡;終悲墜翼,更苦摧梁;柏舟永歎,豈獨恭姜。」(新出河南2.291)(元和四年)

2 「秋胡之妻」,較早見於漢劉向《列女傳・魯秋潔婦》[98]:春秋魯人秋胡,婚後五日,游宦於陳,五年乃歸,見路旁美婦採桑,贈金以戲之,婦不納。及還家,母呼其婦出,即採桑者。婦斥其悅路旁婦人,忘母不孝,好色淫佚,憤而投河死。

「秋胡之妻」,指節義烈女。

隋〈卞鑒墓誌〉:「潔等秋胡之妻,才同世叔之婦。」(10.152)

其它石刻用典形式:伯姬、禮宗、黃鵠、陶嬰。

---

98 〔漢〕劉向撰、劉曉東校點:《列女傳》(瀋陽市:遼寧教育出版社,1998年),頁52-53。

（八）隱逸

1 「商岩」、「傅氏之岩」，較早見於《書‧說命上》[99]：「高宗夢得說，使百工營求諸野，得諸傅岩……恭默思道，夢帝齎予良弼，其代予言。乃審厥象，俾以形旁求於天下，說築傅岩之野，惟肖，爰立作相。」

「商岩」，指賢士棲隱之處或隱逸的賢士。「傅氏之岩」，指賢士棲隱之處。

唐〈李弘（孝敬皇帝）叡德碑〉：「戈臨春序，籥奏秋旻。商岩佇逸，望苑通賓。考藝方遠，宣猷日新。」（16.015）

唐〈靈慶公神祠碑〉：「感知虁之訓，心游傅氏之岩；稽近□之詞，氣對郇瑕之邑。」（28.130）

2 「卷懷」，較早見於《論語‧衛靈公》[100]：「邦有道則仕，邦無道則可卷而懷之。」

「卷懷」，謂藏身隱退，收心息慮。

北魏〈元爽墓誌〉：「獨運虛舟，與物無競，卷懷得所，是用難及。」（5.189）

隋〈張軻墓誌〉：「既而運距艱難，卷懷南服。」（10.110）

唐〈獨孤開遠墓誌〉：「庇民尊主之道，耕耨於情田；開物成務之方，卷懷於靈府。」（11.105）

唐〈段儼妻李氏墓誌〉：「祖武皇帝，升基誓牧之旅，汾水襄城之駕，卷懷列闕，財成群有。」（11.171）（貞觀二十二年）

---

99 〔漢〕孔安國傳，〔唐〕孔穎達等正義：《十三經注疏‧尚書正義》（北京市：中華書局，2003年），頁174。

100 〔魏〕何晏集解，〔宋〕邢昺疏：《十三經注疏‧論語注疏》（北京：中華書局，2003年），頁2517。

唐〈弘福寺碑〉：「緘以慎言，卷懷人野之際；韜而放性，大隱朝市之間。」（全集284）（顯慶元年）

唐〈張德操墓誌〉：「永言穀恥，於茲卷懷，慶偶昌期，爰隨捧檄。」（13.149）（顯慶五年）

唐〈大唐驃騎大將軍益州大都督上柱國盧國公程使君（知節）墓誌銘〉：「昔在隋季，卷懷昏德。日斗星亡，風回霧塞。」（新出陝西1.057）（麟德二年）

唐〈閻虔福墓誌〉：「並卷懷上德，棲遲下位，陰施陽報，詒厥孫謀，積行累仁，鍾美於後。」（20.059）（景龍元年）

3 「衡門」，較早見於《詩・陳風・衡門》[101]：「衡門之下，可以棲遲，泌之洋洋，可以樂饑。」

「衡門」，指隱居之地。

北魏〈寇憑墓誌〉：「曲肱衡門，恥為勳償。守孝園庭，永已流響。」（4.063）

北魏〈楊乾墓誌〉：「公士君不求慕達，執事不以為勤政，優遊衡門，洗心玄境，愛賢好士，文武兼幹。」（5.044）

北魏〈元舉墓誌〉：「山水其性，左右琴詩，故潛穎衡門，聲播霄嶽。」（5.079）

唐〈霍恭墓誌〉：「於是匡坐衡門，養素荒徑。鴻名大德，於焉允集。」（11.124）

唐〈公孫達墓誌〉：「志尚清虛，托巢由之放曠；情敦淡泊，訪嵇阮之招攜。偃仰衡門，優柔學業。」（12.095）

唐〈盧萬春墓誌〉：「釋彼戎旅，安茲性靈。蓬徑蕭條，衡門偃仰。」（12.148）

---

101 〔魏〕何晏集解，〔宋〕邢昺疏：《十三經注疏・論語注疏》（北京：中華書局，2003年），頁377。

　　唐〈張才墓誌〉：「獵略五車，雕蟲筆下。依山帶水，育德衡門。敦悅詩書，箭弦遞奏。」（12.154）

　　唐〈盧昂墓誌〉：「扁舟溯沿，衡門優傲，是吾之素志。」（30.092）（大和三年）

　　唐〈唐故銀青光祿大夫行內侍省內常侍上柱國彭城縣開國子食邑五百戶賜紫金魚袋劉公（渶淋）墓誌銘〉：「性薄名利，志尚丘園，擯散衡門，逍遙自得。」（新出陝西2.244）（會昌元年）

　　其它石刻用典形式：任棠、陸沉、大隱、三徑、息景、隱鱗、愚谷、臥白雲、孤竹、食薇之心、箕潁、風瓢、子陵逃漢、丘壑、一丘一壑、灌園。

（九）神仙

　　1　「皐鄉」，較早見於漢劉向《列仙傳‧安期先生》[102]：「安期先生者，琅琊皐鄉人也。賣藥於東海邊，時人皆言千歲翁。秦始皇東遊，請見，與語三日三夜。賜金璧度數千萬。出於皐鄉亭，皆置去，留書以赤玉舄一雙為報，曰：『後數年求我於蓬萊山。』始皇即遣使者徐市、盧生等數百人入海，未至蓬萊山，輒逢風波而還。」

　　「皐鄉」，借指仙鄉。

　　唐〈貞一廟碑〉：「誠以立祠者表靈之道，刻石者弘教之端；思存乎皐鄉之遺風，景行乎雷平之故事。」（23.145）

　　2　「餐霞」，較早見於《楚辭‧遠遊》[103]：「餐六氣而飲沆瀣兮，漱正陽而含朝霞。」

　　「餐霞」，餐食日霞。指修仙學道。

102〔漢〕劉向：《列仙傳》（上海市：上海古籍出版社，1990年），頁10。
103金開誠、董洪利、高路明：《屈原集校注》（北京市：中華書局，1996年），頁687。

唐〈張行滿墓誌〉：「父猷，齠年慕道，餐霞沖寂，頻徵不就，潛躬卻掃，閭閈尚其大隱，視聽奇其卓異。」（11.172）

唐〈道因法師碑〉：「法師志求冥寂，深厭囂滓，乃負秩褰裳，銷聲太嶽，寢溪扃岫，飲露餐霞，樹偃禪枝，泉開定水。」（14.083）

唐〈魏法師碑〉：「昂師追遊五嶽，總石笥之真筌，傍察九官，得醼函之寶契，餐霞漱日，神壬中岩，業行高遠，聲聞輦轂。」（16.063）

唐〈王君殘墓誌〉：「晦跡逃名，餐霞養壽，鶴駕未成，鴞飛禍遘。」（28.029）

3 「縮地之方」，較早來源為晉葛洪《神仙傳‧壺公》[104]：「房有神術，能縮地脈千里，存在目前，宛然放之，復舒如舊也。」

「縮地之方」，傳說中化遠為近的神仙之術。

後樑〈北嶽廟碑〉：「每設補天之術，恒修縮地之方。」（36.012）

4 「白社」、「洛社」，較早見於晉葛洪《抱朴子‧雜應》《百子全書》[105]第十五：「洛陽有道士董威輦常止白社中，了不食，陳子敘共守事之，從學道。」

「白社」，借指隱士修道所居之處。「洛社」同。

唐〈楊藝墓誌〉：「君遁跡青岩，寄居白社。卷舒任性，可謂知機。」（12.035）

唐〈周紹業墓誌〉：「韜光嶽立，朱門非棲托之地；藏器川渟，白社為寄寓之所。」（13.074）

---

104 〔晉〕葛洪：《神仙傳》（北京市：中華書局，1991年），頁38。

105 〔晉〕葛洪撰：《抱朴子》，收入《百子全書》（杭州市：浙江人民出版社，影印1919年掃葉山房石印本，1984年），第8冊。

唐〈楊客僧墓誌〉：「既而深鑒知止，無羨朵頤，追白社以同歸，出青門而獨往。」（14.158）

唐〈封德墓誌〉：「韜光洛社，躡大隱之清風。」（16.043）

唐〈董力墓誌〉：「冠冕鳥弈，龜組蟬聯，白社韜隱，文杏還仙。」（16.074）

唐〈趙本質墓誌〉：「寂漠臺觀，荒涼原野，永閉黃壚，長辭白社。」（17.168）

唐〈關師墓誌〉：「彤雲表聖，白社標賢，彈冠噬仕，慷慨歸田。」（18.039）

唐〈董嘉斤墓誌〉：「洎夫遠祖，遁代潛質，白社寄棲，黃中稱吉。」（21.078）（開元五年）

唐〈周敬本墓誌〉：「情高莫測，指青云以為期；量遠難充，游白社而終老。」（新出河南1.433）（天寶十一年）

其它石刻用典形式：乘鸞、鳳去秦樓、問羊、毛女卻粒、青騾、周儲駕鶴、緱山控鶴、馭鶴、化鶴、負局紫丸、青泥、青鳧控鳧、化鳧鳥、鳧飛、葛陂、龍竹、枕中鴻寶、煮石。

（十）佛教

1「乘杯」、「浮杯」，較早見於南朝梁惠皎《高僧傳‧神異下‧杯度》[106]：「杯度者，不知姓名。常乘木杯度水，因而為目。初見在冀州，不修細行，神力卓越，世莫測其由來。嘗於北方寄宿一家，家有一金像，度竊而將去，家主覺而追之，見度徐行，走馬逐而不及。至孟津河，浮木杯於水，憑之度河，無假風棹，輕疾如飛，俄而度岸，達於京師。」

106〔日〕小野玄妙等編校：《大正新修大藏經》，（臺北市：佛陀教育基金會，1990年），卷50，頁390。

「乘杯」，稱僧人出行。「浮杯」，謂僧人雲遊渡水。

唐〈修定寺記碑〉：「是以金場寶剎，鱗次於郊畿；振錫乘杯，羽翅於都邑矣。」（21.115）

唐〈臨高寺碑〉：「或杖錫，或乘杯，逾嶮槎木以攸往，泳淙編桴而利涉。」（24.036）

唐〈阿育王寺常住田碑〉：「火耕水耨，常有助於上農；飛杖浮杯，今載行乎中國。」（30.142）

2 「白足」，較早見於南朝梁慧皎《高僧傳・神異下・曇始》[107]：「釋曇始，關中人。自出家以後，多有異跡……始足白於面，雖跣涉泥水，未嘗沾濕，天下咸稱白足和尚。」

「白足」，泛指有道行的僧人。

北周〈張僧妙碑〉：「未掩白足，□遊佛法之美。」（全集1183）

唐〈懷惲墓碑〉：「或青眸接軫，競扇元風；或白足相趨，爭開佛日。」（25.046）

其它石刻用典形式：面壁、飛錫、振錫、金地、金田、聚沙、蓮宮、蓮宇、摩尼、花雨、魚山之梵。

（十一）音樂

1 「秦簫」，較早見於漢劉向《列仙傳・簫史》[108]：「簫史者，秦穆公時人也。善吹簫，能致孔雀、白鶴於庭。穆公有女，字弄玉，好之。公遂以女妻焉。日教弄玉作鳳鳴。居數年，吹似鳳聲，鳳凰來止其屋。公作鳳臺，夫婦止其上。不下數年。一旦，皆隨鳳凰飛去。」

「秦簫」，美稱簫或簫聲。

---

107 〔日〕小野玄妙等編校：《大正新修大藏經》，（臺北市：佛陀教育基金會，1990年），卷50，頁392。

108 〔漢〕劉向：《列仙傳》（上海市：上海古籍出版社，1990年），頁11。

唐〈唐故袁州別駕薛府君（崇簡）墓誌銘〉：「魯館重暉，秦簫再韻。」（新出陝西2.086）

2 「落塵」，較早來源為《藝文類聚》[109]卷四三引漢劉向《別錄》：「漢興以來，善《雅歌》者魯人虞公，發聲清哀，蓋動梁塵。」

「落塵」，形容動聽歌聲。

唐〈段瑋墓誌〉：「簪黻既替，聲華遂屏，落塵遺雜，棲閒任靜。」（15.141）

其它石刻用典形式：聞韶、遏行雲、歌雲、駐行雲。

（十二）軍事

1 「聚米」，較早見於《後漢書·馬援傳》[110]：「援因說隗囂將帥有土崩之勢，兵進有必破之狀。又於帝前聚米為山谷，指畫形勢，開示眾軍所從道徑往來，分析曲折，昭然可曉。」

「聚米」，比喻指劃形勢，運籌決策。

東魏〈張滿墓誌〉：「千秋盡地，久淵聚米，掌內目中，一何相類。」（6.045）

北周〈豆盧恩碑〉：「城壘畫地，山川聚米。」（全集128）

唐〈張琮墓碑〉：「聚米成圖，起武安以振威，邁淮陰以賈勇。」（11.080）

唐〈樊興碑〉：「聚米均聲，沉沙比懿。」（12.009）

唐〈妒神祠碑〉：「水碾成而永逸，聚米難儔；軍井達而常閒，伏波不竭。」（27.147）

---

109 〔唐〕歐陽詢撰，汪紹楹校：《藝文類聚》（上海市：上海古籍出版社，1999年），頁771。

110 〔南朝宋〕范曄：《後漢書》（北京市：中華書局，1965年），頁834。

2 「燒牛」，較早見於《史記‧田單列傳》[111]：「乃收城中得千餘牛……束兵刃於其角，而灌脂束葦於尾，燒其端。鑿城數十穴，夜縱牛，壯士五千人隨其後，牛尾熱，怒而奔燕軍，燕軍夜大驚。」

「燒牛」，指利用燒牛尾縱火猛攻敵方的奇計。

唐〈唐故華州潼關鎮國軍隴右節度支度營田觀察處置臨洮軍等使開府儀同三司檢校尚書左僕射兼華州刺史御史大夫武康郡王贈司空李公（元諒）墓誌銘〉：「瑰奇拓落之才，感激蹤攢之志，燒牛爇馬之變，沉船破釜之決。」（新出陝西1.130）

3 「蒙輪」，較早見於《左傳‧襄公十年》[112]：「狄虒彌建大車之輪，而蒙之以甲，以為櫓，左執之，右拔戟，以成一隊。」

「蒙輪」，指衝鋒陷陣。

唐〈李密墓誌〉：「綠林青犢之豪，蒙輪扛鼎之客，四面雲合，萬里風馳。」（新出河南1.109）（武德二年）

唐〈大唐故陳州明水府鷹揚郎將通議大夫王君（恭）墓誌〉：「以公內弘韜略，外振威棱。或投蓋蒙輪，或攢戈躍馬。」（新出陝西1.037）（永徽五年）

唐〈王孝瑜及妻孫氏墓誌〉：「係桑登布，賈勇三軍；拔戟蒙輪，偏當一隊。」（12.153）（永徽六年）

唐〈韓文妻潘氏墓誌〉：「擊劍彎弧之術，蒙輪越乘之奇，超振古以先明，擁當時而獨步。」（14.048）

唐〈仵欽墓誌〉：「君履義為基，資忠成行，精窮飲石，勇冠蒙輪，徵旆才臨，群凶褫魄。」（15.140）

---

111 〔漢〕司馬遷：《史記》（北京市：中華書局，1982年），頁2455。

112 〔晉〕杜預注，（唐）孔穎達等正義：《十三經注疏‧春秋左傳正義》（北京市：中華書局，2003年），頁1947。

唐〈王思訥墓誌〉：「斬虜搴旗，寧止千夫之長；蒙輪拔戟，便當一隊之雄。」（18.073）

後周〈周朔方軍節度使中書令衛王故馮公（暉）墓誌銘〉：「運偶搏牛，可鬥蒙輪之勇；時逢探虎，堪爭拔距之強。」（新出陝西1.142）

其它石刻用典形式：八陣、拔斾、拔幟、出其不意、揮戈退日、掎角、卷甲、勒石北燕、立表、秣馬、秣馬利兵、厲兵秣馬、秣馬脂車、沉沙之策、沉船破釜、七擒七縱、勢如破竹、破竹之勢、減灶、細柳營、漂杵。

（十三）祥瑞

「祥鳳鳴岐」、「鳳集岐山」，較早來源為《國語·周語上》[113]：「周之興也，鸑鷟鳴於岐山。」韋昭注：「鸑鷟，鳳之別名也。」

「祥鳳鳴岐」，指興王道成帝業的瑞兆。「鳳集岐山」同。

唐〈郭義本墓誌〉：「流烏降室，祥鳳鳴岐，疏基瓊巘，引派琁漪。」（16.012）

唐〈封祀壇碑〉：「龍飛白水，赤伏至於劉亭；鳳集岐山，丹書下於姬戶。」（18.075）

其它石刻用典形式：白魚效入舟之祥、赤符、繞電摛祥、鼎氣、鳳書、龜符、龜圖、河圖洛書、靈鉤、夢梓、歸昌、瑞鸑鳴岐、雲火。

（十四）占卜

1　「象數」，較早見於《左傳·僖公十五年》[114]：「龜，象也；

113《中華再造善本》編纂出版委員會：《中華再造善本·宋編·史部·國語一》（北京市：北京圖書館出版社，2006年）。

114〔晉〕杜預注，（唐）孔穎達等正義：《十三經注疏·春秋左傳正義》（北京市：中華書局，2003年），頁1807。

筮，數也。物生而後有象，象而後有滋，滋而後有數。」杜預注：「言龜以象示，筮以數告，象數相因而生，然後有占，占所以知吉凶。」

「象數」，指占卜。

唐〈□滿墓誌〉：「蓍龜葉辰，象數符節。」（新出河南1.413）（咸亨二年）

唐〈卜元簡墓誌〉：「何歟漢式，是推質直，卓矣晉珝，能知象數。」（20.003）（神龍元年）

2　「卜洛」，較早見於《書・洛誥》[115]：「我乃卜澗水東，瀍水西，惟洛食。」謂周時以占卜擇地建都，惟有卜洛邑時，甲殼裂紋食去墨蹟，認為吉利，即建都洛邑。

「卜洛」，謂經營新都。

隋〈董穆墓誌〉：「曾祖顯，平吳將軍，孝文卜洛，移藉東都。」（10.039）

唐〈王端墓誌〉：「粵以乾象頹禎，橋梓建翦商之業；嶽靈降祉，岐嶷肇卜洛之基。」（15.040）

唐〈王元墓誌〉：「昔邵公卜洛，遐開駕鶴之宗；郭璞誓淮，終作化龍之輔。」（21.111）

3　「鳳鳴之兆」，較早來源為《左傳・莊公二十二年》[116]：「懿氏卜妻敬仲，占之曰吉，是謂『鳳皇於飛，和鳴鏘鏘』。」

「鳳鳴之兆」，比喻夫妻感情融洽。

唐〈韋君妻裴首兒墓誌〉：「鳳鳴之兆，躋好合於瑟琴；螽斯之德，飾勞謙於帷闈。」（20.048）

---

115 〔漢〕孔安國傳，〔唐〕孔穎達等正義：《十三經注疏・尚書正義》（北京：中華書局，2003年），頁214。

116 〔晉〕杜預注，〔唐〕孔穎達等正義：《十三經注疏・春秋左傳正義》（北京市：中華書局，2003年），頁1755。

（十五）靈夢

1 「八翼」，較早見於南朝宋劉敬叔《異苑》[117]卷七：「陶侃夢生八翼，飛翔衝天，見天門九重，已入其八，唯一門不得進。以翼博天，閽者以杖擊之，因墜地折其左翼，驚悟，左掖猶痛。其後都督八州，威果震主，潛有窺擬之志，每憶折翼之祥，抑心而止。」

「八翼」，形容居高位、握重權。

東魏〈穆子岩墓誌〉：「九皋初響，八翼方振，佐鉉教寬，治邦河潤，值宿雲陛，匪躬克慎，諷議臺階，謙光逾峻，擒藻問服，絕翰感麟。」（6.176）

唐〈許摳墓誌〉：「滇池遠俗，穴遏陋，張八翼於天門，撫九隆於地首。」（19.006）

唐〈陸大亨墓誌〉：「猗歟哲人，名官早申，彼我唯泯，風儀若神，八翼方邁，中道忽屯。」（21.084）

2 「雞夢」，較早見於《晉書‧謝安傳》[118]：「（謝安）雅志未就，遂遇疾篤……因悵然謂所親曰：『昔桓溫在時，吾常懼不全。忽夢乘溫輿行十六里，見一白雞而止。乘溫輿者，代其位也。十六里，止今十六年矣。白雞主酉，今太歲在酉，吾病殆不起乎！』」

「雞夢」，指死亡之兆。

唐〈能延襃墓誌〉：「頃歲，公年邁懸車，終秩去職，杜門不出，退守丘園，奈何彌留漳濱，奄忽雞夢。」（34.202）

3 「夢鳥」、「吞鳥」，較早來源為《晉書‧文苑傳‧羅含》[119]：「含幼孤，為叔母朱氏所養。少有志向，嘗晝臥，夢一鳥文采異常，

---

117 江蘇廣陵古籍刻印社：《筆記小說大觀》（揚州市：江蘇廣陵古籍刻印社，1983年），第十編，頁62。

118〔唐〕房玄齡、褚遂良等：《晉書》（北京市：中華書局，1974年），頁2076。

119〔唐〕房玄齡、褚遂良等：《晉書》（北京市：中華書局，1974年），頁2403。

飛入口中，因驚起說之。朱氏曰：『鳥有文采，汝後必有文章。』自此後藻思日新。」

「夢鳥」，喻才華非凡，文詞華美。「吞鳥」同。

唐〈董葵墓誌〉：「心齊金石，氣逸風雲，雖韜夢鳥之詞，常軫截鮫之勇。」（15.027）

唐〈程瞻墓誌〉：「器包六藝，學躡三冬，筆開吞鳥之文，詞辨談雞之論。」（18.164）

唐〈劉公綽墓誌〉：「翰林孤秀，棲夢鳥於詞條；武庫宏開，啼玄猿於矯矢。」（19.016）

唐〈宋璟神道碑〉：「垂髫能交，夢鳥發祥，通昔究易，沖齡擅□。」（27.118）

其它石刻用典形式：晉夢、懷龍、懷蛟、夢筆、夢刀、三刀、吐鳳、蘭夢之兆。

（十六）面相

1 「虎頭」、「燕頷」，較早見於《東觀漢記・班超傳》[120]：「班超行詣相者，相者曰：『祭酒，布衣諸生耳，而當封侯萬里之外。』超問其狀，相者指曰：『生燕頷虎頸，飛而食肉，此萬里侯相也。』」班超後果立功異域，封定遠侯。

「虎頭」，古相者謂萬里封侯之相。「燕頷」同。

唐〈大唐故左驍衛大將軍上柱國雲中縣開國公曹府君（欽）墓誌銘〉：「龜文馬啄，有富貴之標；燕頷獸頸，佇風雲之會。」（新出陝西1.064）（乾封二年）

---

120 〔漢〕劉珍等撰，吳樹平校注：《東觀漢記校注》（北京市：中華書局，2008年），頁676-677。

唐〈契苾嵩墓誌〉：「燕頷為將，班超酬西域之侯；麟閣圖形，公建勳誠之節。」（23.036）（開元十八年）

後樑〈謝彥璋墓誌〉：「龍頷奇姿，虎頭高相。代產雄材，天生神將。」（36.020）

後周〈趙鳳墓誌〉：「虎頭犀額，燕□□□。」（36.130）

2　「日角」，較早見於漢王符《潛夫論・五德志》[121]第三十四：「大人跡出雷澤，華胥履之生伏羲。其相日角，世號太。」

「日角」，謂額骨中央部分隆起，形狀如日，舊時相術家認為是大貴之相。指帝王。

北魏〈筍景墓誌〉：「及日角有歸，龍顏在歷，丕業既就，太賞斯行。」（5.122）

唐〈大唐故光祿大夫工部尚書使持節都督荊州刺史駙馬都尉上柱國莘安公竇公（誕）墓誌銘〉：「武帝龍顏日角，膺錄受圖。始立一匡之功，終踐九五之位。」（新出陝西1.033）（貞觀二十二年）

唐〈劉裕墓誌〉：「遠惟日角，啟洪胄於唐季；近膺龍顏，固靈根於漢葉。」（12.079）（永徽四年）

唐〈平百濟國碑〉：「我皇體二居尊，通三表極，珠衡毓慶，日角騰輝，揖五瑞而朝百神，妙萬物而乘六辯。」（13.163）

唐〈景教流行中國碑〉：「龍髯雖遠，弓劍可攀，日角舒光，天顏咫尺。」（28.011）

其它石刻用典形式：八眉、八彩、犀頂、犀表。

121〔漢〕王符撰：《潛夫論》，收入《百子全書》（杭州市：浙江人民出版社，影印1919年掃葉山房石印本，1984年），第2冊。

（十七）風水

1 「牛眠」，較早見於《晉書・周訪傳》[122]：「初，陶侃微時，丁艱，將葬，家中忽失牛而不知所在。遇一老父，謂曰：『前崗見一牛眠山污中，其地若葬，位極人臣矣。』又指一山云：『此亦其次，當世出二千石。』言訖不見。侃尋牛得之，因葬其處，以所指別山與訪。訪父死，葬焉，果為刺史，著稱寧益，自訪以下，三世為益州四十一年，如其所言雲。」

「牛眠」，指風水好的墳地，舊說用以安葬先人，後輩可以發跡興旺。

唐〈豆盧遜墓誌〉：「牛眠托葬，薄謝鷗鳶；馬鬣開封，竟資螻蟻。」（13.122）

唐〈王天墓誌〉：「既引，奠祖方設，山似牛眠，原同伏鱉。」（20.145）

後樑〈石彥辭墓誌〉：「告龜筮以求通，問牛眠而演慶。」（全集4514）

2 「青烏」，較早來源為《藝文類聚》[123]卷十一引晉葛洪《抱朴子・極言》：「（黃帝）相地理則書青烏之說。」《後漢書・循吏傳・王景》[124]「乃參紀眾家數術文書，冢宅禁忌，堪輿日相之屬」唐李賢注：「葬送造宅之法，若黃帝、青烏之書也。」

「青烏」，稱堪輿家、堪輿術、堪輿學的書籍。亦借指風水寶地。

唐〈趙肅墓誌〉：「棺留白馬，墳兆青烏。去茲明室，即彼幽途。」（13.020）

---

122 〔唐〕房玄齡、褚遂良等：《晉書》（北京市：中華書局，1974年），頁1586。

123 〔唐〕歐陽詢撰，汪紹楹校：《藝文類聚》（上海市：上海古籍出版社，1999年），頁211。

124 〔南朝宋〕范曄：《後漢書》（北京市：中華書局，1965年），頁2466。

唐《李敬固及妻朱氏墓誌》：「光馳白駒，地卜青烏。」（24.079）

三　石刻用典形式意義的制度文化內涵

石刻用典形式意義的制度文化內涵主要體現在分封、喪葬、禮制、徵聘四個方面。

（一）分封

1　「磐石」，較早見於《史記‧孝文本紀》[125]：「高帝封王子弟，地犬牙相制，此所謂磐石之宗也，天下服其強。」

「磐石」，指宗室封藩，使皇位鞏固如磐石。

北魏〈元子直墓誌〉：「有美夫君，實邦之令，磐石斯昌，埶雲匪競。」（4.169）

北魏〈元顯魏墓誌〉：「景穆皇帝曾孫，鎮北將軍城陽懷王之子也。大啟磐石，花蕚本枝。」（5.006）

北魏〈元暐墓誌〉：「故以千里興嗟，萬夫攸仰，是稱磐石，斯曰犬牙。」（5.080）

北魏〈元彧墓誌〉：「跨躡三古，苞籠百王，本枝磐石，如珪如璋。」（5.140）

北齊〈彭城寺碑陽〉：「乃隆磐石，皇心逾眷。」（7.113）

唐〈魏文德墓誌〉：「磐石作固，維城是壯，世曄臺官，代光槐相。」（11.146）（貞觀二十年）

唐〈唐故彭國太妃王氏墓誌銘〉：「吉夢□徵，維城載誕，胙茅土於彭國，位磐石而襃帷。」（新出陝西2.035）（龍朔二年）

---

125 〔漢〕司馬遷：《史記》（北京市：中華書局，1982年），頁413-414。

唐〈唐故使持節青州諸軍事青州刺史上柱國贈司徒揚州大都督虢莊王（李鳳）墓誌銘〉：「朕嗣膺寶籙，永鑒前載，酌聖哲之彝則，革衰弊之餘風，思固維城，式隆磐石。」（新出陝西2.050）（上元二年）

唐〈唐故朝散大夫守昭陵令護軍姬府君（溫）墓誌銘〉：「燕王以磐石宗英，分珪出鎮，傍求俊彥，廣召賢能。」（新出陝西2.052）（上元三年）

唐〈大唐左衛高思府果毅都督長上譙國公夫人武氏（本）墓誌〉：「昔軒轅居正，磐石選乎懿親；而帝座重明，蕃屏寄於明□。」（新出陝西1.105）（開元三年）

2 「錫土分茅」，較早來源為《書・禹貢》[126]「厥貢惟土五色」孔穎達疏引漢蔡邕《獨斷》：「天子大社，以五色土為壇。皇子封為王者，授之大社之土，以所封之方色。苴以白茅，使之歸國以立社，謂之茅社。」

「錫土分茅」，指分封侯位和土地。

北魏〈郘乾墓誌〉：「入蕃皇魏，趣舍唯時。錫土分茅，好爵是縻。」（4.003）

唐〈張石墓誌〉：「或因官置業，或錫土分茅。」（28.086）

其它石刻用典形式：犬牙、茅土、分茅錫社。

（二）喪葬

「登遐」，較早見於《墨子・節葬下》[127]第二十五：「秦之西有儀

---

126 〔漢〕孔安國傳，〔唐〕孔穎達等正義：《十三經注疏・尚書正義》（北京：中華書局，2003年），頁148。

127 〔戰國〕墨翟撰：《墨子》，收入《百子全書》（杭州市：浙江人民出版社，影印1919年掃葉山房石印本，1984年），第5冊。

渠之國者，其親戚死，聚柴薪而焚之，熏上，謂之登遐。」

「登遐」，謂死者昇天而去。人死之諱稱。

北魏〈元昭墓誌〉：「於時武帝登遐，聖躬晏駕，遺敕無聞，顧命靡托。」（4.160）

唐〈劉玄豹妻高氏墓誌〉：「屬中宗登遐，韋氏構逆，潛圖神器，密發天機。」（26.118）

其它石刻用典形式：遐密、輟舂、輟相。

（三）禮制

1 「晨昏」，較早見於《禮記・曲禮上》[128]：「凡為人子之禮，冬溫而夏清，昏定而晨省。」鄭玄注：「定，安其床衽也；省，問其安否何如。」

「晨昏」，指早晚服侍慰問雙親。

北魏〈元斑妻穆玉容墓誌〉：「言歸帝門，克儷皇孫。晨昏禮備，箴諫道存。」（4.073）

唐〈明君妻唐阿深墓誌〉：「恭勤箕箒，不墜晨昏；工務紘綖，無怠寒暑。」（12.039）

唐〈張琛墓誌〉：「年趨晦朔，日急晨昏。」（12.133）

唐〈范彥墓誌〉：「故晨昏枕席，不廢於公。」（15.087）

唐〈慕容知敬墓誌〉：「司馬公時為衛州長史，君以久隔晨昏，深思定省，隆暑之月，駕言遄邁，冒茲炎鬱，遂積疲痾，」（15.186）

唐〈宋君妻淳于氏墓誌〉：「誠以隆孝，則禮極晨昏；愛以弘仁，則恩流童稚。」（18.184）

---

128 〔漢〕鄭玄注，〔唐〕孔穎達等正義：《十三經注疏・禮記正義》（北京市：中華書局，2003年），頁1233。

唐〈苗善物墓誌〉：「父恒偏愛，重令侍養晨昏。」（23.085）

唐〈張軫墓誌〉：「始以甘脆寧奉，至行樂於晨昏；終以醇醪養閒，深仁絕於羶血。」（23.106）

唐〈程冬筍墓誌〉：「公推心晨昏，嘗瞻出入，苟陞見之有地，誓煞身而雪冤。」（24.034）

唐〈劉玄豹妻高氏墓誌〉：「庭陰玉樹，左右光暉；巷引朱軒，晨昏慶洽。」（26.118）

2 「夫唱婦隨」，較早見於《關尹子‧三極》[129]：「天下之理，夫者唱，婦者隨。」

「夫唱婦隨」，謂妻子唯夫命是從，處處順從丈夫。

隋〈智永真草千字文〉：「上和下睦，夫唱婦隨。外受傅訓，入奉母儀。」（全集291）

3 「羈丱」，較早見於《禮記‧內則》[130]：「翦髮為鬌，男角女羈。」

「羈丱」，泛指童年。

唐〈唐故翰林供奉朝散大夫前守右千牛衛將軍上柱國賜紫金魚袋段府君（瓊）墓誌銘〉：「二子皆羈丱，夫人忍斯夜哭，撫視如一。」（新出陝西2.321）

其它石刻用典形式：夏清冬溫、定省、羈角、撤瑟、強仕、舞象、秉魚須、及笄之歲、冠年。

---

129 〔西周〕尹喜撰：《關尹子》，收入《百子全書》（杭州市：浙江人民出版社，影印1919年掃葉山房石印本，1984年），第8冊。

130 〔漢〕鄭玄注，〔唐〕孔穎達等正義：《十三經注疏‧禮記正義》（北京市：中華書局，2003年），頁1469。

（四）徵聘

「弓旌」，較早見於《左傳・昭公二十年》[131]：「齊侯田於沛，招虞人以弓，不進。公使執之，辭曰：『昔我先君之田也，旃以招大夫，弓以招士，皮冠以招虞人。臣不見皮冠，故不敢進。』」

「弓旌」，指徵聘賢者的信物。指徵聘賢士。

北魏〈元端墓誌〉：「君乃聲金辭闕，肅駕東轅，玉軨載途，弓旌亦發。」（5.097）

隋〈□和墓誌〉：「士林宗仰，才望攸歸，弓旌屢招，承掾交至。」（9.054）

唐〈郭提墓誌〉：「既應弓旌，庶幾隆寵。」（11.051）（貞觀八年）

唐〈大唐故中大夫紫府觀道士薛先土（隤）墓誌銘〉：「尋屬靈景垂天，榮光照水，我皇帝俯膺歷試，弘濟艱難，玉帛山林，弓旌適軸。」（新出陝西1.032）（貞觀二十年）

唐〈樂達墓誌〉：「實唯華胄，世載英聲。仍標謹潔，迭應弓旌。」（12.005）（永徽元年）

唐〈張興墓誌〉：「弓旌不應，羔雁無移，道契虛玄，性符高尚。」（14.025）

唐〈柏玄墓誌〉：「庭揚素履，路委弓旌，羔羊匪敬，明德惟馨。」（18.008）

唐〈程思義墓誌〉：「日月載初，聖人虛座以思乂；弓旌交騖，群賢負鼎以干時。」（19.064）

唐〈楊寧墓誌〉：「觀察使李公齊運雅聞其賢，即致弓旌，從遷於蒲，益厚其禮，表授試金吾衛兵曹參軍，充都防禦判官。」（29.121）

131〔晉〕杜預注、〔唐〕孔穎達等正義：《十三經注疏・春秋左傳正義》（北京市：中華書局，2003年），頁2093。

其它石刻用典形式：安車、蒲車、蒲輪、蒲輪之征、弓招、蒲帛、翹車、束帛丘園。

四　石刻用典形式意義的行為文化內涵

石刻用典形式意義的行為文化內涵主要體現在節俗方面，用典形式較少。

1 「登高」，較早來源為南朝梁吳均《續齊諧記・九日登高》[132]：「汝南桓景，隨費長房遊學累年。長房謂之曰：『九月九日，汝家中當有災，宜急去，令家人各作絳囊，盛茱萸以係臂，登高飲菊花酒，此禍可除。』景如言，齊家登山。夕還，見雞犬牛羊，一時暴死。長房聞之曰：『此可代也。』今世人九日登高飲酒，婦人帶茱萸囊，蓋始於此。」

「登高」，指古時流傳的登高避邪免災的習俗。

北周〈步六孤須蜜多墓誌〉：「夫人七德含章，四星連曜，敬愛天情，言容禮則，九日登高，乍銘秋菊，三元告始，或頌春書。」（8.159）

唐〈朱崇慶墓誌〉：「公器宇純粹，材行鉤深，長策絕倫，則眾推王佐；登高能賦，洒壯氣陵雲。」（22.085）

2 「改火」，較早見於《論語・陽貨》[133]：「舊穀既沒，新穀既升，鑽燧改火，期可已矣。」何晏集解引馬融曰：「《周書・月令》有更火之文。春取榆柳之火，夏取棗杏之火，季夏取桑柘之火，秋取柞楢之火，冬取槐檀之火。一年之中，鑽火各異木，故曰改火也。」

---

132 王國良：《續齊諧記研究》（臺北市：文史哲出版社，1987年），頁39。

133 〔魏〕何晏集解，〔宋〕邢昺疏：《十三經注疏・論語注疏》（北京：中華書局，2003年），頁2526。

　　古代鑽木取火，四季換用不同木材，稱為「改火」，又稱「改木」。亦用以比喻時節改易。

　　唐〈獨孤開遠墓誌〉：「世子大寶等，悲纏改火，痛深濡露。」（11.105）（貞觀十六年）

　　唐〈大唐故右監門衛將軍上柱國朔方郡開國公兼尚食內供奉執失府君（善光）墓誌銘〉：「鑽燧改火，月往歲還。」（新出陝西1.109）（開元十一年）

　　唐〈唐故銀青光祿大夫檢校左散騎常侍兼安北都護御史大夫充振武麟勝等軍州節度觀察處置蕃落兼權充度支河東振武營田等使上柱國北海縣開國侯食邑五百戶契苾府君（通）墓誌銘〉：「上命公以招撫之，至則公喻以朝旨，制其野心，如風之偃草，身之使臂。火未改木，虜還故居。」（新出陝西1.133）（大中八年）

　　3　「槐壇變火」，較早來源為《周禮・夏官・司爟》[134]：「司爟掌行火之政令，四時變國火，以救時疾。」鄭玄注：「鄭司農說以鄹子曰：『春取榆柳之火，夏取棗杏之火，季夏取桑柘之火，秋取柞楢之火，冬取槐檀之火。』」

　　「槐壇變火」，指季節變換，歲月增長。

　　唐〈王震墓誌〉：「自槐壇變火，琴瑟成聲，時望攸歸，寵章頻洽。」（20.093）

　　4　「七夕穿針」，較早見於南朝梁宗懍《荊楚歲時記》[135]：「七月七日為牽牛織女聚會之夜。是夕，人家婦女結綵縷，穿七孔針，或以金銀鍮石為針，陳瓜果於庭中以乞巧，有喜子網於瓜上，則以為符應。」

134〔漢〕鄭玄注，〔唐〕賈公彥疏：《十三經注疏・周禮注疏》（北京：中華書局，2003年），頁843。

135〔南朝梁〕宗懍撰，譚麟譯注：《荊楚歲時記譯注》（武漢市：湖北人民出版社，1985年），頁106、109。

「七夕穿針」，指舊俗農曆七月七日夜（或七月六日夜）婦女穿七孔針向織女星乞求智巧。

隋〈何氏墓誌〉：「三秋贊菊，七夕穿針，風臺弄管，目榭彈琴。」（10.060）

其它石刻用典形式：烏鵲填橋、鵲橋星飛、星橋。

石刻用典形式的意義的文化內涵是多方面的，以上僅就主要方面作簡要介紹，還有一些方面由於相關的石刻用典形式不多，就略而不談。如體現婚姻、時間觀念等方面的石刻用典形式。

此外，關於文化內涵的理解也是多角度的。如：

「星拱」、「拱北辰」、「拱辰」、「拱極」、「拱北」，較早見於《論語‧為政》[136]。：「為政以德，譬如北辰，居其所，而眾星共之。」

「星拱」，比喻拱衛君王或四裔歸附。「拱北辰」、「拱辰」、「拱極」、「拱北」同。

唐〈段瑋墓誌〉：「只衛宸居，侍玄極而星拱；承輝馳道，陪翠輦以大行。」（15.141）

唐〈張玄封墓誌〉：「繁星夜列，攸拱北辰，繪弁朝趨，載周南面。」（18.035）（長壽三年）

唐〈乙速孤行儼墓誌〉：「淼漫仙源，深沉將門，發祥隤祉，人物殷繁，拱辰橫厲，搏扶上翻。」（全集1082）（景龍二年）

後唐〈商在吉墓誌〉：「忠孝立功，今古難同。一心拱極，萬里朝家。」（36.057）

後晉〈邢德昭墓誌〉：「蕭蕭正卿，挺生全德。鴻漸圖南，勾陳拱北。」（36.121）

136〔魏〕何晏集解，〔宋〕邢昺疏：《十三經注疏‧論語注疏》（北京：中華書局，2003年），頁2461。

　　中國人在自己的文化實踐中，養成了仰觀俯察的關照方式。《易·繫辭》（[137]：「古者包犧氏之王天下也，仰則觀象於天，俯則觀法於地。觀鳥獸之文與地之宜，近取諸身，遠取諸物。」「星拱、拱北辰、拱辰、拱極、拱北」反映了先民對群星拱北極的天體格局的思考。換一個角度理解，這些石刻用典形式也體現了忠君衛君、以君主為中心的思想。

137 〔魏〕王弼，〔晉〕韓康伯注，〔唐〕孔穎達等正義：《十三經注疏·周易正義》（北京市：中華書局，2003年），頁86。

第五章
石刻用典形式研究與辭書編纂

　　梳理石刻語料中的用典形式，考辨其較早來源、明確其變體形式、辨析其意義層次等，從辭書編纂的角度來看，可為辭書的立目、釋義、書證的選用等提供有價值的材料。本章從增補用典形式、提前書證時代、補充義項、釋義商榷、來源商榷五個方面淺析石刻用典形式研究在辭書編纂方面的意義。

第一節　增補用典形式

　　根據石刻用典形式的來源、形式、意義在《漢語典故大辭典》中的有無、異同情況，這裏增補的石刻用典形式主要分為兩種類型：

　　第一種是來源不見於《漢語典故大辭典》的石刻用典形式，即新來源石刻用典形式。對於新來源石刻用典形式，我們不僅補充用典形式，還補充其較早來源。這裏選擇四十個梳理出來的新來源石刻用典形式作簡要介紹。根據其形式是否見於《漢語典故大辭典》，我們將新來源石刻用典形式分為兩小類：其一為形式不見於《漢語典故大辭典》的新來源石刻用典形式，即非同形新來源石刻用典形式；其二為《漢語典故大辭典》裏有同形用典形式，但兩者的來源和意義完全不同的新來源石刻用典形式，即同形新來源石刻用典形式。如：「棘門」，指紀律鬆弛的兵營或軍隊，《漢語典故大辭典》來源為《史記·

絳侯周勃世家》[1]。:「亞夫為將軍,軍細柳,以備胡。上自勞軍。至霸上及棘門軍,直馳入,將以下騎送迎。已而之細柳軍,軍士吏被甲,銳兵刃,彀弓弩,持滿。天子先驅至,不得入。先驅曰:『天子且至!』軍門都尉曰:『將軍令曰「軍中聞將軍令,不聞天子之詔」』。居無何,上至,又不得入。於是上乃使使持節詔將軍:『吾欲入勞軍。』亞夫乃傳言開壁門。壁門士吏謂從屬車騎曰:『將軍約,軍中不得驅馳。』於是天子乃按轡徐行。至營,將軍亞夫持兵揖曰:『介冑之士不拜,請以軍禮見。』天子為動,改容式車。使人稱謝:『皇帝敬勞將軍。』成禮而去。既出軍門,群臣皆驚。文帝曰:『嗟乎,此真將軍矣!曩者霸上、棘門軍,若兒戲耳,其將固可襲而虜也。至於亞夫,不可得而犯邪!』」而石刻用典形式「棘門」,借指朝廷,較早見於《周禮‧天官‧掌舍》[2]:「為壇壝宮棘門。」

第二種是來源見於《漢語典故大辭典》而形式不見於《漢語典故大辭典》的石刻用典形式,即新同源石刻用典形式。對於新同源石刻用典形式,因《漢語典故大辭典》已有來源,我們僅補充用典形式。我們共梳理出新同源石刻用典形式一二八三個,從中選取兩類補充。其一是《漢語典故大辭典》已有與之相近形式的用典形式,但意義迥異。如石刻用典形式「負劍」,借指幼年;《漢語典故大辭典》有形近用典形式「負劍之訓」,謂對孩子從小的教道。其二是《漢語典故大辭典》沒有與之相近形式的用典形式,如「垂鉤」。

---

1 〔漢〕司馬遷:《史記》(北京市:中華書局,1982年),頁2074-2075。此處引文與《漢語典故大辭典》引文略異。

2 〔漢〕鄭玄注,〔唐〕賈公彥疏:《十三經注疏‧周禮注疏》(北京市:中華書局,2003年),頁676。

一　新來源石刻用典形式

（一）非同形新來源石刻用典形式

1　絕交起論

《後漢書‧朱穆傳》[3]：「穆又著《絕交論》，亦矯時之作。」又「論曰：『朱穆見比周傷義，偏黨毀俗，志抑朋遊之私，遂著絕交之論。』」

「絕交起論」，指摒棄朋黨私交，一心為公，勤力王事。

唐〈梁玄敏墓誌〉：「絕交起論，朱穆著美於前修；折檻申忠，朱雲見稱於往策。」（18.013）

《漢語典故大辭典》及《漢語大詞典》均無「絕交起論」。《漢語大詞典》「絕交」有三個義項：斷絕交誼與往來；指男女之間斷絕愛情關係；特指國際間斷絕外交關係。三個義項均沒有指明來源，從意義來看屬非用典形式。

2　百函無滯

唐〈大唐故開府儀同三司特進戶部尚書上柱國莒國公唐君（儉）墓誌銘〉：「鼉鼓爰始，莫府初開，引拜大將軍府記室，加位正議大夫。掞蔚文房，明孚智幄；皇猷自遠，天渙所資；三篋不忘，百函無滯。」（新出陝西1.041）

「三篋不忘」，較早見於《漢書‧張安世傳》[4]：「安世字子儒，少以父任為郎。用善書給事尚書，精力於職，休沐未嘗出。上行幸河

3　〔南朝宋〕范曄：《後漢書》（北京市：中華書局，1965年），頁1467、1474。

4　〔漢〕班固撰，〔唐〕顏師古注：《漢書》（北京市：中華書局，1962年），頁2647。

東，嘗亡書三篋，詔問莫能知，唯安世識之，具作其事。後購求得書，以相校無所遺失。上奇其才，擢為尚書令，遷光祿大夫。」張安世是張湯的兒子，張湯被人陷害，自殺身亡，皇帝甚是憐惜，就讓安世入朝為官。他不僅忠於職守，博覽群書，且記憶力過於常人。「三篋」，指三篋書，借指眾多的典籍或廣博的學識。「三篋不忘」，是用典形式，形容博聞強記。「百函無滯」與「三篋不忘」相對，應當也是用典形式，但不明出處。《漢語大詞典》及《漢語典故大辭典》均無「百函」或「百函無滯」詞條。

查檢史書，「百函無滯」較早來源為《宋書・劉穆之傳》[5]：「劉穆之，字道和，小字道民，東莞莒人，漢齊悼惠王肥後也。世居京口。少好《書》、《傳》，博覽多通……穆之與朱齡石並便尺牘，嘗於高祖坐與齡石答書，自旦至日中，穆之得百函，齡石得八十函，而穆之應對無廢也。」《南史》亦載，文字微異。

劉穆之初以「府主簿、記室錄事參軍」跟隨劉裕，以其敏銳的觀察分析能力為宋高祖運籌帷幄，其「決斷如流，事無擁滯」之處事能力多為史家稱頌，「百函」事即典型實證。從用典形式來看，「自旦至日中，穆之得百函」，且「應對無廢也」，與「百函無滯」密合無間。更兼劉穆之是主簿出身，「常居幕中畫策，決斷眾事」，莒國公「大將軍府記室」之身份與之相應，用劉穆之作比，實為不二之選。莒國公之身份、地位、能力、榮耀等，不待唇舌，彰顯無遺。「百函無滯」，形容人學識淵博，有過人的處理政事的能力。

其它文獻亦有相關用例。《全唐文》[6]卷八百十八張元晏〈上承旨崔侍郎啟〉：「某啟。某才非敏達，器異閎深。乏百函飛翰之能，虧九

5　〔南朝梁〕沈約：《宋書》（北京市：中華書局，1974年），頁1305。

6　〔清〕董誥等編撰：《全唐文》（上海市：上海古籍出版社，1990年），頁3821。

紙課詩之業。」「百函飛翰之能」，突出其「能力」之義素，不離「百函」這一典故之主要構成因素。又《全唐文》[7]卷八百八十九韋莊〈又元集序〉：「左太沖十年三賦，未必無瑕。劉穆之一日百函，焉能盡麗。」「劉穆之一日百函」，直接點明出處，將「能力」義隱於「百函」之中。皆「百函無滯」之變體。

《漢語典故大辭典》及《漢語大詞典》均無「百函」或「百函無滯」。

3　揮赤管

《宋書·百官上》[8]：「天子所服五時衣以賜尚書令僕，而丞、郎月賜赤管大筆一雙，隃糜墨一丸。」

「揮赤管」，指任尚書郎或尚書丞。

唐〈王震墓誌〉：「簪白筆而坐風臺，共推剛正；揮赤管而臨粉署，譽重彌綸。」（20.093）

《漢語典故大辭典》及《漢語大詞典》均無「赤管」或「揮赤管」。

4　次卿之脫粟

唐〈大唐故司空太子太師贈太尉揚州大都督上柱國英國公（李）績墓誌銘〉：「是以寢丘之田，絕膏腴之利；文終之第，隔輪奐之美。邁公儀之拔葵，甘次卿之脫粟。此則廉於財也。」（新出陝西1.067）

「寢丘之田」，較早見於《呂氏春秋·異寶》[9]：「孫叔敖疾，將死，戒其子曰：『王數封我矣，吾不受也。為我死，王則封汝，必無

7　〔清〕董誥等編撰：《全唐文》（上海市：上海古籍出版社，1990年），頁4118。

8　〔南朝梁〕沈約：《宋書》（北京市：中華書局，1974年），頁1536。

9　許維遹：《呂氏春秋集釋》（北京市：中華書局，2009年），頁229-230。

受利地。楚、越之間有寢之丘者，此其地不利，而名甚惡。荊人畏鬼而越人信禨，可長有者，其唯此也。』」另《史記‧滑稽列傳》亦載，文字簡略，微異。「寢丘之田」，借喻貧瘠的土地。

「文終之第」，較早見於《禮記‧檀弓下》[10]：「晉獻文子成室，晉大夫發焉。張老曰：『美哉輪焉，美哉奐焉！』」鄭玄注：「輪，輪囷，言高大。奐，言眾多。」「文終之第」，借指高大眾多的房屋。

「公儀之拔葵」，較早見於《史記‧循吏列傳》[11]：「公儀休者，魯博士也。以高弟為魯相。奉法循理，無所變更，百官自正。使食祿者不得與下民爭利……食茹而美，拔其園葵而棄之。見其家織布好，而疾出其家婦，燔其機，云：『欲令農士工女安所讎其貨乎？』」《漢書‧董仲舒傳》亦載其事。「公儀之拔葵」，謂居官不與民爭利。

「次卿之脫粟」出處不明。《漢語典故大辭典》無相關內容。《漢語大詞典》有「脫粟」詞條，從意義來看，屬非用典形式，而且與「次卿」無關。

查檢史書，漢、魏、晉、南北朝時以「次卿」為名、字者主要有三人：

《漢書‧鄭弘傳》[12]：「鄭弘字稚卿，泰山剛人也。兄昌字次卿，亦好學，皆明經，通法律政事。次卿為太原、涿郡太守，弘為南陽太守，皆著治跡，條教法度，為後所述。次卿用刑罰深，不如弘平，遷淮陽相，以高第入為右扶風，京師稱之。」鄭昌與「脫粟」無涉。

《漢書‧嚴延年傳》[13]：「嚴延年字次卿，東海下邳人也。其父為

---

10 〔漢〕鄭玄注，〔唐〕孔穎達等正義：《十三經注疏‧禮記正義》（北京市：中華書局，2003年），頁1315。

11 〔漢〕司馬遷：《史記》（北京市：中華書局，1982年），頁3101-3102。

12 〔漢〕班固撰，〔唐〕顏師古注：《漢書》（北京市：中華書局，1962年），頁2902-2903。

13 〔漢〕班固撰，〔唐〕顏師古注：《漢書》（北京市：中華書局，1962年），頁3667。

丞相掾，延年少學法律丞相府，歸為郡吏。」嚴延年為酷吏，與「脫
粟」無關。

《後漢書・盧芳傳》[14]：「盧芳字君期，安定三水人也，居左谷
中。王莽時，天下咸思漢德，芳由是詐自稱武帝曾孫劉文伯。曾祖母
匈奴谷蠡渾邪王之姊為武帝皇后，生三子。遭江充之亂，太子誅，皇
后坐死，中子次卿亡之長陵，小子回卿逃於左谷。霍將軍立次卿，迎
回卿。」此「次卿」亦與「脫粟」無關。

再查與「脫粟」有關者，唯有公孫弘。

《史記・平津侯主父列傳》[15]：「弘為人意忌，外寬內深。諸嘗與
弘有郤者，雖詳與善，陰報其禍。殺主父偃，徙董仲舒於膠西，皆弘
之力也。食一肉脫粟之飯。故人所善賓客，仰衣食，弘奉祿皆以給
之，家無所餘。士亦以此賢之。」司馬貞索隱：「案：一肉，言不兼
味也。脫粟，才脫穀而已，言不精鑿也。」《漢語大詞典》釋義當與
此有關。

《漢書・公孫弘傳》[16]：「弘自見為舉首，起徒步，數年至宰相封
侯，於是起客館，開東閣以延賢人，與參謀議。弘身食一肉，脫粟
飯，故人賓客仰衣食，奉祿皆以給之，家無所餘。」

《後漢書・肅宗孝章帝紀》[17]：「九月甲戌，幸偃師，東涉卷津，
至河內。下詔曰『車駕行秋稼，觀收穫，因涉郡界。皆精騎輕行，
無它輜重。不得輒修道橋，遠離城郭，遣吏逢迎，刺探起居，出入前
後，以為煩擾。動務省約，但患不能脫粟瓢飲耳。所過欲令貧弱有
利，無違詔書。』」唐李賢等注：「晏子相齊，食脫粟之飯。孔子曰，

---

14 〔南朝宋〕范曄：《後漢書》（北京：中華書局，1965年），頁505。
15 〔漢〕司馬遷：《史記》（北京市：中華書局，1982年），頁2951-2952。
16 〔漢〕班固撰，〔唐〕顏師古注：《漢書》（北京市：中華書局，1962年），頁2621。
17 〔南朝宋〕范曄：《後漢書》（北京：中華書局，1965年），頁143。

顏回一瓢飲。」此時，「脫粟」與「瓢飲」連用，已是用典形式了。不過，晏子不叫次卿。即便「脫粟」跟晏子有關，「次卿之脫粟」跟他也沒有關係了。

令人疑惑的是公孫弘之字亦並非次卿。

《史記・平津侯主父列傳》[18]：「丞相公孫弘者，齊菑川國薛縣人也，字季。」

《漢書・公孫弘傳》[19]：「公孫弘，菑川薛人也。」不載其字。

調查到這裏，基本已沒有辦法找到「次卿之脫粟」的出處了。因為，以次卿為名字的人物，與「脫粟」無關；而與「脫粟」聯繫最多的人物公孫弘，其字也不是次卿。除非找到證據證明公孫弘字次卿，或其它叫次卿的人物與「脫粟」有關，否則，調查就只能到此為止了。文獻中有很多因種種原因而不明出處的用典形式，出現這種情況也習見。

繼續調查，我們找到了公孫弘與次卿之間的聯繫。《西京雜記》[20]：「公孫弘以元光五年為國士所推，上為賢良。國人鄒長倩以其家貧，少有資致，乃解衣裳以衣之，釋所著冠履以與之。又贈以生芻一束、素絲一襚、撲滿一枚，書題遺之曰：『夫人無幽顯，道在則為尊……次卿足下，勉作功名。竊在下風，以俟嘉譽。』」周天遊注：「次卿，疑公孫弘之字，不見本傳。」

次卿是否公孫弘之字，現有的材料還很難確認。但現在可以確認，次卿與公孫弘有關，或為其字，或為其號。如此，「次卿之脫粟」出自與公孫弘有關的文獻當不屬猜測之辭了。雖有文獻資料表

---

18 〔漢〕司馬遷：《史記》（北京市：中華書局，1982年），頁2949。

19 〔漢〕班固撰，〔唐〕顏師古注：《漢書》（北京市：中華書局，1962年），頁2613。

20 〔晉〕葛洪撰，周天遊　校注：《西京雜記》（西安市：三秦出版社，2006年版），頁215-2216。

明，「脫粟」較早與晏子有關，但較多文獻材料顯示，「脫粟」作為用典形式，與公孫弘相關。

《全唐文》[21]卷七百七十四李商隱〈為滎陽公上衡州牛相公狀〉：「齊心結念，常存李固之匡犀；倚寐銜誠，已夢孫宏（弘）之脫粟。」

《全唐文》[22]卷八百八十一徐鉉〈謝賜莊田表〉：「昔者葛亮薄田，不聞君賜。孫宏（弘）脫粟，尚獲時譏。」

據上述材料，我們以為，「次卿之脫粟」較早見於《史記‧平津侯主父列傳》[23]：「（公孫弘）食一肉脫粟之飯。故人所善賓客，仰衣食，弘奉祿皆以給之，家無所餘。士亦以此賢之。」

「次卿之脫粟」，借指賢者所食之粗糲飯食，比喻有德者廉潔節儉，不貪財物。

5　居半

《後漢書‧光武十王列傳》[24]：「昔周之爵封千有八百，而姬姓居半者，所以楨榦王室也。」

「居半」，指顯赫貴重的皇室子弟。

東魏〈元墓誌〉：「周封千八，姬實居半，是稱蕃屏，斯為枝幹。」（6.131）

北齊〈和紹隆墓誌〉：「處別乘之任，成展足之名，在居半之重，得不空之詠。」（新出河南1.429）

《漢語大詞典》和《漢語典故大辭典》無「居半」。

21　〔清〕董誥等編撰：《全唐文》（上海市：上海古籍出版社，1990年），頁3577。

22　〔清〕董誥等編撰：《全唐文》（上海市：上海古籍出版社，1990年），頁4082。

23　〔漢〕司馬遷：《史記》（北京市：中華書局，1982年），頁2951。

24　〔南朝宋〕范曄：《後漢書》（北京：中華書局，1965年），頁1445。

6 害浣

北魏〈王君妻元華光墓誌〉：「乃備六德以和親，修害浣以歸寧，內協外諧，香音鏡郁。」（5.005）

「害浣」，較早來源為《詩・周南・葛覃》[25]：「害浣害否，歸寧父母。」毛傳：「害，何也。」鄭玄箋：「浣，濯之耳。」陸德明釋文：「浣，本又作『澣』。」是以「害浣」又作「害澣」。「害浣害否」之意義是歷代解《詩》家都很關注的問題，作手截取「害浣」，並結合「歸寧」一詞，共同體現「害浣害否，歸寧父母」所表達的意義。

「害浣」，本指勤於浣濯，或服浣濯之衣，這裏指勤儉之美德。魏晉南北朝時期，割裂經典中的語句構成新詞是很常見的手法。本例中取「害浣」和「歸寧」兩個詞語來表意，僅是對原詩句的改寫而已，應該是割裂造詞的初級形式。雖說目前只發現這一個例證，但線索清楚，意義明確，可以確認是源自經典的詞語，至少對閱讀碑文有幫助。

《漢語大詞典》和《漢語典故大辭典》無「害浣」，也無「害澣」。

7 指心

《三國志・蜀書・諸葛亮傳》[26]：「庶辭先主而指其心曰：『本欲與將軍共圖王霸之業者，以此方寸之地也。今已失老母，方寸亂矣，無益於事，請從此別。』」

「指心」，指為歸養母親而堅決請辭。

---

25 〔漢〕毛亨傳、鄭玄箋，〔唐〕孔穎達等正義：《十三經注疏・毛詩正義》（北京市：中華書局，2003年），頁277。

26 〔晉〕陳壽撰，〔南朝宋〕裴松之注：《三國志》（北京市：中華書局，1982年），頁914。

東魏〈高盛墓碑〉:「慈親在堂,桑榆又晚,願言歸養,指心雲切,□□陳辭,久而方許。」(6.038)

《漢語大詞典》和《漢語典故大辭典》無「指心」。

8 降嬪

《書・堯典》[27]:「釐降二女於媯汭,嬪於虞。」

「降嬪」,指皇室之女下嫁。石刻語料中亦泛指女子嫁於男子。

東魏〈元鷙妃公孫甑生墓誌〉:「年廿七,降嬪侍中大司馬華山王元孔雀。」(6.041)

唐〈段儼妻李氏墓誌〉:「春緒含雲,秋情儋日,降嬪君子,來宜家室。」(11.171)

《漢語大詞典》雖有「降嬪」,但未明其出處,僅舉書證:唐劉禹錫〈慰義陰公主薨表〉:「稟教皇宮,已挺柔嘉之德;降嬪卿族,益彰貞粹之儀。」《漢語典故大辭典》無。

9 婉而

《左傳・成公十四年》[28]:「婉而成章,盡而不污,懲惡而勸善。」

「婉而」,指婉而成章。

北魏〈楊氏墓誌〉:「出入紫闈,諷稱婉而。」(4.117)

唐〈慕容思廉墓誌〉:「文章禮樂,婉而在懷,仁義智信,行之即是。」(20.148)

27　〔漢〕孔安國傳,〔唐〕孔穎達等正義:《十三經注疏・尚書正義》(北京市:中華書局,2003年),頁123。

28　〔晉〕杜預注,(唐)孔穎達等正義:《十三經注疏・春秋左傳正義》(北京市:中華書局,2003年),頁1913。

《漢語大詞典》有「宛爾」，沒有指明語源；釋義為「明顯貌；真切貌」，從其書證來看，「宛爾」即「婉而」。《漢語典故大辭典》無。

10 演述

《漢書・外戚傳》[29]：「愚臣既不能深援安危，定金匱之計，又不知推演聖德，述先帝之志。」顏師古注：「演，廣也。」這裏的「述」，義為遵循；繼承。《書・五子之歌》[30]：「五子咸怨，述大禹之戒以作歌。」孔傳：「述，循也。」

「演述」，指推廣並遵循好的品德。

北魏〈元宏充華趙氏墓誌〉：「敬刊玄瑤，演述泉宇。」（4.018）

《漢語大詞典》有「演述」，釋義為「表演敘述；講述」，沒有指明語源。《漢語典故大辭典》無。

11 埋羊

《太平御覽》[31]卷四二六引《羊祜別傳》：「昔有攘羊，遺叔向母，母埋之。後事發，撿羊，肉盡，唯舌存。遂以羊舌為氏族。祜其後也。」

「埋羊」，比喻有智慧。

北魏〈邢巒妻元純陀墓誌〉：「言歸備禮，環佩鏗鏘；明同折軸，智若埋羊。」（5.126）

隋〈封忠簡妻王楚英墓誌〉：「四德六行之美，乃照灼于丹青；埋羊候日之奇，實揮被於緗篆。」（9.006）

---

29 〔漢〕班固撰，〔唐〕顏師古注：《漢書》（北京市：中華書局，1962年），頁3997。

30 〔漢〕孔安國傳，〔唐〕孔穎達等正義：《十三經注疏・尚書正義》（北京市：中華書局，2003年），頁156。

31 〔宋〕李昉等：《太平御覽》（北京市：中華書局，1960年），頁1963。

唐〈張達妻李氏墓誌〉：「故能閨閫盡禮，內外克諧，勖還魚之至清，挺埋羊之遠慮。」（13.096）

唐〈柳侃妻杜氏墓誌〉：「提孤疾首，埋羊斷織垂義方，克成令德振英芳。」（17.126）

《漢語大詞典》和《漢語典故大辭典》無「埋羊」。

以上為《漢語大詞典》和《漢語典故大辭典》均無的石刻用典形式。下面的石刻用典形式，《漢語典故大辭典》均無，《漢語大詞典》有的或未明語源，有的或意義有別，有的或僅有形式的一部分，等等。

1 兩髦

《詩・鄘風・柏舟》[32]：「髧彼兩髦，實維我儀，之死矢靡他。」

「兩髦」，古代一種兒童髮式，髮分垂兩邊至眉。石刻語料中有兩個意義：

其一，代指丈夫。

隋〈張怦墓誌〉：「雖失兩髦，誓不二醮。」（10.014）

隋〈程諧墓誌〉：「出自幽閒，來宜程室，豈圖兩髦早逝，偕老差期，皎節孀居，矜孤愍稚。」（10.135）

唐〈張綱墓誌〉：「淑質貞亮，以配君子。亦既遘止，成曰好仇。嬿婉兩髦，庶期偕老。」（11.135）

唐〈樊寬及妻韓氏合葬志〉：「降年不永，早遘天傾，誓守兩髦，閴居孀獨，悲懷紓鬱，遂結沉痼，先後異時，同歸窀穸。」（13.145）

唐〈李延祐墓誌〉：「望千騎而摧心，懷兩髦以永泣。」（20.038）

唐〈溫煒妻李上座墓誌〉：「兩髦既沒，三從靡依，且逼先後嚴

---

32 〔漢〕毛亨傳、鄭玄箋，〔唐〕孔穎達等正義：《十三經注疏・毛詩正義》（北京市：中華書局，2003年），頁312。

旨，故不克徇柏舟之操，後適中書侍郎溫彥將孫易州司馬瓚第三子潞
州屯留縣令煒。」（21.063）

其二，指少年時代。

唐〈潘君妻牛氏墓誌〉：「夫人夙稟賢明，幼標閑淑，桂馥蘭芳之
美，挺自兩髦；女儀婦德之聲，彰乎仰發。」（15.079）

唐〈楊正本妻韓令德墓誌〉：「夫人賢明之德，挺自兩髦；令淑之
儀，彰乎仰發。」（18.163）

《漢語大詞典》有「兩髦」，僅釋其本義。《漢語典故大辭典》無。

2 雕薪畫卵

《管子・侈靡》《百子全書》[33]第三十五：「雕卵然後瀹之，雕橑
然後爨之。」

「雕薪畫卵」，比喻極盡財力侍奉君王。

東魏〈元玗墓誌〉：「後轉光祿丞。雕薪畫卵，竭心盡誠。」
（6.030）

《漢語大詞典》有「雕薪」、「畫卵」，形容生活奢侈；「畫卵」，
未指出來源。《漢語典故大辭典》無。

3 削草論奏

《漢書・孔光傳》[34]：「時有所言，輒削草稿，以為章主之過，以
奸忠直，人臣大罪也。」漢代書寫材料主要使用竹簡，「削草稿」即謂
把寫在竹簡上的草稿用刀刮削掉。另《後漢書・樊宏傳》[35]：「宏所上

---

33 〔春秋〕管仲撰：《抱朴子》，收入《百子全書》（杭州市：浙江人民出版社，影印
   1919年掃葉山房石印本，1984年），第3冊。

34 〔漢〕班固撰，〔唐〕顏師古注：《漢書》（北京市：中華書局，1962年），頁3454。

35 〔南朝宋〕范曄：《後漢書》（北京：中華書局，1965年），頁1121。

便宜及言得失，輒手自書寫，毀削草本。」《東觀漢記・陳寵傳》[36]：「寵性純淑，周密慎重，時所表薦，輒自手書削草，人莫得知。」此時「手自書寫，毀削草本」已省作「手書削草」。《晉書・陳元達載記》[37]。：「在位忠謇，屢進讜言，退而削草，雖子弟莫得而知也。」此後，「削草」遂成用典形式，指銷毀草稿，周密慎重。「削草論奏」義同。

唐〈唐故金紫光祿大夫行鄜州刺史贈戶部尚書上柱國河東忠公楊府君（執一）墓誌銘〉：「常以攀檻抗詞，削草論奏，遂為賊臣張易之所忌，黜授洛州伊川府左果毅都尉。」（新出陝西2.087）

《漢語大詞典》有「削草」，《漢語典故大辭典》無。

4 束帛、束帛之禮、賁於丘園、束帛之征、束帛丘園

《易・賁》[38]：「賁於丘園，束帛戔戔。」

「束帛」，指徵聘的禮物，亦借指徵聘。「束帛之禮」、「束帛之征」同。「賁於丘園」、「束帛丘園」指徵聘賢士。

北魏〈元液墓誌〉：「及中興啟運，宰輔丕融，委束帛以求賢，騁翹車而納德。」（5.136）

唐〈張綱墓誌〉：「公乃秉超世之殊操，固金石而不移。學冠朝倫，行為稱首。豈束帛而可徵，縱蒲輪而弗降。」（11.135）

北魏〈元鑽遠墓誌〉：「屬明皇在運，寤寐求賢。賁束帛之禮，委弓車之聘，乃辟為員外散騎侍郎。」（5.190）

---

36 〔漢〕劉珍等撰，吳樹平校注：《東觀漢記校注》（北京市：中華書局，2008年），頁721。

37 〔唐〕房玄齡、褚遂良等：《晉書》（北京市：中華書局，1974年），頁2679-2680。

38 〔魏〕王弼，〔晉〕韓康伯注，〔唐〕孔穎達等正義：《十三經注疏・周易正義》（北京：中華書局，2003年），頁38。

唐〈胡質墓誌〉：「俄屬隨氏運終，大唐御歷，爰降明□，賁於丘園。貞觀元年六月，除北澧州司法參軍事。」（11.025）

唐〈徐恭墓誌〉：「韜影權衡，銷聲林藪，不受鄉曲之薦，不應束帛之征，絕干時之榮，怡味道之志。」（17.120）

唐〈審思真墓誌〉：「公以閒居養性，盛德在仁，束帛丘園，徵而不就。」（20.016）

《漢語大詞典》有「束帛」，《漢語典故大辭典》無。

5 積玉

《晉書・陸機傳》[39]：「葛洪著書，稱：『機文猶玄圃之積玉，無非夜光焉；五河之吐流，泉源如一焉。』」

「積玉」，借指學識淵博，文采斐然。

唐〈黃師墓誌〉：「君承休景烈，資和□氣，才包積玉，文擅鏘金。」（17.035）

唐〈皇甫君妻張氏墓誌〉：「祖懿，父匡，並學窮三篋，業擅於鏘金；義冠五車，聲馳於積玉。」（17.159）

《漢語大詞典》有「積玉」，《漢語典故大辭典》無。

6 建

《周禮・春官・司常》[40]：「及國之大閱，贊司馬頒旗物：王建大常，諸侯建旂，孤卿建旜，大夫、士建物，師都建旗，州里建。」古代冬季大閱，州里之長立旗以為標誌，象徵勇猛、敏捷。建，樹立；，畫有鳥隼的旗。

---

39 〔唐〕房玄齡、褚遂良等：《晉書》（北京市：中華書局，1974年），頁1481。

40 〔漢〕鄭玄注，〔唐〕賈公彥疏：《十三經注疏・周禮注疏》（北京：中華書局，2003年），頁826。

「建」，指大將出鎮或出任州郡長官。

北魏〈石門銘〉：「三年詔假節龍驤將軍、督梁秦諸軍事，梁秦二州刺史，泰山羊祉，建旛漾，□境綏邊，蓋有叔子之風焉。」（3.123）

東魏〈蕭正表墓誌〉：「兼以猶子之寵，翕習當時；邊嶽建，非其所好。」（6.164）

唐〈韓懷墓誌〉：「君諱懷，字善才，昌黎人也。吹律命族，肇跡勤周，因土分枝，建強晉，英賢接武，光備管絃。」（12.135）（永徽五年）

唐〈大唐故開府儀同三司鄂國公尉遲君（敬德）墓誌〉：「建奧壤，分竹名藩。」（新出陝西1.047）（顯慶四年）

唐〈楊昇墓誌〉：「建持節，既隆剖竹之榮；開國承家，載擅分茅之寵。」（18.078）（萬歲登封元年）

唐〈張士龍墓誌〉：「祖禮，隋任同州諸軍事同州刺史；建臨部，化逸香風，洗幘當官，恩抽聖草。」（19.062）

唐〈高隆基墓誌〉：「並地靈標秀，天爵稱奇，建開邑之榮，執鏡持衡之貴。」（19.082）

唐〈李愻墓誌〉：「珥筆含香，建憑軾，所謂君子，邦之司直。」（20.023）

唐〈張時譽墓誌〉：「時江王建，賞愛僚屬，非夫才高枚叔，筆抗禰衡，孰能至此？」（23.094）

唐〈張蕭珪墓誌〉：「臨代之寶，延億之縣，贊建以風行，隨使車而霜凜。」（25.078）

《漢語大詞典》有「建」，《漢語典故大辭典》無。

7 鷹鸇、鷹鸇之逐鳥雀、鷹鸇之心

《左傳‧文公十八年》[41]:「見無禮於其君者,誅之,如鷹鸇之逐鳥雀也。」

「鷹鸇」,鷹與鸇,比喻忠勇的人。

東魏〈封延之墓誌〉:「公實外作股肱,內參心膂,既曰魚水,亦處鹽梅,熊虎為資,鷹鸇是務。」(6.079)

唐〈王弘墓誌〉:「君投軀殉節,情屬鷹鸇,擐甲登埤,躬親矢石。」(10.128)

「鷹鸇之逐鳥雀」,比喻勇猛之士力量強大。

唐〈王士林墓誌〉:「王師一舉,如火燎原,望風遁逃,不敢守其壁壘,如鷹鸇之逐鳥雀,如犀兕之拉豺狼。」(28.026)

「鷹鸇之心」,指捍衛君王之心。

唐〈唐故銀青光祿大夫守司刑大常伯李公(爽)墓誌銘〉:「靈鑒虛玄,風裁夷遠,繡衣驄馬,俱屬鷹鸇之心;渭涘洛濱,共聞蝗雉之譽。」(新出陝西2.042)

《漢語大詞典》有「鷹鸇」,《漢語典故大辭典》無。

8 棘刺

《列子‧湯問》[42]第五:「飛衛之矢先窮。紀昌遺一矢;既發,飛衛以棘刺之端扞之,而無差焉。」

「棘刺」,形容技藝高超。

---

41 〔晉〕杜預注,〔唐〕孔穎達等正義:《十三經注疏‧春秋左傳正義》(北京市:中華書局,2003年),頁1861。

42 舊題〔周〕列禦寇撰:《列子》,收入《百子全書》(杭州市:浙江人民出版社,影印1919年掃葉山房石印本,1984年),第8冊。

北魏〈元乂墓誌〉：「楊葉棘刺之妙，基衛未之逾；蛇形鳥跡之術，張蔡孰能比。」（5.032）

《漢語大詞典》有「棘刺」，《漢語典故大辭典》無。

9　周行

《詩・周南・卷耳》[43]：「嗟我懷人，寘彼周行。」毛傳：「行，列也。思君子，官賢人，置周之列位。」

「周行」，周官的行列，泛指朝官。

東魏〈高湛墓誌〉：「祖冀州刺史勃海公，文照武烈，望標中夏，惠沾朝野，愛結周行。」（6.056）

隋〈李則墓誌〉：「仁堪懷遠，威足摧剛。縉紳朝野，冠蓋周行。」（9.081）

隋〈張壽墓誌〉：「登朝結紫，揖讓重於周行；出邸金，葆吹喧於裏邑。」（10.122）

唐〈皇甫誕墓碑〉：「尋除尚書比部侍郎，轉刑部侍郎，趍步紫庭，光映朝列，折旋丹地，譽重周行。」（11.117）

唐〈侯雲墓誌〉：「夫岩岩大廈，必俟良材；濟濟周行，咸資英哲。」（11.201）

唐〈韓仲良碑〉：「習業璧池，譽光函丈，策名禮閣，聲動周行。」（12.149）

唐〈王則墓誌〉：「並流美譽於一同，飛英聲於百里，德高仕伍，道冠周行。」（15.212）

唐〈李君羨妻劉氏墓誌〉：「祖文琰，隋任汝州郟城縣令；器宇凝韶，文江濬遠，振嘉聲於顯秩，擅芳問於周行。」（16.026）

43　〔漢〕毛亨傳、鄭玄箋，〔唐〕孔穎達等正義：《十三經注疏・毛詩正義》（北京市：中華書局，2003年），頁277。

唐〈蕭洛賓墓誌〉:「道光喉舌,聲重納言,制九品而定周行,演三秩而光齊職。」(17.095)

唐〈鄭瞻墓誌〉:「革履馳聲於讜議,雲屏表貴於殊私。代載周行,聲明家諜。」(17.110)

《漢語大詞典》有「周行」,《漢語典故大辭典》無。

10 繼武

《禮記‧玉藻》[44]:「大夫繼武。」鄭玄注:「跡相及也。」孔穎達疏:「謂兩足跡相接繼也。」

「繼武」,比喻好的事物相繼而至。

隋〈劉珍墓誌〉:「天基七百,玉葉九州,卿相連門,公侯繼武。」(10.009)

唐〈趙巨源墓誌〉:「係自軒頊,族興周晉,洪瀾濬遠,芳敭綿長,鷖華轂者摩肩,拖朱緩者繼武,並光油素,豈俟縷陳。」(25.010)

《漢語大詞典》有「繼武」,《漢語典故大辭典》無。

11 追遠、追遠慎終

《論語‧學而》[45]:「曾子曰:慎終追遠,民德歸厚矣。」何晏集解:「慎終者,喪盡其哀;追遠者,祭盡其敬。君能行此二者,民化其德,皆歸於厚也。」

「追遠慎終」,父母之喪禮須謹慎,以盡其哀;祭祀盡虔誠,以追念先人。

---

44 〔漢〕鄭玄注,〔唐〕孔穎達等正義:《十三經注疏‧禮記正義》(北京市:中華書局,2003年),頁1484。

45 〔魏〕何晏集解,〔宋〕邢昺疏:《十三經注疏‧論語注疏》(北京:中華書局,2003年),頁25458。

北魏〈元飆妃李媛華墓誌〉：「周附於畢，任合自魯，追遠慎終，千齡載睹。」（4.170）

唐〈懷憚墓碑〉：「上人以至德聿修，良因累著，故得天降成烈，用贊芳規。追遠慎終，生榮死贈。」（25.046）

「追遠」，祭祀盡虔誠，以追念先人。

唐〈段秀墓誌〉：「哀子等至誠追遠，罔極終天。」（13.035）

唐〈許緒墓誌〉：「子行本等，悲深追遠，敬厝高神，以顯慶五年十二月十三日遷奉北邙山平樂裏。」（13.183）

唐〈趙宗墓誌〉：「孤子玄寂、玄成、玄敬、玄隱等，切割五內，分裂七情，曾子閔子僅可方其至孝，少連大連不足比其追遠。」（15.007）

唐〈楊大隱墓誌〉：「嗣子等痛貫濡柏，迷纏集蓼，事深追遠，見託為銘。」（15.172）

唐〈王玄裕墓誌〉：「哀纏岵屺，禮備於送終；痛結心胸，識周於追遠。」（17.164）

「慎終」，父母之喪禮須謹慎，以盡其哀。

唐〈成君妻耿慈愛墓誌〉：「青鳥襲兆，追遠莫大於銘功；白兔祥塋，慎終自歸於刻石。」（19.057）

《漢語大詞典》有「追遠」，無「慎終」、「追遠慎終」。《漢語典故大辭典》皆無。

12 苗而不秀

《論語‧子罕》[46]：「子曰：『苗而不秀者，有矣夫！秀而不實

46　〔魏〕何晏集解，〔宋〕邢昺疏：《十三經注疏‧論語注疏》（北京：中華書局，2003年），頁2491。

者，有矣夫！』」何晏集解引孔安國曰：「言萬物有生而不育成者，喻人亦然。」邢昺疏：「此章亦以顏回早卒，孔子痛惜之，為之作譬也。」

「苗而不秀」，只長了苗而沒有開花結實。比喻人資質雖好，但尚未有所成就即不幸夭折。

北魏〈封昕墓誌〉：「苗而不秀，有識酸嗟。」（3.157）

北魏〈元文墓誌〉：「天道消息，神理盈虛。苗而不秀，信有矣夫。」（5.171）

唐〈王惠墓誌〉：「豈謂苗而不秀，瓊淚霄零，奄邁膏肓，哲人其委。」（14.149）

唐〈袁景恒墓誌〉：「瑚璉方重，瓊瑰遽夢，苗而不秀，回也溘終。」（17.098）

唐〈劉通墓誌〉：「豈圖苗而不秀，蘭蕙先摧；夢及兩楹，哲人斯逝。」（18.037）

唐〈臧南金妻白光倩墓誌〉：「復以孤孩遺腹，襁褓多艱，碧樹先秋，苗而不秀，百年泉路，母子同歸。」（20.097）

唐〈趙潔墓誌〉：「苗而不秀，凋其國華。」（22.048）

唐〈張謠墓誌〉：「才生十四載，噫！苗而不秀，命也何如。」（24.090）

唐〈車諤妻侯氏墓誌〉：「雖學襲聚螢，而夭隨顏氏，苗而不秀，未齔先殂。」（26.082）

唐〈杜日榮墓誌〉：「何期天之不祐，春降秋霜，苗而不秀，遂染高荒之疾，卒於私遞。」（30.046）

《漢語大詞典》有「苗而不秀」，《漢語典故大辭典》無。

13 貞明

　　《易・繫辭下》[47]：「日月之道，貞明者也。」孔穎達疏：「言日月照臨之道，以貞正得一而為明也。」

　　「貞明」，謂日月能固守其運行規律而常明。指日月或日月的光輝；比喻堅貞潔白的節操。

　　北魏〈司馬紹墓誌〉：「承苻紹夏，作賓於周；貞明代襲，弈世宣流。」（3.140）

　　北魏〈元靈曜墓誌〉：「及懷蘭建閣，佩組崇闈，履蹈貞明，有光禮闈。」（4.140）

　　東魏〈司馬昇墓誌〉：「君志性貞明，稟操鯁直。又能孝敬閨門，肅雍九族。」（6.032）

　　東魏〈蕭正表墓誌〉：「內苞九德，外兼百行，弘敏以衛其神，貞明以堅其志。」（6.164）

　　唐〈昭仁寺碑〉：「莫不垂鴻名，勝顯號，播休風於六舞，歌盛德於九韶，與天壤而無窮，懸貞明而可久。」（11.031）

　　唐〈顏仁楚墓誌〉：「天地交泰，日月貞明。千秋騰實，萬古飛英。」（15.005）

　　唐〈楊湯墓誌〉：「夫人宿著貞明，志縈清潔，端居美行，以保天終。」（15.120）

　　唐〈康枕墓誌〉：「君稟和交泰，感質貞明，志局開朗，心神警發。」（16.157）

　　唐〈賈守義墓誌〉：「夫人尹氏，傳芳桂馥，育德蘭儀，淑慎外融，貞明內潔。」（17.058）

---

47 〔魏〕王弼，〔晉〕韓康伯注，〔唐〕孔穎達等正義：《十三經注疏・周易正義》（北京市：中華書局，2003年），頁86。

唐〈樊赤松墓誌〉:「盛德無已,允膺才子,岐嶷髫初,貞明丱始。」(17.077)

《漢語大詞典》有「貞明」,《漢語典故大辭典》無。

14 格非

《書·冏命》[48]:「繩愆糾謬,格其非心。」

「格非」,指糾正錯誤。

三國魏〈王基殘碑〉:「□民忠正,足以格非。」(2.018)

《漢語大詞典》有「格非」,《漢語典故大辭典》無。

15 得一

《老子》[49]:「昔之得一者:天得一以清;地得一以寧;神得一以靈;谷得一以盈;萬物得一以生;侯王得一以為天下正。」王弼注:「一,數之始而物之極也,各是一物之生,所以為主也。物皆各得此一以成。」

「得一」,指得道。

北魏〈元煥墓誌〉:「王資玄樹操,得一為心,忠敬發於天然,仁孝出自懷抱。」(5.008)

唐〈范信墓誌〉:「寄心神於正覺,重道義而財輕。玩得一之微妙,樂八解之歸貞。」(13.129)

唐〈碧落碑〉:「粵若稽古,藐覿遂初,真宰貞乎得一,混成表於沖用。」(15.108)

---

48 〔漢〕孔安國傳,〔唐〕孔穎達等正義:《十三經注疏·尚書正義》(北京市:中華書局,2003年),頁246。

49 陳鼓應:《老子注譯及評介》(北京市:中華書局,2009年),頁212。

唐〈太上老君石像碑〉：「道冠登三，功包得一。斥彼峻宇，安此卑室。」（17.034）

《漢語大詞典》有「得一」，《漢語典故大辭典》無。

16 屯邅、屯亶

《易‧屯》[50]：「六二，屯如、邅如，乘馬班如。」孔穎達疏：「屯是屯難，邅是邅回。」

「屯邅」亦作「屯亶」，不進貌，多指艱難。

晉〈王浚妻華芳墓誌〉：「伊余屯亶，仍多斯殃，二婦短祚，前念未忘。」（2.071）

北魏〈慈慶墓誌〉：「契闊家艱，屯亶世故，信命安時，初睰未遇。」（4.163）

北魏〈元延明墓誌〉：「屯邅距運，禍自昵蕃。」（5.166）

唐〈唐故銀青光祿大夫前汝南郡太守楊公（仲嗣）墓誌銘〉：「蹇連宦途，屯邅時運；累薦不入，三黜無慍。」（新出河南2.323）（天寶十年）

唐〈韋孟明墓誌〉：「嗚呼，誰無屯邅？嗟君少年。誰能不死？」（全集3375）（元和三年）

《漢語大詞典》有「屯邅」，《漢語典故大辭典》無。

17 遭家不造、不造

《詩‧周頌‧閔予小子》[51]：「閔予小子，遭家不造，嬛嬛在

---

50 〔魏〕王弼，〔晉〕韓康伯注，〔唐〕孔穎達等正義：《十三經注疏‧周易正義》（北京市：中華書局，2003年），頁19。

51 〔漢〕毛亨傳、鄭玄箋，〔唐〕孔穎達等正義：《十三經注疏‧毛詩正義》（北京市：中華書局，2003年），頁598。

疚。」鄭玄箋:「閔,悼傷之言也;造,猶成也。可悼傷乎,我小子耳!遭武王崩,家道未成。」孔穎達疏:「往日遭此家道之不為,言先王既崩,家事無人為之。」

「遭家不造」,本為周成王居父喪時自哀之辭,後用以泛指家中遭遇不幸。「不造」,同。

晉〈賈充妻郭槐柩記〉:「遭家不造,遇世多難,不曰堅乎!」(2.062)

晉〈王浚妻華芳墓誌〉:「遭家不造,十五而無父,在喪過哀。」(2.071)

北魏〈劉阿素墓誌〉:「遭家不造,幼履宮庭。」(4.093)

唐〈大唐故右監門衛大將軍上柱國贈涼州都督清河恭公斛斯府君(政則)之墓誌銘〉:「遭家不造,夙罹閔凶。飄淪七尺之軀,固守三從之節。」(新出陝西1.070)(咸亨元年)

唐〈皇甫文備墓誌〉:「遭家不造,尋丁內憂,痛結絕漿,悲深泣血。」(19.110)(長安四年)

唐〈翟詵墓誌〉:「遭家不造,丁茲閔凶,襲父之故,授冠軍大將軍、行左屯衛翊府中郎將。」(23.131)

唐〈李氏三墳記〉:「既冠,遭家不造,諸季種蕸。」(27.064)(大曆二年)

唐〈唐故銀青光祿大夫行殿中少監駙馬都尉贈工部尚書河東柳府君(昱)墓誌銘〉:「元舅代宗皇帝,引進如子,閔其遭家不造,悉昆弟並保養於內闈。」(新出陝西2.187)(貞元二十年)

唐〈韋君妻孫娩墓誌〉:「至元和三年,孤孫泰等,遭家不造,斬焉在縗絰之中。」(29.057)(元和五年)

唐〈侯君妻王氏墓誌〉:「初我君命絭舉進士以承素業,四黜而遭家不造。」(31.132)

東魏〈元湛墓誌〉:「及遭不造,殆將毀滅,哀感庭禽,悲燋壟樹。」(6.110)

唐〈段氏墓誌〉:「夫人屬此時屯,嬰斯不造。」(12.006)

唐〈卜元簡墓誌〉:「銜命番禺,纏災霧潦,地生其癘,天胡不造?」(20.003)

唐〈王君妻張氏墓誌〉:「中年遭府君不造,先世而殂,霜筠有操,水玉涵貞,藐爾諸孤,是為童稚。」(20.134)

唐〈陸大亨墓誌〉:「遭時不造,謫居憬俗,逢國之泰,效勳邊城,功庸既崇,晷漏亦盡。」(21.084)

唐〈張君妻蕭氏墓誌〉:「豈意生靈不造,天難匪忱。」(22.009)

唐〈裴同墓誌〉:「方將陵島激而擊三千,搏扶搖而升九萬,命也不造,中夭良圖。」(23.113)

唐〈李沖墓誌〉:「以天寶五載六月廿六日言赴京師,行達(達)灞上,遭命不造,遘疾而卒,春秋六十有四。」(26.036)

唐〈盧含墓誌〉:「哀家不造,悼躬未亡,而能祖載遠郊,返葬樂土,所謂純深盡孝,事親之終始。」(26.093)

唐〈高瀚墓誌〉:「不謂上天不造,賦茲短歷,彼蒼邈矣,其由問諸?」(32.130)

《漢語大詞典》有「遭家不造」、「不造」,《漢語典故大辭典》無。

18 色養

《論語‧為政》[52]:「子游問孝,子曰:『今之孝者,是謂能養。』……子夏問孝,子曰:『色難。』」何晏集解引包咸曰:「色難

---

52 〔魏〕何晏集解,〔宋〕邢昺疏:《十三經注疏‧論語注疏》(北京:中華書局,2003年),頁2462。

者，謂承順父母顏色乃為難也。」朱熹集注：「色難，謂事親之際，惟色為難也。」

「色養」，和顏悅色奉養父母或承順父母顏色。

晉〈王浚妻華芳墓誌〉：「及居室色養，盡孝承親，清恒婉嫟，容止有則。」（2.071）

北魏〈翟普林造像〉：「躬耕色養，侍親疾而衣帶不解，終殯葬而哀毀幾滅。」（3.083）

北魏〈元颺妃李媛華墓誌〉：「方當追縱上古，準旳來今，享萬鍾之殊榮，盡色養之深願。」（4.170）

隋〈段濟墓誌〉：「俄授驃騎將軍，常在京上下，色養溫清，不虧朝夕。」（10.141）

唐〈段君妻張女羨墓誌〉：「故曾參竭其色養，萊子盡其至孝。」（11.014）

唐〈楊氏墓誌〉：「神儀美麗，容端炳素，溫恭禮順，色養自天。」（12.103）

唐〈王達墓誌〉：「君延慶華宗，少而明敏，蒸蒸於色養，怡怡於友於。」（14.123）

唐〈孫義普墓誌〉：「子承景，至孝有聞，高材緝譽，情深色養，有懷捧檄。」（17.004）

唐〈劉含章妻李五娘墓誌〉：「卑秩自安，及親而仕，退宮寧侍，色養於家。」（18.108）

唐〈盧調墓誌〉：「然而色養之暇，耽玩墳籍，動必循道，言必合義，觀海莫測其瀾，望衢罕窺其術。」（21.044）

《漢語大詞典》有「色養」，《漢語典故大辭典》無。

19 信順

《易・繫辭上》[53]：「天之所助者，順也；人之所助者，信也。」
「信順」，謂誠信不欺，順應物理。

晉〈王浚妻華芳墓誌〉：「凡一善必紀，古人謂之實錄，況我伉儷信順之積而可沒哉。」（2.071）

北魏〈刁遵墓誌〉：「方叔克莊，燕奭遐齡，庶乘和其必壽，泣信順而徂傾。」（4.048）

北魏〈元騰及妻程法珠墓誌〉：「仁壽無徵，信順虛設，桂宇凝霜，玄堂網雪。」（4.074）

北魏〈元恭墓誌〉：「君稟上善之資，啟生知之志，崇峰峻極，千刃不得語其崇高，長瀾澄鏡，萬頃無以擬其洪量，孝敬之道發自天真，信順之理出於神性。」（5.172）

北魏〈長孫士亮妻宋靈妃墓誌〉：「爰初外成，修栗告虔，盡恭孝於舅姑，竭信順於叔妹，子侄被慈惠之恩，室家顯終身之敬。」（5.178）

隋〈□和墓誌〉：「孝友之極，稟自天真，信順為心，行無詖險。」（9.054）

隋〈蘇慈墓誌〉：「行清明文化，播信順之規，吏畏之如神明，民□之若江海。」（9.159）

唐〈范彥墓誌〉：「君少奉過庭，禮問揚於賓敬；長□□狎，信順積於由仁。」（15.087）

《漢語大詞典》有「信順」，《漢語典故大辭典》無。

---

53 〔魏〕王弼，〔晉〕韓康伯注，〔唐〕孔穎達等正義：《十三經注疏・周易正義》（北京市：中華書局，2003年），頁82。

20 結縭

《詩・豳風・東山》[54]:「親結其縭,九十其儀。」毛傳:「母戒女,施衿結帨。」

「結縭」,古代嫁女的一種儀式。女子臨嫁,母為之係結佩巾,以示至男家後奉事舅姑,操持家務。借指男女結婚。

唐〈郭思訓墓誌〉:「夫人清河張氏,平陽柴氏,並穠華賁春,輕雲蔽月,結縭作儷,乘旭雁而移天;采蘋是羞,應鵲巢而主饋。」(20.137)(景雲二年)

唐〈唐濟陰郡考城縣尉韋韞故夫人河南源氏(端)墓誌銘〉:「卜我士族,嫁之韋君。結縭未幾,施衿累月。」(新出陝西2.107)(天寶三年)

唐〈巨唐故華山處士天水趙府君(進誠)墓誌銘〉:「夫人自結縭來歸,恪慎明訓,禮備榛栗,告虔君姑,婦道彰明,母儀淑順。」(新出陝西1.134)(大中九年)

唐〈崔璘墓誌〉:「夫人隴西李氏,爰自初笄,結縭於我,奉祭祀而無怠,接親戚而無虧,內教留心,與公同志,即以咸通庚寅歲五月廿五日棄養。」(33.145)(乾符三年)

《漢語大詞典》有「結縭」,《漢語典故大辭典》無。

21 德本

《孝經・開宗明義》[55]:「夫孝,德之本也。」

「德本」,道德的根本。古代以孝為德本。「德本」,即孝道。

---

54 〔漢〕毛亨傳、鄭玄箋,〔唐〕孔穎達等正義:《十三經注疏・毛詩正義》(北京市:中華書局,2003年),頁397。

55 〔唐〕唐玄宗注,〔宋〕邢昺疏:《十三經注疏・孝經注疏》(北京市:中華書局,2003年),頁2545。

　　北魏〈穆亮墓誌〉：「內殖德本，外延衰命。」（3.058）

　　唐〈大證禪師碑〉：「或宿植德本，乘願復來；或意生人間，用宏開示。」（27.076）

　　唐〈阿育王寺常住田碑〉：「雖植眾德本，作南山之福田；種諸善根，存東皋之淨業。」（30.142）

　　唐〈大泉寺新三門記〉：「誼實有力於寺者，非宿習德本，沽諸善緣，豈能誘掖群心，終成喜舍。」（31.039）

　　後周〈妙樂寺真身舍利塔碑〉：「匪植德本，詎種福田。」（36.141）

　　《漢語大詞典》有「德本」，《漢語典故大辭典》無。

22　俠纊

　　《左傳‧宣公十二年》[56]：「申公巫臣曰：『師人多寒。』王巡三軍，拊而勉之，三軍之士皆如挾纊。」杜預注：「纊，綿也。言說以忘寒。」

　　「挾纊」，披著綿衣。比喻受人撫慰而感到溫暖。

　　北魏〈元欽墓誌〉：「銜命載馳，皇澤攸孚，於是人飽注川，家蒙挾纊。」（5.112）

　　唐〈妒神祠碑〉：「往任滑臺，職居總統，近歸本道，位處專城，投醪之義遠聞，挾纊之情久著。」（27.147）

　　石刻語料亦作「俠纊」，是「挾纊」之異寫形式。

　　北魏〈元端墓誌〉：「軍賞不足，私財斑賚，俠纊之眾，人百其勇。」（5.097）

　　北魏〈元弼墓誌〉：「左命內綏軍旅，恩同俠纊；外撫疆場，無慚叔子。體文經武，遠緝邇安。」（5.149）

---

56 〔晉〕杜預注，（唐）孔穎達等正義：《十三經注疏‧春秋左傳正義》（北京市：中華書局，2003年），頁1883。

東魏〈李挺墓誌〉:「故知挹河所以稱醉,俠纊非謂同袍。竟使敵人棄鉀,侵田自反,德流沔漢,威震江湘。」(6.086)

《漢語大詞典》有「挾纊」,《漢語典故大辭典》無。

(二)同形新來源石刻用典形式

1 棘門

《周禮‧天官‧掌舍》[57]:「為壇壝宮棘門。」鄭玄注引鄭司農曰:「棘門,以戟為門。」古代帝王外出,在止宿處插戟為門,稱「棘門」。棘,通「戟」。古代宮門插戟,故亦為宮門的別稱。

「棘門」,這裏借指朝廷。

北魏〈元子正墓誌〉:「騰聲鳳沼,馳譽棘門;皎如琨玉,湛若衢樽。」(5.108)

唐〈段瑋墓誌〉:「浮關景族,式閭昌冑,槐庭擅美,棘門標秀。」(15.141)

唐〈康磨伽墓誌〉:「披襟武庫,投跡棘門,邊亭討逆,茅土承恩。」(16.177)

《漢語大詞典》有「棘門」。《漢語典故大辭典》「棘門」來源為《史記》,指紀律鬆弛的兵營或軍隊。

唐〈大唐故左驍衛大將軍幽州都督琅玡公(牛秀)墓誌〉:「鄙衛尉之耳語,輕棘門之兒戲。」(新出陝西1.034)

---

57 〔漢〕鄭玄注,〔唐〕賈公彥疏:《十三經注疏‧周禮注疏》(北京:中華書局,2003年),頁676。

2 三耳

《孔叢子・公孫龍》[58]第十一：「公孫龍言臧之三耳甚辨析。」

「三耳」，謂兩耳之外別有一耳，主聽。為先秦名家詭辯論題之一。比喻善辯。

北魏〈元乂墓誌〉：「學海不窮，為山未止；識同四面，辯非三耳。」（5.032）

《漢語大詞典》有「三耳」。《漢語典故大辭典》「三耳」來源為宋張君房《脞說》所載隋代故事，謂人聰明穎悟，異於往常。

3 流電

《藝文類聚》卷六引三國魏李康〈遊山序〉[59]：「蓋人生天地之間也，若流電之過戶牖，輕塵之捿弱草。」

「流電」，形容時光流逝極快。

北齊〈報德像碑〉：「初未脫於生死，終不離於苦空。波輪迴星，流電滅昔。」（7.048）

隋〈馬穉墓誌〉：「鑿石見火，流電過隙，漏盡鐘鳴，箭馳風迫。」（9.131）

唐〈胡永墓誌〉：「天與徒言，日華未久，忽如流電，奄同過牖。」（11.016）

唐〈元勇墓誌〉：「與善虛說，物華未久，卒如流電，奄同過牖。」（12.147）

---

58 舊題〔周〕孔鮒撰：《孔叢子》，收入《百子全書》（杭州市：浙江人民出版社，影印1919年掃葉山房石印本，1984年），第1冊。

59 〔唐〕歐陽詢撰，汪紹楹校：《藝文類聚》（上海市：上海古籍出版社，1999年），頁110。

唐〈程雄墓誌〉:「誰其松雕歲晚,竹落秋遲,顧此人生,忽如流電。」(13.022)

唐〈孟普墓誌〉:「豈期景沉流電,露迫朝光。希假寐於鈞天,溢游神於厚地。」(13.137)

唐〈王君妻薛氏墓誌〉:「是身流電,回回貿於斷籌;諸業隨風,念念衰於切縷。」(18.095)

唐〈王庭芝墓誌〉:「然宏材佇構,方啟峻於干霄;而清露易晞,奄興歌於流電。」(21.112)

唐〈李昕墓誌〉:「百齡風月,萬古山河,跡謝流電,魂□逝波。」(22.106)(開元十四年)

唐〈唐故營幕使判官登仕郎內侍省掖庭局宮教博士上柱國劉公(士環)墓誌銘〉:「粵烏兔西沉,江河東注,流電過於簷隙,驚飆馳乎道路。」(新出陝西2.245)(會昌元年)

《漢語大詞典》有「流電」。《漢語典故大辭典》「流電」來源為《神異經・東荒經》,形容燈火明亮輝煌似閃電。

唐〈平百濟國碑〉:「於時秋草衰而寒山淨,涼飆舉而敘氣嚴,逸足與流電爭飛,疊鼓共奔雷競震。」(13.163)

4 天口

漢王符《潛夫論・考績》[60]:「夫聖人為天口,賢人為聖譯。是故聖人之言,天之心也;賢者之所說,聖人之意也。」

「天口」,謂代天說話。

唐〈思言禪師塔銘〉:「四分十誦,自得地靈;三門九法,總攝天口。」(21.017)

---

60 〔漢〕王符撰:《潛夫論》,收入《百子全書》(杭州市:浙江人民出版社,影印1919年掃葉山房石印本,1984年),第2冊。

　　《漢語大詞典》有「天口」。《漢語典故大辭典》「天口」來源為漢劉歆《七略》和《漢書藝文志》，形容能言善辯。

　　唐〈杜敏墓誌〉：「辯兼天口，文冠風騷，聲超鶴唳，身表鳳毛。」（16.178）

5　碩人

　　《詩・衛風・碩人》[61]：「碩人其頎，衣錦褧衣。」鄭玄箋：「碩，大也，言莊姜儀表長麗俊好，頎頎然。」

　　「碩人」，指美人。

　　唐〈大唐故右威衛將軍式威安公故妻新息郡夫人下邳翟氏（六娘）墓誌銘〉：「斯可以竊比碩人，興言高媛，其則夫人者矣。」（新出陝西1.110）（開元十五年）

　　唐〈鄭公妻宋練墓誌〉：「既誕既育，言乎成也：斯可以儷我碩人，張煌婦德矣。」（23.056）（開元十九年）

　　唐〈杜元穎妻崔氏墓誌〉：「於惟令胤，載誕碩人。輔佐君子，克懋貞淳。」（24.093）

　　唐〈苗蕃妻張氏墓誌〉：「天有卿雲，地有醴泉，儲祥合粹，降為碩人。」（31.080）

　　《漢語大詞典》有「碩人」。《漢語典故大辭典》「碩人」來源為《詩・衛風・考槃》、《詩・邶風・簡兮》，稱美賢德君子。

　　唐〈張翊墓誌〉：「實天生德，器宇深厚，非鴻儒碩人不能知。」（28.001）

61　〔漢〕毛亨傳、鄭玄箋，〔唐〕孔穎達等正義：《十三經注疏・毛詩正義》（北京市：中華書局，2003年），頁322。

6 弧矢

《易・繫辭下》[62]：「弦木為弧，剡木為矢，弧矢之利，以威天下。」

「弧矢」，謂武功。

唐〈昭仁寺碑〉：「斯則淳源既往，弧矢開戡剪之利；天下為公，揖讓盛皇王之業。」（11.031）

唐〈張萬善墓誌〉：「原夫功宣弧矢，道敷命氏之班；契升兵符，寵冠通侯之籍。」（12.059）

唐〈張萬善墓誌〉：「肇胤農星，開功弧矢。」（12.059）

唐〈宋知感及妻張氏墓誌〉：「夫人清河張氏，昔軒後錫胤，弧矢崇威；禹會諸侯，玉帛嘉信。」（24.028）

唐〈白知新墓誌〉：「雅尚弧矢，尤精史傳，三餘靡倦，五善有容。」（24.092）（開元二十七年）

唐〈唐故左驍衛將軍兼羽林將軍獨孤公（褘之）夫人清河張氏墓誌銘〉：「昔軒轅立極，弧矢作威。」（新出陝西1.121）（天寶八年）

唐〈劉智才墓誌〉：「弧矢取威，遷左衛郎將；歲年增級，拜寧遠將軍。」（26.117）（天寶十三年）

唐〈梁守謙功德銘〉：「為寇盜所制，而臣節難全；犯弧矢之威，當剿絕之斃。」（30.021）（長慶二年）

唐〈唐故銀青光祿大夫使持節資州諸軍事守資州刺史兼安夷軍使殿中侍御史柱國平原師府君（弘禮）墓誌銘〉：「至於文筆音律之奧，弧矢毬飲之微，凡一經於心，罔不臻於至妙也。」（新出陝西2.323）（廣明元年）

---

62 〔魏〕王弼，〔晉〕韓康伯注，〔唐〕孔穎達等正義：《十三經注疏・周易正義》（北京市：中華書局，2003年），頁87。

《漢語大詞典》有「弧矢」。《漢語典故大辭典》「弧矢」來源為《禮記·內則》，喻生男孩；亦指男子當從小立大志。

7 生芻、生芻之禮

《詩·小雅·白駒》[63]：「生芻一束，其人如玉。」孔穎達疏：「主人禮餼，待汝雖薄，止有生芻一束耳，當得其人如玉者而就之，不可以貪餼而棄賢也。」

「生芻之禮」，指聘賢之禮。「生芻」同。

唐〈趙宗墓誌〉：「或銷聲陋巷，鏟跡巖阿，薄受蒲輪之征，微就生芻之禮。」（15.007）

唐〈顏謀道墓誌〉：「屬大君有命，廣徵翹楚，公乃應孫弘之舉，即受生芻；以郤詵之才，還蒙擢桂。」（21.152）

《漢語大詞典》有「生芻」。《漢語典故大辭典》「生芻」來源為《後漢書·徐稺傳》，指祭品。

二　新同源石刻用典形式

（一）負劍

《禮記·曲禮上》[64]：「負劍辟咡詔之。」鄭玄注：「負謂置之於背，劍謂挾之於旁。」孔穎達疏：「負劍辟咡詔之者，豈但在行須教正，在抱時亦令習也。負，謂致兒背上也；劍，謂挾於脅下，如帶劍也；辟，傾也；咡，口旁也；詔，告也。」

63　〔漢〕毛亨傳、鄭玄箋，〔唐〕孔穎達等正義：《十三經注疏·毛詩正義》（北京市：中華書局，2003年），頁434。

64　〔漢〕鄭玄注，〔唐〕孔穎達等正義：《十三經注疏·禮記正義》（北京市：中華書局，2003年），頁1234。

「負劍」，本指背著或挾著小孩，這裏借指幼年。

北魏〈元誘墓誌〉：「公降靈景宿，蘊氣風雲，殊異表於弄璋，崖岸簪於負劍。」（5.011）

《漢語大詞典》有「負劍」，抱小孩之狀，指對孩子從小的教習。《漢語典故大辭典》有「負劍之訓」，謂對孩子從小的教導。

（二）拔幟之功

《史記・淮陰侯列傳》[65]載：韓信率漢軍擊趙，趙王、成安君陳餘聚兵井陘口，號稱二十萬。漢軍將至井陘口，先挑選輕騎二千，人持一赤幟，抄小路埋伏於趙營附近。接著背水列陣以誘趙。趙軍出擊，漢軍佯敗而走，趙軍果空營追擊。「信所出奇兵二千騎，共候趙空壁逐利，則馳入趙壁，皆拔趙旗，立漢赤幟二千。」趙軍進擊不能勝，欲回營，見營中盡是漢軍赤幟，大驚，「以為漢皆已得趙王將矣」，於是潰不成軍，終於為信所滅。

「拔幟之功」，指顯著戰功。

隋〈劉德墓誌〉：「崇墉閒陝，還等拔幟之功；高壘徐登，不勞懸布之力。」（10.058）

《漢語大詞典》「拔幟」，謂「偷換取勝或戰勝、勝利」。《漢語典故大辭典》「拔幟」，比喻更換名號，取而代之。

（三）陳蕃掃除之志

《後漢書・陳蕃傳》[66]：「蕃年十五，嘗閒處一室，而庭宇蕪穢。父友同郡薛勤來候之，謂蕃曰：『孺子何不灑埽以待賓客？』蕃曰：『大丈夫處世，當埽除天下，安事一室乎！』」

---

65 〔漢〕司馬遷：《史記》（北京市：中華書局，1982年），頁2615-2616。
66 〔南朝宋〕范曄：《後漢書》（北京：中華書局，1965年），頁2159。

「陳蕃掃除之志」，指高遠志向。

北齊〈梁子彥墓誌〉：「既軫陳蕃掃除之志，還符鄧艾指量之心，是以金匱玉韜之術，破蜃啼猿之伎，莫不同發機心，盡窮其妙。」（8.022）

也作「掃除天下之志、陳蕃掃除之材」。

唐〈黃師墓誌〉：「萬乘之主，慮宇宙而不安；一室書生，有掃除天下之志。」（17.035）

唐〈王佺墓誌〉：「王祥公輔之量，跡屈海沂；陳蕃掃除之材，風高河冀。」（20.084）

《漢語大詞典》有「掃除」，謂「廓清，蕩滌」。《漢語典故大辭典》「掃除」指「妾」。同源用典形式有「陳蕃室、掃室」等四個。

（四）父天兄日

〈春秋感精符〉[67]：「人主與日月同明，四時合信，故父天母地，兄日姊月。」

「父天兄日」，指帝王之家。

唐〈會王李繢墓誌〉：「夫以祖功宗德之慶，父天兄日之貴，胙土列藩之寵，好德樂善之賢，宜乎壽考福延，為王室輔。」（全集3431）

《漢語大詞典》有「父天」，謂「以天為父」，稱父親為「父天」。《漢語典故大辭典》同。

---

67 〔清〕紀昀等編撰：《文淵閣四庫全書》（上海市：上海古籍出版社，2003年），第876冊，頁234。

（五）垂鉤

《史記・齊太公世家》[68]：「太公望呂尚者⋯⋯本姓姜氏，從其封姓，故曰呂尚。呂尚蓋嘗窮困，年老矣，以漁釣奸周西伯。西伯將出獵⋯⋯遇太公於渭之陽，與語大說，曰：『自吾先君太公曰：「當有聖人適周，周以興。」子真是邪！吾太公望子久矣。』故號之曰『太公望』。載與俱歸，立為師。」張守節正義引《說苑》：「呂望年七十釣於渭渚。」

「垂鉤」，指七十歲。

唐〈樂歸墓誌〉：「既而歲邁垂鉤，年逾擊壤，摧梁奄及，長隨岱北之遊；練石無徵，永絕淮南之賞。」（16.035）

《漢語大詞典》及《漢語典故大辭典》無「垂鉤」，《漢語典故大辭典》同源用典形式有「渭濱垂釣、釣川、直鉤」等五十五個。

（六）竹馬

《後漢書・郭伋傳》[69]：「乃調伋（字細侯）為并州牧⋯⋯伋前在并州，素結恩德，及後入界，所到縣邑，老幼相攜，逢迎道路，所過問民疾苦，聘求耆德雄俊，設几杖之禮，朝夕與參政事。始至行部，到西河美稷，有童兒數百，各騎竹馬，道次迎拜。伋問：『兒曹何自遠來？』對曰：『聞使君到，喜，故來逢迎。』伋辭謝之。」

「竹馬」，謂幼年。

北魏〈元仙墓誌〉：「君稟三珠之睿氣，承八桂之餘風，馨香發於竹馬之年，令問播於執綺之歲。」（4.134）

---

68 〔漢〕司馬遷：《史記》（北京市：中華書局，1982年），頁1477-1478。
69 〔南朝宋〕范曄：《後漢書》（北京：中華書局，1965年），頁1092-1093。

　　北魏〈筍景墓誌〉:「君稟天地之氣,資川嶽之靈,幼而有知,長而通敏。神慧起自蒲車,眸辯發於竹馬。」(5.122)

　　北魏〈赫連悅墓誌〉:「溫涼恭儉之量,始自蒲車,孝友廉貞之志,茂於竹馬。」(5.146)

　　隋〈張通妻陶貴墓誌〉:「赤龍白虎之胤,天官地正之宗,軒冕蟬聯,泊於淩宵之夢,珪璋挺特,標於竹馬之年。」(9.116)

　　唐〈王師墓誌〉:「孤子府兒,鳩車歲就,竹馬年登,誰謂所天,俄辭風月。」(15.060)

　　唐〈王玄墓誌〉:「明感竹馬之歲,有異諸童;強仕之年,志逾其友。」(15.167)

　　其它文獻亦有用例:庾信〈周大將軍趙公墓誌銘〉[70]:「歲在雕車,年方竹馬。」

　　《漢語大詞典》「竹馬」指「兒童遊戲時當馬騎的竹竿」。《漢語典故大辭典》無,同源用典形式有「竹馬郊迎、竹馬兒童」等三十一個。

(七)丞魚

　　《後漢書·羊續傳》[71]:「府丞嘗獻其生魚,續受而懸於庭;丞後又進之,續乃出前所懸者以杜其意。」

　　「丞魚」,指行賄之物。

　　唐〈大唐故輔國大將軍荊州都督虢國公張公(士貴)墓誌銘〉:「吏金斯慎,丞魚靡入。」(新出陝西1.043)

---

70 〔清〕紀昀等編撰:《文淵閣四庫全書》(上海市:上海古籍出版社,2003年),第1064冊,頁755。

71 〔南朝宋〕范曄:《後漢書》(北京:中華書局,1965年),頁1110。

《漢語大詞典》及《漢語典故大辭典》無「丞魚」,《漢語典故大辭典》同源用典形式有「羊續懸魚、掛府丞魚」等十二個。

(八)長沙地濕、長沙地卑

《史記‧五宗世家》[72]:「長沙定王發,發之母唐姬,故程姬侍者……以孝景前二年用皇子為長沙王。以其母微,無寵,故王卑濕貧國。」裴駰集解引漢應劭曰:「景帝後二年,諸王來朝,有詔更前稱壽歌舞。定王但張袖小舉手。左右笑其拙,上怪問之,對曰:『臣國小地狹,不足迴旋。』帝以武陵、零陵、桂陽屬焉。」

「長沙地濕」、「長沙地卑」,形容地方環境惡劣。

唐〈劉齊賢墓誌〉:「長沙地濕,仰妖鵬而增懷;嶺障氛連,觀跕鳶而喪魄。」(19.051)

唐〈司馬銓墓誌〉:「睢陽城廣,重喜來遊;長沙地卑,俄聞作賦。」(23.060)

唐〈崔偃墓誌〉:「因伯氏尉於湘潭,公亦從焉。長沙地卑,蒸濕為癘。」(29.162)

《漢語大詞典》及《漢語典故大辭典》無「長沙地濕」、「長沙地卑」,《漢語典故大辭典》同源用典形式有「長沙不足舞、地窄不回身」等四個。

(九)一麾

《漢語典故大辭典》:「一麾」,舊時作為出為外任的代稱。來源為南朝宋顏延之〈五君詠‧阮始平〉:「屢薦不入官,一麾乃出守。」

唐〈董軸墓誌〉:「毗緝禁武,績彰五校之中;葉贊戎昭,美振一麾之內。」(16.002)

---

72 〔漢〕司馬遷:《史記》(北京市:中華書局,1982年),頁2100。

唐〈李光進神道碑〉:「洎司綱紀,其儀不忒。一麾出守,十乘啟行。」(29.166)

《漢語大詞典》有「一麾」,猶一揮,有發令調遣意。書證為漢王充《論衡・感虛》:「襄公志在戰,為日暮一麾,安能令日反?」《漢語大詞典》未明其語源。

「一麾」,較早見於《淮南子・覽冥訓》[73]:「魯陽公與韓構難,戰酣日暮,援戈而之,日為之反三舍。」,同揮。

「一麾」,形容力量極大,扭轉乾坤,挽回危局。

北魏〈元延明墓誌〉:「全州蕩蕩,咸為寇場。公智力紛紜,一麾席卷。」(5.166)

唐〈李晟碑〉:「一鼓而破,一麾而奔。」(30.085)

《漢語典故大辭典》同源用典形式有「揮戈回日、魯陽麾戈」等四十三個。

第二節　提前書證時代

《漢語典故大辭典》裏有些用典形式的最早書證時代較晚,不能準確反映用典形式的較早用例時代,石刻語料中的用例可提前相關用典形式的書證時代。

《漢語典故大辭典》書證時代的確定遵循以下三點:

一、《漢語典故大辭典》已明確指出書證時代者,以其所指時代為準。

二、《漢語典故大辭典》書證僅列文獻名,未指出具體時代者,基本以文獻成書時代為書證時代(彙編類文獻除外)。

---

73 〔漢〕劉安等編撰,高誘注:《淮南子》(上海市:上海古籍出版社,1989年),頁61。

三、《漢語典故大辭典》書證僅列作者，未明確其時代者，跨朝代作者以其主要生活朝代為書證時代；民國以後作者，不細分近代、現代、當代，統稱「民國至今」。

為簡化操作，我們將石刻語料的用例時代分為魏晉、南北朝、隋唐五代三個時代。《漢語典故大辭典》最早書證時代為宋、金、元、明、清及其以後的用典形式，若在石刻語料中有用例，其書證時代即可提前至石刻語料用例之時代；《漢語典故大辭典》最早書證時代為隋、唐、五代者，若在石刻語料之隋唐五代部分也有用例，我們並不區分隋、唐、五代之時代先後，按相同時代處理；南北朝同此。

經過梳理、對照、統計，《漢語典故大辭典》中共有八三三個用典形式的最早書證時代晚於相應石刻用典形式的用例時代，其中用典形式最早書證時代為宋代及其以後的計有六八五個。《漢語典故大辭典》用典形式最早書證時代為民國至今，相應石刻用典形式較早用例時代為唐、北周、北齊、西魏等共有三十個；《漢語典故大辭典》用典形式最早書證時代為清代，相應石刻用典形式較早用例時代為五代、唐、隋、東魏、北魏、晉等共有一七二個；《漢語典故大辭典》用典形式最早書證時代為明代，相應石刻用典形式較早用例時代為唐、隋、東魏、北魏、南朝陳等共有一二七個；《漢語典故大辭典》用典形式最早書證時代為元代，相應石刻用典形式較早用例時代為唐、北魏等共有四十七個；《漢語典故大辭典》用典形式最早書證時代為宋代，相應石刻用典形式較早用例時代為五代、唐、隋、北周、北齊、東魏、北魏、南朝梁等共有三〇七個；《漢語典故大辭典》用典形式最早書證時代為唐代，相應石刻用典形式較早用例時代為北周、北齊、東魏、北魏等共有一三五個。下面各舉部分例證。

一　《漢語典故大辭典》用典形式最早書證時代為民國至今，相應石刻用典形式較早用例時代為唐、北周、北齊等

1　「精誠貫日」，較早來源為《戰國策・魏策四》[74]：「夫專諸之刺王僚也，彗星襲月；聶政之刺韓傀也，白虹貫日。」《史記・魯仲連鄒陽列傳》[75]：「昔者荊軻慕燕丹之義，白虹貫日，太子畏之。」裴駰集解引應劭曰：「精誠感天，白虹為之貫日也。」

「精誠貫日」，謂精誠感天。

《漢語典故大辭典》書證：柳亞子〈哭龔鐵錚烈士〉：「成敗空天問，精誠貫日明。」

石刻用典形式用例：

唐〈高慈墓誌〉：「雖次房之見獲苟宇，宜僚之被脅楚勝，形則可銷，志不可奪，精誠貫日，哀響聞天，爰加死事之榮，載編良史之冊。」（18.178）

2　「晉用楚材」，較早見於《左傳・襄公二十六年》[76]：「聲子通使於晉，還如楚。令尹子木與之語，問晉故焉，且曰：『晉大夫與楚孰賢？』對曰：『晉卿不如楚，其大夫則賢，皆卿材也。如杞梓、皮革，自楚往也。雖楚有材，晉實用之。』」

「晉用楚材」，謂聘用別國人才。

《漢語典故大辭典》書證：嚴復〈《原富》按語〉：「國之官事，晉用楚材，古今有之，而未聞監權之政付之他國之吏者也。」

74　〔漢〕劉向集錄：《戰國策》（上海市：上海古籍出版社，1998年），頁922。

75　〔漢〕司馬遷：《史記》（北京市：中華書局，1982年），頁2470。

76　〔晉〕杜預注，（唐）孔穎達等正義：《十三經注疏・春秋左傳正義》（北京市：中華書局，2003年），頁1991。

石刻用典形式用例：

北周〈王德衡墓誌〉：「大周以秦留趙璧，晉用楚材，公子出身，不齊郎品，保定五年，除使持節儀同大將軍新市縣開國男侯。」（全集906）

3「泰山其頹」，較早見於《禮記・檀弓上》[77]：「孔子蚤作，負手曳杖，消搖於門，歌曰：『泰山其頹乎，梁木其壞乎，哲人其萎乎！』既歌而入，當戶而坐。子貢聞之，曰：『……夫子殆將病也。』夫子曰：『予疇昔之夜夢坐奠於兩楹之間，而天下其孰能宗予？予殆將死也』蓋寢疾七日而沒。」

「泰山其頹」，喻眾所仰望的人去世。

《漢語典故大辭典》書證：葉聖陶〈鄉里善人〉：「學人文人同聲哀悼，『泰山其頹，哲人其萎』的成語，在祭文輓聯哀詩中隨處露臉。」

石刻用典形式用例：

北齊〈道明墓誌〉：「哀哀哲人，泰山其頹；冥冥泉壤，燼為土灰。」（新出河南1.145）

唐〈於知微墓碑〉：「泰山其頹，仰曾峰而何及，長河既竭，望清瀾而邈遠。」（21.107）

---

77 〔漢〕鄭玄注，〔唐〕孔穎達等正義：《十三經注疏・禮記正義》（北京市：中華書局，2003年），頁1283。

二　《漢語典故大辭典》用典形式最早書證時代為清代，相應石刻用典形式較早用例時代為五代、唐、隋、東魏、北魏、晉等

1 「阜財解慍」，較早見於《孔子家語・辯樂解》[78]：「昔者舜彈五弦之琴，造〈南風〉之詩，其詩曰：『南風之熏兮，可以解吾民之慍兮！南風之時兮，可以阜吾民之財兮！』」

「阜財解慍」，謂民安物阜，天下大治。

《漢語典故大辭典》書證：何啟、胡禮垣〈新政論議〉：「公平布則郅治可期，有阜財解慍之風，無敢怒難言之隱也。」

石刻用典形式用例：

後樑〈牛知業板築新子州牆記〉：「是知名邦大國，無其人，則曷能序三才，崇五教，奉六氣，制七情，移風易俗，阜財解慍歟？」（36.023）

2 「杖朝」，較早見於《禮記・王制》[79]：「五十杖於家，六十杖於鄉，七十杖於國，八十杖於朝，九十者，天子欲有問焉，則就其室，以珍從。」

「杖朝」，代稱八十歲。

《漢語典故大辭典》書證：清趙翼〈初用拐杖〉：「我年屆杖朝，卅載林下叟。」

石刻用典形式用例：

唐〈劉祿墓誌〉：「杖國杖朝，曰耆曰耋。」（23.048）

---

78 王國軒、王秀梅譯注：《孔子家語》（北京市：中華書局，2009年），頁267-268。

79 〔漢〕鄭玄注，〔唐〕孔穎達等正義：《十三經注疏・禮記正義》（北京市：中華書局，2003年），頁1346。

3 「懷龍」，較早見於《西京雜記》[80]卷二：「董仲舒夢蛟龍入懷，乃作《春秋繁露》詞。」

「懷龍」，指才學卓異。

《漢語典故大辭典》書證：清錢謙益〈和遵王述懷感德四十韻兼示夕公〉：「懷龍溫夕夢，吐鳳理新編。」

石刻用典形式用例：

隋〈曹植廟碑〉：「詞采照灼，子雲遙慚於吐鳳；文華理富，仲舒遠愧於懷龍。」（9.089）

4 「潢池」，較早見於《漢書・循吏傳・龔遂》[81]：「海瀕遐遠，不沾聖化，其民困於飢寒而吏不恤，故使陛下赤子盜弄陛下之兵於潢池中耳。」

「潢池」，謂不自量力發動兵亂。

《漢語典故大辭典》書證：清馮桂芬〈許烈姬傳〉：「軍興以來，潢池反正。」

石刻用典形式用例：

東魏〈封延之墓誌〉：「永安二年，孝莊流葵，潢池氣梗，赤子盜兵，既欲安之，非公莫可。」（6.079）

北周〈豆盧恩碑〉：「綠林兵息，潢池盜靜。名振赤山，威高青嶺。」（全集128）

5 「寵賁」，較早見於《易・賁》[82]：「象曰：六五之吉有喜也。」李鼎祚集解引荀爽曰：「賁飾丘陵，以為園圃隱士之象也。五為王位，體中履和，勤賢之主，尊道之君也。」

---

80 〔晉〕葛洪撰，周天遊　校注：《西京雜記》（西安市：三秦出版社，2006年），頁96。

81 〔漢〕班固撰，〔唐〕顏師古注：《漢書》（北京市：中華書局，1962年），頁3639。

82 〔魏〕王弼，〔晉〕韓康伯注，〔唐〕孔穎達等正義：《十三經注疏・周易正義》（北京市：中華書局，2003年），頁38。

「寵賁」，指徵聘的榮耀。

《漢語典故大辭典》書證：清顧炎武〈復周制府書〉：「未得登龍，俄承遺鯉，將下交乎白屋，復寵賁乎元纁。」

石刻用典形式用例：

北魏〈楊播墓誌〉：「聲逾古今，寵賁身世；陵谷可貿，音塵不滅。」（全集875）

6 「藐孤」，較早見於《左傳・僖公九年》[83]：「初，獻公使荀息傅奚齊。公疾，召之曰：『以是藐諸孤，辱在大夫，其若之何？』」孔穎達疏：「藐諸孤者，言年既幼穉，縣藐於諸子之孤。」

「藐孤」，指幼弱的孤兒。

《漢語典故大辭典》書證：清方文〈田居雜詠〉之二：「身後遺藐孤，粗足供簠簋。」

石刻用典形式用例：

晉〈王浚妻華芳墓誌〉：「妙哉藐孤，性質所稟，有由而來，其以此降洪基，奉先業也。」（2.071）

北魏〈元祐妃常季繁墓誌〉：「暨妃姑薨殞，齊王徂棄，遺胤藐孤，負荷危綴。」（4.136）

三　《漢語典故大辭典》用典形式最早書證時代為明代，相應石刻用典形式較早用例時代為唐、東魏、北魏、南朝陳等

1 「柏府」，較早見於《漢書・朱博傳》[84]：「是時御史府吏舍百

---

83 〔晉〕杜預注，〔唐〕孔穎達等正義：《十三經注疏・春秋左傳正義》（北京市：中華書局，2003年），頁1801。

84 〔漢〕班固撰，〔唐〕顏師古注：《漢書》（北京市：中華書局，1962年），頁3405。

餘區井水皆竭；又其府中列柏樹，常有野烏數千棲宿其上，晨去暮來，號曰：『朝夕烏』。」

「柏府」，指御史府。

《漢語典故大辭典》書證：明陳璉〈驄馬賦〉：「柏府深嚴，蘭臺清。」

石刻用典形式用例：

唐〈於大猷墓碑〉：「袁彥道之倜儻不羈，言歸柏府。」（18.187）

2 「映雪」，較早見於《文選・任昉〈為蕭揚州薦士表〉》[85]：「至乃集螢映雪，編蒲緝柳。」李善注引《孫氏世錄》：「孫康家貧，常映雪讀書，清介交遊不雜。」

「映雪」，謂勤學苦讀。

《漢語典故大辭典》書證：明沈鯨《雙珠記・師徒傳習》：「休誇映雪，映雪無能螢。」

石刻用典形式用例：

東魏〈張滿墓誌〉：「清規素範，雅操端貞。勤如映雪，屬比聚螢。」（6.045）

隋〈盧文機墓誌〉：「聚螢映雪，觀圖閱史，山之片玉，家之千里。」（9.139）

唐〈劉文墓誌〉：「惟君秀起，映雪披書。擴行洙泗，高步石渠。」（11.195）

唐〈沈中黃墓誌〉：「古人有聚螢映雪，緝柳編蒲者，不足以儔矣。」（32.154）

3 「貝錦」，較早見於《詩・小雅・巷伯》[86]：「萋兮斐兮，成是

---

85 〔南朝梁〕蕭統撰，〔唐〕李善注：《文選》（上海市：上海古籍出版社，1986年），頁1745。

86 〔漢〕毛亨傳、鄭玄箋，〔唐〕孔穎達等正義：《十三經注疏・毛詩正義》（北京市：中華書局，2003年），頁456。

貝錦；彼譖人者，亦已大甚！」鄭玄箋：「喻讒人集作已過以成於罪，猶女工之集彩色以成錦文。」

「貝錦」，喻誣陷他人、羅織成罪的讒言。

《漢語典故大辭典》書證：明李開先〈事定公評後序〉：「貝錦百端，讒舌千丈，始之者一線，而引之者滔天。」

石刻用典形式用例：

北魏〈元融墓誌〉：「目已被物，先教後刑；遘伊貝錦，逢彼營營；獲非其罪，高志彌清。」（5.060）

唐〈袁公瑜墓誌〉：「君素多鯁直，志不苟容，猜禍之徒，乘間而起，成是貝錦，敗我良田。」（19.011）（久視元年）

唐〈大唐故賀蘭都督（敏之）墓誌〉：「心水如鏡，貝錦成嘩。非辜獲罪，命矣長嗟。」（新出陝西1.102）（景龍三年）

唐〈和守陽墓誌〉：「時安西大部護郭元振與宰臣宗楚客有間，恐禍成貝錦，身陷誅夷，以君德輝宏達（達），質直不回，奉義而行，有死無隕，拔邪拯難，非君莫可。」（25.087）（天寶四年）

4 「牛衣」，較早見於《漢書·王章傳》[87]：「章疾病，無被，臥牛衣中，與妻訣，涕泣。其妻呵怒之曰：『仲卿！京師尊貴在朝廷人誰逾仲卿者？今疾病困厄，不自激卬，乃反涕泣，何鄙也！」

「牛衣」，本指供牛禦寒的披蓋物，借指家境貧寒。

《漢語典故大辭典》書證：明陳汝元《金蓮記·飯魚》：「額中犀角真吾子，身後牛衣愧老妻。」

石刻用典形式用例：

南朝陳〈劉猛進碑〉：「牛衣不襦，衮黼陳牢，緘印掛冠，息丹樨之踐。」（2.171）

---

87 〔漢〕班固撰，〔唐〕顏師古注：《漢書》（北京市：中華書局，1962年），頁3238-3239。

四 《漢語典故大辭典》用典形式最早書證時代為元代，相應石刻用典形式較早用例時代為唐、北魏等

1 「學殖」，較早見於《左傳・昭公十八年》[88]：「夫學，殖也；不學將落。」杜預注：「殖，生長也；言學之進德，如農之殖苗，日新日益。」

「學殖」，原指學問的積纍增進，後泛指學業、學問。

《漢語典故大辭典》書證：元楊載〈送丘子正之海鹽州教授〉：「化爐新鼓樂，學殖重粗耘。」

石刻用典形式用例：

唐〈李良墓誌〉：「莫不世濟清通，家傳學殖。華夷挹其風味，緇素崇其楷模。」（11.194）

2 「竹馬相迎」，較早見於《後漢書・郭伋傳》[89]：「乃調伋為并州牧……伋前在并州，素結恩德，及後入界，所到縣邑，老幼相攜，逢迎道路，所過問民疾苦，聘求耆德雄俊，設几杖之禮，朝夕與參政事。始至行部，到西河美稷，有童兒數百，各騎竹馬，道次迎拜。伋問：『兒曹何自遠來？』對曰：『聞使君到，喜，故來逢迎。』伋辭謝之。」

「竹馬相迎」，稱頌地方良吏。

《漢語典故大辭典》書證：元張可久〈折桂令肅齋趙使君致仕歸〉：「杏花村酒滿葫蘆，記竹馬相迎，郊外先驅。」

石刻用典形式用例：

---

88 〔晉〕杜預注，（唐）孔穎達等正義：《十三經注疏・春秋左傳正義》（北京市：中華書局，2003年），頁2086。

89 〔南朝宋〕范曄：《後漢書》（北京：中華書局，1965年），頁1092-1093。

北魏〈元弼墓誌〉：「頗以顯翼荊蠻，允彼淮夷，接理南隅，而竹馬相迎。」（3.041）

五　《漢語典故大辭典》用典形式最早書證時代為宋代，相應石刻用典形式較早用例時代為五代、唐、北周、北齊、東魏、北魏、南朝梁等

1　「飲河滿腹」，較早見於《莊子‧逍遙遊》[90]載：堯要把天下讓給許由。許由曰：「子治天下，天下既已治也。而我猶代子，吾將為名乎？名者實之賓也。吾將為賓乎？鷦鷯巢於深林，不過一枝；偃鼠飲河，不過滿腹。歸休乎君，予無所用天下為！」

「飲河滿腹」，比喻人應知足，貪多無益。

《漢語典故大辭典》書證：《雲笈七籤》卷九四：「夫人之生也，必營於事物，事物稱萬，不獨委於一人。巢林一枝，鳥見遺於叢葦；飲河滿腹，獸不吝於洪波。」

石刻用典形式用例：

後樑〈穆君弘墓誌〉：「但巢林一拔，飲河滿腹。茂陵稱少游之善，慎陽得黃憲之交。優遊暮年，聊以卒歲而足矣！」（36.004）

2　「接淅」，較早見於《孟子‧萬章下》[91]：「孔子之去齊，接淅而行。」朱熹集注：「接，猶承也；淅，漬米也。漬米將炊，而欲去之速，故以手承米而行，不及炊也。」

「接淅」，指行色匆忙。

《漢語典故大辭典》書證：宋蘇軾〈歸朝歌〉：「此生長接淅，與君同是江南客。」

90　〔清〕郭慶藩撰，王孝魚點校：《莊子集釋》（北京市：中華書局，2004年），頁24。
91　〔清〕焦循撰，沈文倬點校：《孟子正義》（北京市：中華書局，1987年），頁672。

石刻用典形式用例：

唐〈大唐故輔國大將軍荊州都督虢國公張公（士貴）墓誌銘〉：「乃於枌閭之間，崤陵之地，因稱大總管、懷義公。於是鏃負波屬，接淅雲歸。」（新出陝西1.043）

3 「制錦」，較早見於《左傳・襄公三十一年》[92]：「子皮欲使尹何為邑。子產曰：『少，未知可否。』子皮曰：『願，吾愛之，不吾叛也。使夫往而學焉，夫亦愈知治矣。』子產曰：『不可……子有美錦，不使人學製焉。大官、大邑，身之所庇也，而使學者製焉，其為美錦不亦多乎？』」

「制錦」，喻為官從政。

《漢語典故大辭典》書證：宋盧炳〈滿江紅・送趙季行赴金壇〉：「制錦才高書善最，鳴琴化洽人歡懌。」

石刻用典形式用例：

北周〈寇熾墓誌〉：「詔遷長史，累加龍驤將軍，金紫光祿大夫。為左之治雖隆，制錦之才不盡。俄宰襄城之郡，又轉順陽大守。」（8.175）

隋〈宋景構尼寺造像碑〉：「允文允武，所在稱奇，制錦一周，絃歌千室。」（9.069）

隋〈澧水石橋碑〉：「又有宣威將軍、縣令馬君，以美譽清風，制錦斯邑。」（9.114）

唐〈張伯墓誌〉：「隋開皇中，授平原郡將陵縣令。絃歌旬月，惠政遐宣。制錦甫臨，仁風先舉。豈止六穗致詠，五袴流謠。」（11.044）

---

92 〔晉〕杜預注，（唐）孔穎達等正義：《十三經注疏・春秋左傳正義》（北京市：中華書局，2003年），頁2016。

　　唐〈馬君起造石浮圖銘〉：「祖貴，隨幽州薊縣令。制錦宣功，鳴琴贊務，量屈涵牛，道標馴□。」（16.094）

　　唐〈高墓誌〉：「授職齋壇，指虹旌而建號；升班制錦，曳龜綬以陶仁。」（17.071）

　　唐〈王智通墓誌〉：「制錦一同，譽該千里，烹鮮二載，功最十城，期賤不足稱奇，恭茂詎堪標異。」（17.130）

　　唐〈申守墓誌〉：「安貧樂道，涅而不緇，幾佐烹鮮，方臨制錦，牛刀已屈，驥足未申，遂以天授元年窮秋遘疾。」（18.053）

　　唐〈成循墓誌〉：「道高制錦，德邁鳴弦，軒戻止，咸請聞天。」（18.089）

　　唐〈陳智妻張氏墓誌〉：「祖度，隋朝散大夫鄀州長史；金擅業，捧檄申歡，制錦為工，提油是重。」（20.138）

　　4 「一丸」，較早見於《東觀漢記・隗囂載記》[93]：「囂將王元說囂曰：『……今天水完富，士馬最強，北取西河，東收三輔，案秦舊跡，表裏山河。元請以一丸泥為大王東封函谷關，此萬世一時也。』」

　　「一丸」，比喻以極少的力量，可以防守險要的關隘。

　　《漢語典故大辭典》書證：宋王安石〈西帥〉：「一丸豈慮封函谷，千騎無由飲渭橋。」

　　石刻用典形式用例：

　　北齊〈元賢墓誌〉：「文襄皇帝以河陽近服，作國南門，砥躅蠻荊，斜湊秦隴，有其才則一丸□守，無其人則三河淪沒。」（7.014）

　　北齊〈隴東王感孝頌〉：「根矩定於一丸，丘吾絕於三失。」（8.001）

---

93 〔漢〕劉珍等撰，吳樹平校注：《東觀漢記校注》（北京市：中華書局，2008年），頁904。

唐〈李密墓誌〉:「□一丸請封函穀,或八千以割鴻溝,或夏殷資以興亡,或楚漢由其輕重。」(新出河南1.109)

5 「納隍」,較早見於《孟子‧萬章下》[94]載:伊尹「思天下之民匹夫匹婦有不與被堯舜之澤者,如己推而內之溝中。」又漢張衡〈東京賦〉[95]:「人或不得其所,若己納之於隍。」

「納隍」,形容拯民於水火之中的迫切心情。

《漢語典故大辭典》書證:宋王禹偁〈賀雪表〉:「因百姓以為心,思躋壽域;慮一夫之不獲,常若納隍。」

石刻用典形式用例:

東魏〈義橋石像碑〉:「況同睹艱辛,俱看危滯。一物可矜,納隍在念。」(6.153)

東魏〈義橋石像碑〉:「情深履虎,意等納隍。慕彼醫藥,眷此津梁。」(6.153)

隋〈隋故正議大夫虎賁郎將光祿卿田公(行達)墓誌〉:「河南群盜,草竊萑蒲,癬疥未夷,納隍興慮。」(新出陝西2.012)

6 「作則」,較早見於《禮記‧哀公問》[96]:「君子過言則民作辭,過動則民作則。」鄭玄注:「君之行雖過,民猶以為法。」

「作則」,本謂統治者的言行為百姓所效法。後指做榜樣。

《漢語典故大辭典》書證:宋曾鞏〈門下中書侍郎尚書左右丞制〉:「以稱朕所以作則垂法,始今行後之意。」

石刻用典形式用例:

---

94 〔清〕焦循撰,沈文倬點校:《孟子正義》(北京市:中華書局,1987年),頁671。

95 〔南朝梁〕蕭統撰,〔唐〕李善注:《文選》(上海市:上海古籍出版社,1986年),頁109。

96 〔漢〕鄭玄注,〔唐〕孔穎達等正義:《十三經注疏‧禮記正義》(北京市:中華書局,2003年),頁1613。

　　北魏〈元勰妃李媛華墓誌〉:「四行必修，六禮無忒，立言成範，動容作則。」(4.170)

　　北齊〈道明墓誌〉:「祖蠔，昌黎郡，坦有大度，命世作則。」(新出河南1.145)

　　唐〈樂善文墓誌〉:「石首雕弊，冥也無識，伊君字撫，俾民作則。」(11.163)

　　唐〈黃羅漢墓誌〉:「雅操貞慎，實懷婦德。逸稱鄉閭，邦家作則。」(12.160)

　　唐〈韓政墓誌〉:「自偶良人，峻節凝於菊霜；母儀作則，貞順掞於朝蘭。」(13.052)

　　唐〈慕容稚英墓誌〉:「諒乃規模婦德，首望母儀。進可以激俗敦風，退可以作則垂範。」(17.122)

　　唐〈許摳墓誌〉:「錫文命之封疆，尊昭陽之職位，抑揚佳政，綏懷獷俗，任人而風化大行，作則而文儒一變。高班盛績，朝野榮之。」(19.006)

　　唐〈麓山寺碑〉:「後代襲武，前良作則。安樂是依，靈鷲是式。」(23.025)

　　唐〈皇甫政墓誌〉:「泊於夫人，婉然淑德，與君子而好合，如鼓瑟琴；秉姆師之柔範，作則閨閫。」(25.057)

　　唐〈陸思本妻元氏墓誌〉:「太初發洩，象四氣而作則；乾緯瀏清，稟五音而成物。」(25.066)

　　7　「阮嘯」，較早見於《晉書·阮籍傳》[97]:「籍嘗於蘇門山遇孫登，與商略終古及棲神導氣之術。登皆不應，籍因長嘯而退。至半嶺，聞有聲若鸞鳳之音，響乎岩谷，乃登之嘯也。」

97　〔唐〕房玄齡、褚遂良等:《晉書》(北京市:中華書局，1974年)，頁1362。

「阮嘯」，指阮籍長嘯。表示憤世狂放情懷。

《漢語典故大辭典》書證：宋李宗諤〈清風十韻〉：「阮嘯經時盡，齊蟬度日吟。」

石刻用典形式用例：

南朝梁〈羅浮山銘〉：「史吹姬笙，嵇琴阮嘯。」（2.160）

六 《漢語典故大辭典》用典形式最早書證時代為唐代，相應石刻用典形式較早用例時代為北周、北齊、東魏、北魏等

1 「投醪」，較早見於《呂氏春秋・順民》[98]：「越王苦會稽之恥……下養百姓，以來其心，有甘脆不足分，弗敢食。有酒流之江，與民同之。」

「投醪」，指與軍民同甘苦。

《漢語典故大辭典》書證：唐李德裕〈劉公神道碑銘〉：「士懷挾纊之恩，人感投醪之醉。」

石刻用典形式用例：

北周〈叱婁歡墓誌〉：「運籌帳裏，擐甲軍中，投醪感惠，賈勇稱雄。」（8.161）

東魏〈公孫略墓誌〉：「公妙識三術，深通十守，明動靜之，體開塞之節，下車謝蛙，投醪醉士，感斷頭裂腹之勇，戰握炭流湯之卒，隨方奮擊，所向潅然。」（全集920）

隋〈張壽墓誌〉：「公素明三略，已擅奇正之機；夙懷七德，且見投醪之愛。」（10.122）

---

98 許維遹：《呂氏春秋集釋》（北京市：中華書局，2009年），頁202。

唐〈唐故幽州都督邢國公王公（君愕）墓誌〉：「五營思奮，義感於投醪；七萃忘生，忠深於蹈火。」（新出陝西1.031）（貞觀十九年）

唐〈韓邏墓誌〉：「軍士戴荷，恩若投醪。」（12.115）（永徽五年）

唐〈大唐故輔國大將軍荊州都督虢國公張公（士貴）墓誌銘〉：「並雄武瑰傑，義略沉果，由表藝，攬草擅功，守重縈帶之奇，師仰投醪之惠。」（新出陝西1.043）（顯慶二年）

唐〈王僧墓誌〉：「毗贊之能，譽流千里，投醪之惠，澤被三軍。」（新出河南1.057）（咸亨五年）

唐〈李信墓誌〉：「蘊陳平之六奇，軼子明之五策，恩流楚纊，惠浹投醪。」（22.104）（開元十四年）

唐〈妒神祠碑〉：「往任滑臺，職居總統，近歸本道，位處專城，投醪之義遠聞，挾纊之情久著。」（27.147）

2 「疇庸」，較早見於《書・堯典》[99]：「帝曰：『疇咨若時登庸。』」孔傳：「疇，誰；庸，用也。誰能咸熙庶績，順是事者，將登用之。」

「疇庸」，謂選賢任用。

《漢語典故大辭典》書證：唐張九齡〈謝中書侍郎狀〉：「此職擇才，十年虛位，以卿達識，所以疇庸。」

石刻用典形式用例：

北齊〈乞伏保達墓誌〉：「又除驃騎大將軍，封化蒙縣散男。山河並誓，茅土俱傳。疇庸之典，自古莫二。」（8.021）

隋〈張壽墓誌〉：「景丹功業，乃造斯階，衛青勳寵，初聞此授，望古疇庸，固無慚色。」（10.122）

---

99 〔漢〕孔安國傳，〔唐〕孔穎達等正義：《十三經注疏・尚書正義》（北京：中華書局，2003年），頁122。

唐〈溫彥博墓誌〉:「兆發螭龍,軼有周之得士;賞窮帶礪,邁炎漢之疇庸。」(11.075)

唐〈趙安墓誌〉:「抗敵摧鋒,疇庸疏爵。鮮紛徇險,捐軀重諾。」(12.065)

唐〈楊客僧墓誌〉:「夙陪軍略,早簉戎麾,功德疇庸,勳隆騎尉。」(14.158)

唐〈泉男生墓誌〉:「遂能立義斷恩,同鄭伯之得俊;反禍成福,類箕子之疇庸。」(16.120)

唐〈蘇卿墓誌〉:「是以導俗勤王之節,下被於風謠;疇庸進善之規,上流於天渙。」(17.176)

唐〈成惲墓誌〉:「屬隋運失綱,唐基創構,功標勇毅,勳洽疇庸。」(19.052)

唐〈七品亡宮墓誌〉:「昔以令德,納於王宮,弼諧帝道,復我唐業,疇庸比德,莫之與京。」(20.008)

唐〈鄧森墓誌〉:「慎終追遠,百城與四履齊榮,累行疇庸,驃騎共龍釀分貴。」(20.115)

3 「鳳毛」,較早見於南朝宋劉義慶《世說新語・容止》[100]:「王敬倫風姿似父,作侍中,加授桓公公服,從大門入。桓公望之,曰:『大奴固自有鳳毛。』」余嘉錫箋疏:「南朝人通稱人子才似其父者為鳳毛。」又《南史・謝超宗傳》[101]載:宋謝靈運子鳳,有子超宗,「好學有文辭,盛得名譽。選補新安王子鸞國常侍。王母殷淑儀卒,超宗作誄奏之,帝大嗟賞,謂謝莊曰:『超宗殊有鳳毛,靈運復出。』」

---

100 〔南朝宋〕劉義慶撰,〔南朝梁〕劉孝標注,余嘉錫箋疏:《世說新語箋疏》(北京市:中華書局,2007年),頁731。

101 〔唐〕李延壽:《南史》(北京市:中華書局,1975年),頁542。

「鳳毛」，比喻傑出的子弟。

《漢語典故大辭典》書證：唐杜甫〈奉和賈至舍人早朝大明宮〉：「欲知世掌絲綸美，池上於今有鳳毛。」

石刻用典形式用例：

東魏〈李挺墓誌〉：「公奇才格世，美相標形，龍駒是屬，鳳毛攸在。」（6.086）

隋〈□和墓誌〉：「鳩車之歲，識者紀其鳳毛；志學之年，州里稱其驥足。」（9.054）

隋〈高緊墓誌〉：「父平，生知流譽，稟訓標名。邁驥足之芳華，逸鳳毛之盛彩。」（10.067）

唐〈賈統墓誌〉：「鳳毛早著，麟角初成。列孔肆以陞堂，游鄭鄉而入室。」（13.011）

唐〈許緒墓誌〉：「公紛綸玉葉，出雲構之隆堂；昭晰鳳毛，生翰林之豔彩。」（13.183）

唐〈李弘裕墓誌〉：「誕茲韶令，守彼貞慤，譽警鳳毛，業憂麟角。」（16.101）

唐〈杜敏墓誌〉：「辯兼天口，文冠風騷，聲超鶴唳，身表鳳毛。」（16.178）

唐〈張安安墓誌〉：「君岐然誕靈，生鳳毛而流彩；卓爾標秀，挺麟角以含章。」（17.100）

唐〈許行本及妻崔氏合葬志〉：「應期挺哲，命代興賢，鳳毛如在，龍德猶傳。」（18.054）（證聖元年）

唐〈大唐太原郭公（順）墓誌銘〉：「訓茲令子，乃為池上鳳毛；扇彼嘉猷，應似庭中玉樹。」（新出陝西1.139）（文德元年）

4 「從心」，較早見於《論語・為政》[102]：「七十而從心所欲，不逾矩。」

「從心」，代指七十歲。

《漢語典故大辭典》書證：唐戴孚《廣異記・丁約》：「及從心之歲，毛髮皆鶴。」

石刻用典形式用例：

北魏〈寇臻墓誌〉：「寇臻，字仙勝，春秋甫履從心，寢疾，薨於路寢，禮也。」（3.091）

隋〈程氏墓誌〉：「豈光陰不借，從心遄及。以大業六年歲次庚午八月庚寅朔廿九日戊午遘疾終於清化裏之別第。」（10.037）

唐〈劉粲墓誌〉：「屬君年邁從心，身憑杖力，遂致仕堯世，味道莊篇。」（11.010）（貞觀元年）

唐〈趙莊墓誌〉：「背從心之歲，面期頤之年。」（新出河南1.015）（天寶四年）

唐〈唐故元從定難功臣金紫光祿大夫行左金吾衛大將軍兼試殿中監上柱國彭城縣開國侯劉府君（昇朝）墓誌銘〉：「及夫年過從心，功成身退，持齋念佛，修未來因。」（新出陝西2.172）（貞元十三年）

唐〈向清墓誌〉：「年過從心，去留難曉，運數豈知，終於京鎬。」（30.077）（大和二年）

唐〈朱君妻趙氏墓誌〉：「良時難再，晝哭二十二年，及茲從心，專意內典。」（30.162）（大和八年）

唐〈唐故中大夫前洪州都督府司馬上柱國清河張府君（元泚）墓誌銘〉：「既而年逮從心，誠深知足。」（新出陝西2.311）（咸通十四年）

---

102 〔魏〕何晏集解，〔宋〕邢昺疏：《十三經注疏・論語注疏》（北京：中華書局，2003年），頁2461。

唐〈牛延宗墓誌〉:「公之母曰隴西李氏,年過從心,返悲嗣子。」(33.155)(乾符四年)

後漢〈劉衡墓誌〉:「以天福十二年王八月廿二日身亡,紀年從心有一。」(新出河南1.149)

另有〈漢語典故大辭典〉用典形式最早書證時代為南北朝、五代、金分別為二個、十一個、二個,相應石刻用典形式較早用例時代較之更早,茲不舉例。

七 《漢語典故大辭典》用典形式無書證,石刻用典形式有用例

1 「八眉」,較早見於《尚書大傳》[103]卷七:「堯八眉,舜四瞳子……八眉者如八字者也。」《孔叢子‧居衛》[104]第七:「昔堯身修十尺,眉乃八彩。」

「八眉」,眉如八字,即八字眉。常用以指帝王之相。

《漢語典故大辭典》無書證,可據補。

北魏〈胡明相墓誌〉:「方當緝是芳猷,永隆鴻範,以俟大虹之祥,有願倉龍之感,豈圖八眉之門不樹,兩童之慶未融,如何不弔。」(5.064)

2 「劍履上殿」,較早見於《後漢書‧董卓傳》[105]:「尋進卓為相國,入朝不趨,劍履上殿。」

---

103 〔清〕皮錫瑞撰:《尚書大傳疏證》,見杜松柏編《尚書類聚初集》(臺北市:新文豐出版公司1984年),第8冊,第頁240。

104 舊題〔周〕孔鮒撰:《孔叢子》,收入《百子全書》(杭州市:浙江人民出版社,影印1919年掃葉山房石印本,1984年),第1冊。

105 〔南朝宋〕范曄:《後漢書》(北京市:中華書局,1965年),頁2325。

「劍履上殿」，謂經帝王特許，重臣上朝時可不解劍，不脫履，以示殊榮。

《漢語典故大辭典》無書證，可據補。

唐〈於大猷墓碑〉：「劍履上殿，方崇重傅之恩；羽葆蓋車，式備尊師之禮。」（18.187）

第三節　補充義項

《漢語典故大辭典》有些用典形式在石刻語料中有不同的意義，可據以補充義項，舉例如下。

1　「螽斯」、「螽羽」，較早見於《詩‧周南‧螽斯》[106]：「螽斯羽，詵詵兮，宜爾子孫振振兮。螽斯羽，薨薨兮，宜爾子孫繩繩兮。」《詩‧周南‧螽斯序》：「螽斯，后妃子孫眾多也，言若螽斯不妒忌，則子孫眾多也。」

《漢語典故大辭典》釋義：「螽斯」，喻子孫眾多。

補充義項：「螽斯」，指后妃妻妾之間不妒忌的婦德。

唐〈馬志道墓誌〉：「外敷令淑，內含肅順。慕螽斯以立身，挹關雎以砥行。」（11.116）

唐〈韋君妻裴首兒墓誌〉：「鳳鳴之兆，躋好合於瑟琴；螽斯之德，飾勞謙於帷闈。」（20.048）

唐〈張清妻李氏（剡國大長公主）墓誌〉：「公主克諧婦道，行葉螽斯，賓敬齊眉，不失其德。」（28.049）

唐〈李璋妻盧氏墓誌〉：「夫人多男子，無忌嫉，則夫人有螽斯之德也。」（33.016）

---

106 〔漢〕毛亨傳、鄭玄箋，〔唐〕孔穎達等正義：《十三經注疏‧毛詩正義》（北京市：中華書局，2003年），頁279。

〈漢語典故大辭典〉釋義：「螽羽」，比喻夫婦和睦，子孫眾多。

補充義項：「螽羽」，指后妃妻妾之間不妒忌的婦德。

唐〈唐故宋府君（度）厍夫人墓誌銘〉：「螽羽思戒，雞鳴必起。恭順是資，閨門以肅。」（新出河南2.001）（開元三年）

唐〈李睦墓誌〉：「好仇淑德，宜家有光，螽羽詵詵，鳳鳴鏘鏘。」（27.071）（大曆三年）

2 「析薪」，較早見於《左傳‧昭公七年》[107]：「古人有言曰：其父析薪，其子弗克負荷。施將懼不能任其先人之祿，其況能任大國之賜？」

《漢語典故大辭典》釋義：「析薪」，比喻繼承父業。

補充義項：「析薪」，指父業。

隋〈段威墓誌〉：「夙承教義，克荷析薪，永惟岵屺，哀纏霜露。」（9.101）

唐〈孟普墓誌〉：「君溫恭表譽，德義流美，為箕之風允著，析薪之業克隆。」（13.137）（顯慶五年）

唐〈王僧墓誌〉：「君偃旨家風，富聞庭訓，析薪能負，基構克承。」（新出河南1.057）（咸亨五年）

3 「杵臼」，較早見於《史記‧趙世家》[108]載：春秋時，晉國佞臣屠岸賈誣陷趙盾，殺其滿門，盾子趙朔妻有遺腹子趙武匿成公宮中，屠岸賈搜捕之。趙朔友人程嬰及朔門客公孫杵臼定計以他人嬰兒頂替，救出趙武，趙氏真孤遂得以保全，並由程嬰撫養成人報仇雪恨。

《漢語典故大辭典》釋義：「杵臼」，即趙朔門客公孫杵臼。借指為別人保全後嗣的人。

---

107 〔晉〕杜預注，（唐）孔穎達等正義：《十三經注疏‧春秋左傳正義》（北京市：中華書局，2003年），頁2049。

108 〔漢〕司馬遷：《史記》（北京市：中華書局，1982年），頁1783-1785。

補充義項：「杵臼」，指地位低下的門客。

唐〈靳墓誌〉：「分榮銅墨，定交杵臼，紀厄鄭辰，興災謝西。」（16.072）

唐〈朱崇慶墓誌〉：「道或不同，雖王公而莫屈；志有所洽，縱杵臼而猶交。」（22.085）

4 「蒲車」、「蒲輪」，較早見於《史記・平津侯主父列傳》[109]：「始以蒲輪迎枚生，見主父而歎息。」《漢書・武帝紀》[110]：「遣使者安車蒲輪，束帛加璧，徵魯申公。」顏師古注：「以蒲裹輪，取其安也。」

《漢語典故大辭典》釋義：「蒲車、蒲輪」，指尊老聘賢所用的車子。

補充義項：「蒲車、蒲輪」，借指徵聘賢士。

東魏〈邑主造石像碑〉：「蒲車岩阿，訪逸求賢。」（6.150）

隋〈楊秀墓誌〉：「資明略於心曲，吐逸氣於胸襟，遂得受詔蒲輪，高才入選。」（10.038）

唐〈張綱墓誌〉：「公乃秉超世之殊操，固金石而不移。學冠朝倫，行為稱首。豈束帛而可徵，縱蒲輪而弗降。」（11.135）

石刻語料另有兩例表明「蒲車」與年齡有關。

北魏〈笱景墓誌〉：「君稟天地之氣，資川嶽之靈，幼而有知，長而通敏。神慧起自蒲車，眸辯發於竹馬。」（5.122）

北魏〈赫連悅墓誌〉：「溫涼恭儉之量，始自蒲車，孝友廉貞之志，茂於竹馬。」（5.146）

「竹馬」，指兒童騎著用來遊戲的竹枝，借指幼年。庾信〈周故

---

109 〔漢〕司馬遷：《史記》（北京市：中華書局，1982年），頁2964。

110 〔漢〕班固撰，〔唐〕顏師古注：《漢書》（北京市：中華書局，1962年），頁157。

大將軍趙廣墓誌銘〉:「歲在雕車，年方竹馬。」「蒲車」與之相對，當指童年或幼年等。惜乎於傳世文獻中不見依據，存疑。

5　「攀號」，較早見於《史記・封禪書》[111]:「黃帝採首山銅，鑄鼎於荊山下。鼎既成，有龍垂鬍鬚下迎黃帝。黃帝上騎，群臣後宮從上者七十餘人，龍乃上去。餘小臣不得上，乃悉持龍髯，龍髯拔，墮，墮黃帝之弓。百姓仰望黃帝既上天，乃抱其弓與鬍鬚而號，故後世因名其處曰鼎湖，其弓曰烏號。」

《漢語典故大辭典》釋義:「攀號」，哀悼帝喪。

補充義項:「攀號」，泛指悲號。

隋〈張罔妻蘇恒墓誌〉:「息孝伯，先曼慈訓，遵承母則，攀號躃踴，感慟傷心。」（10.077）

唐〈侯君妻劉氏墓誌〉:「子侄攀號，親知揮涕。」（11.098）

唐〈劉粲墓誌〉:「有長子元裕，攀號泣血，擗踴傷心。」（11.106）

唐〈楊君妻孫氏墓誌〉:「愴閉泉門，攀號慟泣。」（12.068）

唐〈楊清墓誌〉:「嗣子文徹，僻踴崩感，攀號泣血。」（12.069）

唐〈韓行妻解摩墓誌〉:「稚孫洛等攀號抽割，悲纏行路。」（13.157）

唐〈王延墓誌〉:「長子敬本、敬業等，痛深荼蓼，沒齒無追，恨結倉旻，終天靡訴。想風樹而摧慟，念岯岵而攀號。」（15.002）（乾封元年）

唐〈唐故右勳衛隊正張君（智慧）墓誌銘〉:「公已屬纊，於是攀號哀慕，一慟而絕。」（新出陝西1.066）（總章元年）

唐〈魏法師碑〉:「遠近攀號，人將萬數，擗探袁送，凌蔽山原。」（16.063）（儀鳳二年）

111 〔漢〕司馬遷:《史記》（北京市:中華書局，1982年），頁1394。

6 「逆鱗」，較早見於《韓非子·說難》[112]：「夫龍之為蟲也，柔可狎而騎也；然其喉下有逆鱗徑尺，若人有嬰之者，則必殺人。人主亦有逆鱗，說者能無嬰人主之逆鱗，則幾矣。」

《漢語典故大辭典》釋義：「逆鱗」，指人主或強權之威。

補充義項：「逆鱗」，指冒犯人主或強權之威。

唐〈宋璟神道碑陽〉：「於戲！逆鱗劚上，匡救之義深，守死不回，臣人之致極。」（27.117）

後晉〈王君妻關氏墓誌〉：「遠則龍逢逆鱗，次則云長戰勇，其後代生俊哲，世不乏賢，具載簡編，此不繁述。」（36.118）

7 「復隍」，較早見於《易·泰》[113]：「城復於隍，勿用師。」孔穎達疏：「謂君道已傾，不煩用師也。」

《漢語典故大辭典》釋義：「復隍」，比喻君道傾危。

補充義項：「復隍」，指城牆傾倒。

唐《大唐故河西隴右副元帥並懷澤潞監軍使元從鎮軍大將軍行左監門衛大將軍上柱國扶風縣開國侯食邑二千戶第五府君（玄昱）墓誌銘〉：「避實擊虛，臨事制變，刁斗不警，烽燧無虞，城復隍而更築，人喪家而皆至，蕃醜畏威，士卒佚樂。」（新出陝西1.127）

8 「懸車」，較早見於漢班固《白虎通德論·致仕》[114]二卷：「臣七十懸車致仕者，臣以執事趨走為職，七十陽道極，耳目不聰明，跛踦之屬，是以退去避賢者，以長廉恥也。懸車，示不用也。」

《漢語典故大辭典》釋義：「懸車」，指七十歲。

112 〔清〕王先慎：《韓非子集解》（北京市：中華書局，1998年），頁94-95。

113 〔魏〕王弼，〔晉〕韓康伯注，〔唐〕孔穎達等正義：《十三經注疏·周易正義》（北京市：中華書局，2003年），頁28。

114 〔漢〕班固撰：《白虎通德論》，收入《百子全書》（杭州市：浙江人民出版社，影印1919年掃葉山房石印本，1984年），第6冊。

南朝梁〈舊館壇碑〉:「靈謨奧旨,於茲必穴,年涉懸車,遵行愈篤。」(2.1482.150)

北齊〈皇甫琳墓誌〉:「年向懸車,專崇三寶,內閒於二形,升彼圻徂。」(7.078)

北齊〈隴東王感孝頌〉:「穹隆感異,旁薄貽珍。懸車遽落,夜臺弗晨。」(8.001)

唐〈大唐故開府儀同三司鄂國公尉遲君(敬德)墓誌〉:「獻凱疇勳,榮高列將。而歲在懸車,恩隆咒鯁。」(新出陝西1.047)(顯慶四年)

唐〈張懷文墓誌〉:「千齡啟聖,九有昇平,年迫懸車,時過投斧,居常以俟,抱德就閒。」(13.161)(顯慶五年)

唐〈劉奉芝墓誌〉:「如何位不充器,天不與年,未及懸車,忽焉就木。」(27.025)

唐〈俱海墓誌〉:「懸車之歲,寢疾辭官。」(30.006)

唐〈能延褒墓誌〉:「頃歲,公年邁懸車,終秩去職。」(34.202)

有時在「懸車」後加上「之年」、「之歲」等。

唐〈大周太州鄭縣少靈鄉崇義裏故上騎都□張君(愁)墓誌〉:「君春秋懸車之歲,邁疾奄彩,永淳二年十二月十六日終於私第。」(新出陝西1.089)(天授二年)

唐〈周善持墓誌〉:「既而鄭氛將泯,唐祚惟新,枕戈之職既停,懸車之年斯及。」(18.147)(聖曆二年)

補充義項:「懸車」,指官員年老退休。

隋〈胡永墓誌〉:「爰及老成,懸車致仕,發軔薊北,稅駕燕南。」(11.016)

唐〈李紹墓誌〉:「清猷允播,令問不已。解組歸來,懸車知止。」(全集1949)(貞觀十六年)

唐〈大唐故司徒公并州都督上柱國鄂國公夫人蘇氏（斌）墓誌銘〉：「公以位顯望隆，勳高德重，同伊、呂之先覺，撫吳、鄧於後塵，而懸車告老，用安靖退。」（新出陝西1.048）（顯慶四年）

唐〈張君妻田氏墓誌〉：「曾祖達（達），隋魏州冠陶縣令，懸車舍仕，灌園自樂。」（17.152）（天授二年）

唐〈蕭遇墓誌〉：「故以懸車日久，投緌多時，遂版授趙州高邑縣令。」（18.052）（證聖元年）

唐〈大周故隰州刺史建平公於公（遂古）墓誌銘〉：「調高掛冕，寵逸懸車。其敦止足，俱忘毀譽。」（新出陝西1.091）（聖曆二年）

唐〈韋頊墓誌〉：「濯纓從事，懸車貽則，卑高以諧，風猷允塞。」（21.090）（開元六年）

唐〈王元墓誌〉：「君處滿思溢，居高慮危，年漸從心，懸車罷職，丘園畢志，樂道安貧。」（21.111）

唐〈源杲墓誌〉：「風清別乘，歌詠聞乎海沂；道蔚懸車，禮秩崇於几杖。」（22.003）（開元十年）

唐〈唐故銀青光祿大夫行內侍省內常侍員外置同正員兼掖庭局令致仕上柱國汝南郡開國公食邑二千戶賜紫金魚袋似先府君（義逸）墓誌銘〉：「懸車未幾，易簀俄聞。空餘此石，永志高墳。」（新出陝西2.261）（大中四年）

「懸車」，是一種禮制。

隋〈□靜墓誌〉：「以君禮及懸車，年當二膳，授揚州刺史。未及期頤之年，奄離辰巳之歲，春秋八十有六。開皇三年五月廿五日薨於上黨郡卿義裏。」（9.012）

隋〈暴永墓誌〉：「禮及懸車，授定州刺史。」（9.058）

唐〈張胤墓碑〉：「懸車禮及，抗表祈聞，宜錫崇班，式旌高志，可金紫光祿大夫。」（13.061）

　　唐〈楊亮墓誌〉：「勳成臥鼓，禮及懸車，日往月來，優遊卒歲。」（19.116）

　　唐〈鄭訢墓誌〉：「輿題政康，帷褰化緝，束馬□備，懸車禮及。」（24.026）

　　「懸車」，更是一種榮耀，需先跟君王請求，得到許可之後才能享有。

　　唐〈大唐故特進觀國公（楊溫）墓誌〉：「方啟黃閣，言追赤松，固請懸車，抗表天闕。」（新出陝西1.028）（貞觀十四年）

　　唐〈于志寧碑〉：「忠信既孚，鉤距勿用，屢辭老病，詔許懸車，仍降殊恩，聽朝朔望。」（15.017）（乾封元年）

　　唐〈唐故朝散大夫行少府監中尚署令王府君（定）墓誌銘〉：「屬以氣衰蒲柳，日迫桑榆，方陳告老之誠，遂獲懸車之逸。」（新出陝西2.063）（萬歲登封元年）

　　唐〈崔玄藉墓誌〉：「天子有命，未遂於懸車；神道何冤，忽悲於稅駕。」（18.141）（聖曆二年）

　　唐〈許摳墓誌〉：「既而高柳風秋，長榆景暮，屢竭懸車之請，方承錫機之澤。」（19.006）

　　唐〈裴沙墓誌〉：「公頻請懸車，詔遲回而後許，仍賜几杖，恩繾綣而彌加。」（22.074）

　　唐〈董昭墓誌〉：「象賢必復，一狀題輿，五遷杖節，二請懸車。」（25.121）（天寶六年）

　　唐〈唐故軍器使銀青光祿大夫行內侍省內給事贈內侍上柱國隴西縣開國男食邑三百戶賜紫金魚袋李府君（敬實）墓誌銘〉：「公乃偏受先帝厚恩，悲思過禮，舊疢發動，請假讓官，欲謀懸車，未遂本志。」（新出陝西2.272）（大中十四年）

　　後晉〈王君妻關氏墓誌〉：「公以位望穹崇，恐妨賢路，尋求休

退，乃就懸車，則竭力扶天，盡心翊主。」（36.118）

後周〈宋彥筠墓誌〉：「值漢祖龍飛，旋歸象闕，忽逢晏駕，遂乞懸車。」（36.156）

9 「貞悔」，較早見於《易・咸》[115]：「九四，貞吉悔亡，憧憧往來，朋從爾思。」高亨注：「言人之德行正則吉，其悔將去。」

《漢語典故大辭典》釋義：「貞悔」，指吉祥、幸福。

補充義項：「貞悔」，指福禍。

唐〈孫君妻李氏墓誌〉：「天道有終始，人事有貞悔，出入無朕，難逃其中。」（28.060）

10 「爽氣」，較早見於南朝宋劉義慶《世說新語・簡傲》[116]：「王子猷作桓車騎參軍。桓謂王曰：『卿在府久，比當相料理。』初不答，直高視，以手版拄頰云：『西山朝來，致有爽氣。』」

《漢語典故大辭典》釋義：「爽氣」，明朗開豁的自然景象。

補充義項：「爽氣」，形容人狂放不羈。

唐〈潘孝基墓誌〉：「司徒公府，大夫卿材。爽氣雅度，焱舉川回。」（11.092）

唐〈路徹墓誌〉：「並蘊枝士林，擩能好事，弘雅曡曡，架三善之風；爽氣漂漂，欣三樂之詠。」（14.064）

唐〈仵欽墓誌〉：「公雄心貫日，爽氣浮天，聊申破竹之，遂受專城之任。」（15.140）

唐〈高安期墓誌〉：「高情張日，爽氣攢森，登棘署而馳英，修竹符而走實。」（17.017）

---

115 〔魏〕王弼，〔晉〕韓康伯注，〔唐〕孔穎達等正義：《十三經注疏・周易正義》（北京市：中華書局，2003年），頁47。

116 〔南朝宋〕劉義慶撰，〔南朝梁〕劉孝標注，余嘉錫箋疏：《世說新語箋疏》（北京市：中華書局，2007年），頁909。

　　唐〈皇甫文備墓誌〉：「王子猷之爽氣，稍覺絕塵；劉孟王之清風，懸驚出俗。」（19.110）

　　11　「鵠鼎」，較早見於《楚辭・天問》[117]「緣鵠飾玉，後帝是饗」漢王逸注：「後帝，謂殷湯也。言伊尹始仕，因緣烹鵠鳥之羹，修玉鼎以事湯。湯賢之，遂以為相也。」

　　《漢語典故大辭典》釋義：「鵠鼎」，指佳餚。南朝梁簡文帝〈卦名詩〉：「豐壺要上客，鵠鼎命嘉賓。」

　　補充義項：「鵠鼎」，指朝堂。

　　唐〈張和墓誌〉：「方冀榮班鵠鼎，績著籠旗。何圖鶴箭晨飛，警蓮舟於巨壑；蟾弓晚弩，排桂岩於中瀛。」（16.166）

　　12　「洛食」，較早見於《書・洛誥》[118]：「我乃卜澗水東、瀍水西，惟洛食；我又卜瀍水東，亦惟洛食。」

　　《漢語典故大辭典》釋義：「洛食」，指定都。

　　補充義項：「洛食」，洛陽。

　　唐〈謝通墓誌〉：「君諱通，字師感，本係穎川，徙家洛食，今為河南人也。」（15.057）（乾封二年）

　　唐〈唐右監門衛冑曹參軍（馬文同）故夫人京兆韋氏（楚和）墓誌銘〉：「洛食之東，首陽之原。於嗟哲明，先宅□□。」（新出河南2.266）（寶曆元年）

　　唐〈崔巇及妻鄭氏合葬志〉：「今集賢相國公府君之堂兄也，銜表庀事，痛毒於懷，乃悲府君之喪，已易歲時，未還鄉陌，爰詢龜筮，果葉吉良，遂議舉遷，同歸洛食。」（34.039）（乾寧五年）

117　〔南朝宋〕劉義慶撰，〔南朝梁〕劉孝標注，余嘉錫箋疏：《世說新語箋疏》（北京市：中華書局，2007年），頁368。

118　〔漢〕孔安國傳，〔唐〕孔穎達等正義：《十三經注疏・尚書正義》（北京：中華書局，2003年），頁214。

13 「躡足」，較早見於《史記・淮陰侯列傳》[119]：「韓信使者至，發書，漢王大怒，罵曰：『吾困於此，旦暮望若來佐我，乃欲自立為王！』張良、陳平躡漢王足，因附耳語曰：『漢方不利，寧能禁信之王乎？不如因而立，善遇之，使自為守。不然，變生。』漢王亦悟，因復罵曰：『大丈夫定諸侯，即為真王耳，何以假為！』乃遣張良往立信為齊王。」

《漢語典故大辭典》釋義：「躡足」，指劉邦玩弄權術封韓信為齊王一事。

補充義項：「躡足」，指輔助帝王。

唐〈張點墓誌〉：「渥窪躡足，有權奇也；丹穴羽，異騫翥也。」（23.107）（開元二十一年）

唐〈大唐故開府儀同三司特進戶部尚書上柱國莒國公唐君（儉）墓誌銘〉：「若乃引衣躡足，事均帝者之師；創禮裁儀，方知天子之貴。」（新出陝西1.041）（顯慶元年）

14 「石鏡」，較早見於南朝宋任昉《述異記》[120]卷下：「武都丈夫，化為女子，顏色美麗，蓋山精也。蜀王娶以為妻，無幾物故。遂葬於成都郭中。以石鏡一枚，長二丈，高五尺，同葬之。」

《漢語典故大辭典》釋義：後以「石鏡」為詠蜀都的典故。

補充義項：「石鏡」，借指碑石。

唐〈鞏賓墓誌〉：「高岸為谷，愚公啟王屋之山；深谷為陵，三州塞長河之水。懼此貿遷，故以陳諸石鏡。」（9.103）

唐〈楊君妻杜芬墓誌〉：「式甄同穴之典，爰崇合窆之儀，發彼玉床，表茲石鏡。」（16.188）

---

119 〔漢〕司馬遷：《史記》（北京市：中華書局，1982年），頁2621。

120 〔南朝宋〕任昉：《述異記》，收入《百子全書》（杭州市：浙江人民出版社，影印1919年掃葉山房石印本，1984年），第7冊。

　　15「他山」，較早見於《詩・小雅・鶴鳴》[121]：「它山之石，可以為錯。」毛傳：「錯，石也，可以琢玉。舉賢用滯，則可以治國。」鄭玄箋：「它山喻異國。」又：「它山之石，可以攻玉。」毛傳：「攻，錯也。」本謂別國的賢才也可用為本國的輔佐，正如別的山上的石頭也可為礪石，用來琢磨玉器。

　　《漢語典故大辭典》釋義：「他山」，比喻磨礪自己，幫助自力成就的外力。

　　補充義項：「他山」，指碑石。

　　北齊〈梁子彥墓誌〉：「是知高岸為谷，見日何期，故勒此他山，石傳盛美。」（8.022）

　　唐〈任君妻王師墓誌〉：「松風虛韻，隴月孤明。他山不紀，溟漠誰名？」（14.141）

　　唐〈彭君妻侯氏墓誌〉：「方憂東海之田，憑他山兮不朽，庶家風兮永傳。」（15.190）

　　唐〈臧南金妻白光倩墓誌〉：「嗚呼哀哉！有德無命。痛幽坰而永夕，紀芳烈於他山。」（20.097）

　　唐〈景昭法師碑〉：「追往想琴高之祠，傳神著務光之傳，見微副墨，用琢他山。」（28.041）

　　唐〈畢君妻趙氏墓誌〉：「恐高岸之傾革，斫瑹他山，圖其徽音，以示後續。」（29.058）

　　後樑〈穆君弘墓誌〉：「僕少遭憫凶，孤苦成立。瞻彼天而難申罔極；求他山而以慰服勤。」（36.004）

　　16「擁樹」，較早見於《史記・樊酈滕灌列傳》[122]：「漢王急，馬

121　〔漢〕毛亨傳、鄭玄箋，〔唐〕孔穎達等正義：《十三經注疏・毛詩正義》（北京市：中華書局，2003年），頁433。

122　〔漢〕司馬遷：《史記》（北京市：中華書局，1982年），頁2665。

罷，虜在後，常蹶兩兒欲棄之，嬰常收，竟載之，徐行面雍樹乃馳。」裴駰集解引蘇林曰：「南方人謂抱小兒為『雍樹』。」司馬貞索隱：「蘇林與晉灼皆言南方及京師謂抱兒為『擁樹』。」

《漢語典故大辭典》釋義：「擁樹」，指懷抱中的小兒。亦指哺育幼兒或護衛扶植新生事物。

唐〈周護碑〉：「巨猾蛇吞，追皇輿而縱鏑，□位鹿走，執戎羈而擁樹。」（全集302）（顯慶三年）

唐〈夏侯思泰墓誌〉：「雲興沛邑，勳高擁樹之班；星掩譙都，寵冠編鍾之肆。」（24.074）（開元二十六年）

補充義項：「擁樹」，指幼年。

北魏〈韓震墓誌〉：「君稟粹開靈，含元挺質，始自擁樹，爰及拊塵，風采潤徹，意思清遠，在紈綺之中，灼然秀出。」（5.157）

17 「倒裳」，較早見於《詩・齊風・東方未明》[123]：「東方未明，顛倒衣裳。顛之倒之，自公召之。」毛傳：「上曰衣，下曰裳。」鄭玄箋：「挈壺氏失漏刻之節，東方未明而以為明，故群臣促遽顛倒衣裳。」孔穎達疏：「傳：上曰衣，下曰裳。此其相對定稱，散則通名曰衣……傳言此，解其顛倒之意，以裳為衣，今上者在下，是謂顛倒也。」

《漢語典故大辭典》釋義：「倒裳」，謂匆忙中舉止失措。

補充義項：「倒裳」，指勤勞持家。

北魏〈元景略妻蘭將墓誌〉：「恭孝之性，發自天然，倒裳之志，未笄而備。」（5.114）

18 「二天」，較早見於《後漢書・蘇章傳》[124]：「順帝時，遷冀州

123 〔漢〕毛亨傳、鄭玄箋，〔唐〕孔穎達等正義：《十三經注疏・毛詩正義》（北京市：中華書局，2003年），頁350。

124 〔南朝宋〕范曄：《後漢書》（北京市：中華書局，1965年），頁1107。

刺史。故人為清河太守，章行部案其奸臧。乃請太守，為設酒肴，陳平生之好甚歡。太守喜曰：『人皆有一天，我獨有二天。』章曰：『今夕蘇孺文與故人飲者，私恩也；明日冀州刺史案事者，公法也。』遂舉正其罪。州境知章無私，望風畏肅。」

《漢語典故大辭典》釋義：「二天」，稱頌有惠政的地方官吏。

補充義項：「二天」，謂徇私枉法。

唐〈大唐故輔國大將軍荊州都督虢國公張公（士貴）墓誌銘〉：「一紙賢於從事，二天絕於故人。」（新出陝西1.043）（顯慶二年）

唐〈皇甫文備墓誌〉：「恩包兩日，虞君馴雁之鄉；譽泠二天，李仲化鳶之所。」（19.110）（長安四年）

唐〈束良墓誌〉：「頌六條而闡化，時無二天；迎千里而宣風，政成朞月。」（20.075）

唐〈於知微墓碑〉：「公以身率人，令行禁止，河朔拒二天之謁，漢中興五褲之歌。」（21.107）

唐〈黃承緒墓誌〉：「深仁被物，俱聞二天之化；宏略貫時，獨擅五才之美。」（21.134）

唐〈周處墓碑〉：「陝北留棠，遂有二天之詠，荊南渡虎，猶標十部之書。」（29.068）

後樑〈牛知業板築新子州牆記〉：「無鞠之士，慷慨而欣戴二天。在郭之人，倚賴而勞門五日。」（36.023）

後唐〈康贊羑墓誌〉：「二天舒慘，心迎送之匪同，一帶波濤，遞歡謠之不盡。」（36.031）

19 「心喪」，較早見於《禮記·檀弓上》[125]：「事師無犯無隱，

---

125 〔漢〕鄭玄注，〔唐〕孔穎達等正義：《十三經注疏·禮記正義》（北京市：中華書局，2003年），頁1274。

左右就養無方，服勤至死，心喪三年。」鄭玄注：「心喪，戚容如父而無服也。」

《漢語典故大辭典》釋義：「心喪」，指為師守喪。

補充義項：「心喪」，指無服或釋服後的深切悼念，有如守喪。

唐〈裴積墓誌〉：「君衰服外除，心喪內疚。」（24.134）

唐〈楊君妻秦氏墓誌〉：「首飾換於絲麻，心喪同於直絰。」（27.004）

唐〈李景逸墓誌〉：「哀哀罔極，終身號天，泣血連連，柴毀骨立，禮制三載，心喪不忘。」（29.075）

唐〈李璆墓誌〉：「服闋，心喪洛汭，猶苴枲色者數年，若不容於天壤者。」（31.085）

第四節　釋義商榷

《漢語典故大辭典》有部分用典形式的釋義值得商榷，舉例如下。

一　易簀

《禮記‧檀弓上》[126]：「曾子寢疾，病。樂正子春坐於床下，曾元、曾申坐於足，童子隅坐而執燭。童子曰：『華而睆，大夫之簀與？』……曾子曰：『然。斯季孫之賜也，我未之能易也。元，起易簀！』」

古時禮制，簀只用於大夫，曾參未曾為大夫，不當用，所以臨終時要曾元為之更換。

---

126 〔漢〕鄭玄注，〔唐〕孔穎達等正義：《十三經注疏‧禮記正義》（北京市：中華書局，2003年），頁1277。

《漢語典故大辭典》:「易簀」,稱人病重將死。

從石刻語料來看,「易簀」是人死亡的婉稱。

唐〈獨孤開遠墓誌〉:「逝若閱川,迅同過牖。忽傷易簀,俄悲啟手。」(11.105)

唐〈陽昕墓誌〉:「福善無驗,請禱不從,卻粒徒言,易簀便及。」(13.192)

唐〈于志寧碑〉:「遐壽未窮,逝川遽閱。易簀遺誡,既明且哲。」(15.017)

唐〈李輔光墓誌〉:「聖恩表異,圖形省閣。易簀之日,享年七十有四。以其年四月廿五日吉辰,遷窆於涇陽縣咸陽原之陰。」(29.099)

唐〈李崗墓誌〉:「天未悔禍,遽嬰沉疾,竟易簀於官舍,遂槁葬於縣郭。」(29.116)

唐〈寇章墓誌〉:「皇唐大中三年冬十月十一日,陝州大都督府左司馬寇公寢疾,終於官舍,享年七十有五。易簀前二日,命侄孫貢曰:爾將葬我,必乞崔耿文識我墓,我願也。」(32.039)

唐〈劉思友墓誌〉:「嗚呼!時不我與,遽奪其壽,以咸通十年六月廿七日遘疾,易簀於綏福裏之第,享齡八十一。」(33.092)

「易簀之日,享年七十有四。」「易簀之日」即「死亡之日」,生命停止之後,才有「享年」之說。為了避諱,以「易簀」來婉稱死亡。「易簀前二日」,表明「易簀」在時間上是可以確定的,其發生的時間是具體的。而「病重將死」是一種狀態,是未然之事,在時間上難以確定到底是哪一天。「竟易簀於官舍,遂槁葬於縣郭。」「竟易簀」、「遂槁葬」是「易簀」並非「將死」而是「已然死亡」之確證。「易簀於綏福裏之第,享齡八十一。」「易簀」之已然死亡義顯明。

由上述分析可知:「易簀」,婉稱人死亡。至少在唐代石刻語料

裏，其已然死亡義顯明，且與「病重」沒有必然聯繫，泛稱死亡。「易簣」，既非必定「病重」，又非「將死」，《漢語典故大辭典》釋「易簣」為「稱人病重將死」值得商榷。

從其它文獻來看，「易簣」也不宜釋為「稱人病重將死」。「易簣」在其它文獻中有不少用例，略舉數例分析。

1 《三國志‧韓暨傳》[127]引《楚國先賢傳》：「曾參臨沒，易簣以禮；晏嬰尚儉，遣車降制。」

「易簣」，指更換寢席。

2 《晉書‧秦秀傳》[128]：「曾參奉之，啟手歸全，易簣而沒，蓋明慎終，死而後已。」

「易簣」，指更換寢席。此為陳述曾參易簣之事，贊其奉周禮，明慎終。

3 《北史‧周宗室》[129]：「可斟酌前典，率由舊章，使易簣之言，得申遺志，黜殯之請，無虧令終。」

「易簣之言」，似可解為「病重將死」之言。此為北周武帝詔書內容，「易簣之言」宜解為「臨終」之遺言。

4 《全唐文》[130]卷八百八十七徐鉉〈祭王郎中文〉：「嗚呼哀哉！昨聞訃之初，方當臥病。不得親臨易簣，躬奉遺言。」

「易簣」，指人臨終時更換寢席。與「親臨」搭配，「易簣」不當釋為「病重將死」；與「遺言」對文，可證「易簣之言」為「臨終」之遺言。

---

127 〔晉〕陳壽撰，〔南朝宋〕裴松之注：《三國志》（北京市：中華書局，1982年），頁678。

128 〔唐〕房玄齡、褚遂良等：《晉書》（北京市：中華書局，1974年），頁1405。

129 〔唐〕李延壽：《北史》（北京市：中華書局，1974年），頁2059。

130 〔清〕董誥等編撰：《全唐文》（上海市：上海古籍出版社，1990年），頁4113。

5　《舊五代史・晉書》[131]：「悲夫！趙瑩際會風雲，優遊藩輔，雖易簀於絕域，終歸柩於故園。」

「易簀」，婉稱人死亡。

6　《宋史・宗澤趙鼎傳》[132]。：「竊嘗論澤、鼎之終而益有感焉。澤之易簀也，猶連呼『渡河』者三；而鼎自題其銘旌，有『氣作山河壯本朝』之語。」

「易簀」，指人臨終時更換寢席，或指臨終之時。

結合其它文獻材料，我們認為，「易簀」，指人臨終時更換寢席；後婉稱人死亡，或指人臨終之時。「易簀之言」指人臨終之遺言。「易簀」，不特指「病重」，「將死」亦表述欠準確。

二　三篋

《漢書・張安世傳》[133]：「安世字子儒，少以父任為郎。用善書給事尚書，精力於職，休沐未嘗出。上行幸河東，嘗亡書三篋，詔問莫能知，唯安世識之，具作其事。後購求得書，以相校無所遺失。上奇其才，擢為尚書令，遷光祿大夫。」

《漢語典故大辭典》：「三篋」，指眾多的殘書、佚書。

從石刻語料來看，「三篋」，指三篋書，借指眾多的典籍或廣博的學識。

唐〈張伯墓誌〉：「三略神授，帷幄之策莫先；三篋靡遺，參乘之榮所重。」（11.044）

131　〔宋〕薛居正等：《舊五代史》（北京市：中華書局，1976年），頁1175。

132　〔元〕脫脫等：《宋史》（北京市：中華書局，1977年），頁11296。

133　〔漢〕班固撰，〔唐〕顏師古注：《漢書》（北京市：中華書局，1962年），頁2647。

唐〈李良墓誌〉：「君體質貞明，機神朗悮。三篋五車之義，六藝百家之言，莫不蘊納胸襟，運諸懷抱。」（11.194）

唐〈三藏聖教序〉：「一乘五律之道，馳驟於心田；八藏三篋之文，波濤於口海。」（12.108）（永徽四年）

唐〈大唐故開府儀同三司特進戶部尚書上柱國莒國公唐君（儉）墓誌銘〉：「三篋不忘，百函無滯。」（新出陝西1.041）（顯慶元年）

唐〈張曄墓誌〉：「降茲英俊，蟬冕相仍，文藂挾於兩京，學府窮於三篋。」（16.107）（調露元年）

唐〈皇甫君妻張氏墓誌〉：「祖懿，父匡，並學窮三篋，業擅於鏤金；義冠五車，聲馳於積玉。」（17.159）

唐〈王貞墓誌〉：「窮富平之三篋，充郤桂之一枝，制授均州司法參軍事，尋轉水衡監丞。」（18.023）

三　繡衣直指

《漢書‧武帝紀》[134]：「泰山、琅邪群盜徐勃等阻山攻城，道路不通。遣直指使者暴勝之等衣繡衣杖斧分部逐捕。刺史郡守以下皆伏誅。」

「繡衣直指」，《漢語典故大辭典》無釋義。僅分別解釋「繡衣」、「直指」為「表顯貴」、「謂處事無私」。誤。「直指」，指直接受皇帝指揮。「繡衣直指」，指皇帝特派的執法大員，有尊榮顯貴之意；亦借指御史。

北魏〈永安元年四面造像〉：「起家為侍御史，繡衣直指，驄馬高驤。」（全集920）

---

134 〔漢〕班固撰，〔唐〕顏師古注：《漢書》（北京市：中華書局，1962年），頁204。

四　競絿

《詩‧商頌‧長發》[135]：「不競不絿，不剛不柔。」毛傳：絿「，急也。」朱熹集傳：「競，強；絿，緩也。」

《漢語典故大辭典》：後因以施政緩急適當為「競」。書證：清錢謙益〈父國聘贈承德郎太僕寺寺丞〉：「操仁心以為質，匪剛柔而競。」

關於「絿」字解釋，毛傳、朱熹集傳適反，不知何故。石刻語料中，「競」前有「滅」、「不」修飾，有排斥、否定的意味，指爭競急躁之施政方法。

唐〈李霞墓誌〉：「乃更恬晦頤養，精專草石，聽天籟，臥□帷，見浩素之端，滅競之理，蓋戰勝者神泰體鴻雲。」（24.059）

唐〈沈浩豐墓誌〉：「聚羔雁兮列鼎食，不競兮訓之力。」（24.152）

其它文獻材料中，「競」的用法有與石刻相同的。乾隆〈賜河南巡撫雅爾圖回任〉[136]：「鳴珂辭魏闕，回轡指中州，借爾丹誠罄，俾予愷澤流。農桑圖治本，保障為民謀，敷政何居要，端惟不競。」

清周玉章《御覽經史講義》[137]：「古聖王仁以育萬物，義以正萬民。有並行不悖者，不待民慢而後糾之以猛，不待民殘而後施之以寬，所以無競剛柔之跡，而太和之氣翔洽宇內也。司馬光曰：『寬而疾惡，嚴而原情。』政之善者也。」

135　〔漢〕毛亨傳、鄭玄箋，〔唐〕孔穎達等正義：《十三經注疏‧毛詩正義》（北京市：中華書局，2003年），頁626。

136　〔清〕紀昀等編撰：《文淵閣四庫全書》（上海市：上海古籍出版社，2003年），第1302冊，頁250。

137　〔清〕紀昀等編撰：《文淵閣四庫全書》（上海市：上海古籍出版社，2003年），第723冊，頁495。

綜上所述，「競」作為施政措施而言，指爭競急躁之施政方法，當力戒、避免之。《漢語典故大辭典》釋「競」為「施政緩急適當」值得商榷。

五　風雨如晦

《詩‧鄭風‧風雨》[138]：「風雨如晦，雞鳴不已。」鄭玄箋：「雞不為如晦而止不鳴。」

《漢語典故大辭典》：「風雨如晦」，謂風雨交加，天地昏黑如夜。後用以比喻惡劣的環境或社會黑暗混亂。書證：唐李德裕〈唐故左神策軍護軍中尉劉公神道碑銘〉：「遇物而涇渭自分，立誠而風雨如晦。」

「風雨如晦」，本義指風雨交加，天地昏黑如夜。《全唐文》[139]卷九百五十九翟楚賢〈碧落賦〉：「爾其動也，風雨如晦，雷電共作。爾其靜也，體象皎鏡，是開碧落。」

多用來比喻處於惡劣環境中而不改變氣節操守。

唐〈王審知德政碑〉：「松柏後凋，風雨如晦。地徵旁午，天庫充盈。」（34.045）

有時在「風雨如晦」之後連綴「雞鳴不已」。《南史‧梁本紀》[140]：「（簡文帝）自幽縶之後，賊乃撤內外侍衛，使突騎圍守，牆垣悉有枳棘。無復紙，乃書壁及板鄣為文。自序云：『有梁正士蘭陵蕭世贊，立身行道，終始若一，風雨如晦，雞鳴不已。弗欺暗室，豈況三光？數至於此，命也如何！』」

138　〔漢〕毛亨傳、鄭玄箋，〔唐〕孔穎達等正義：《十三經注疏‧毛詩正義》（北京市：中華書局，2003年），頁345。

139　〔清〕董誥等編撰：《全唐文》（上海市：上海古籍出版社，1990年），頁4416。

140　〔唐〕李延壽：《南史》（北京市：中華書局，1975年），頁234。

有時單用「風雨如晦」。《全唐文》[141]。卷八百四十呂夢奇〈後唐招討使李存進墓碑〉：「公以屢立戰勳，繼承先澤，勤王在念，報主為心。夙夜在公，風雨如晦。」

《漢語典故大辭典》釋「風雨如晦」為「用以比喻惡劣的環境或社會黑暗混亂」值得商榷。

六　摽梅

《詩・召南・摽有梅》[142]：「摽有梅，其實七兮；求我庶士，迨其吉兮。」有，助詞。摽梅，謂梅子成熟而落下。

《漢語典故大辭典》：後以「摽梅」比喻待嫁女子。書證：《南齊書・海陵王紀》：「督勸婚嫁，宜嚴更申明，必使禽幣以時，摽梅息怨。」唐鄭世翼〈看新婚〉：「初笄夢桃李，新妝應摽梅。」

「標梅」，謂女子出嫁。

隋〈元智妻姬氏墓誌〉：「有淑其德，言容不回。皇光束楚，春芳標梅。六珈照日，百兩驚雷。鳳飛金帳，龍翔王臺。」（10.132）

唐〈劉君妻楊成其墓誌〉：「年及摽梅，言歸劉氏。」（11.193）

唐〈李君妻呂華墓誌〉：「既而女蘿有附，標梅及時，七德攸歸，百兩來迓。」（13.016）

唐〈王朗及妻魏氏墓誌〉：「爰應摽梅，作嬪王氏，母儀既極，婦則斯殫。」（14.009）

唐〈梁氏墓誌〉：「於赫夫人，承茲芳烈，標梅應德，受啟□□。」（14.108）

141　〔清〕董誥等編撰：《全唐文》（上海市：上海古籍出版社，1990年），頁3916。

142　〔漢〕毛亨傳、鄭玄箋，〔唐〕孔穎達等正義：《十三經注疏・毛詩正義》（北京市：中華書局，2003年），頁291。

　　唐〈鄭玄果墓誌〉：「於是占夢維蛇，有巢維鵲，作配君子，以降
褕狄，標梅無虧於三實，夭桃不爽於九華。」（21.027）

　　唐〈劉君妻張十一娘墓誌〉：「既而葛藟聲遠，摽梅時及，乘龍有
望，百兩來迎。」（22.010）

　　唐〈宋運妻王氏墓誌〉：「夫人夙承幽闈，內順柔儀，符婉淑於深
衷，應標梅於庶士。」（22.054）

七　牆仞

　　《論語・子張》[143]：「孫武叔語大夫於朝，曰：『子貢賢於仲
尼。』子服景伯以告子貢。子貢曰：『譬之宮牆，賜之牆也及肩，窺
見室家之好。夫子之牆數仞，不得其門而入，不見宗廟之美，百官之
富，得其門者或寡矣。」

　　《漢語典故大辭典》：「牆仞」，喻賢者之門。

　　從石刻語料來看，「牆仞」，當比喻學識、品德、才能等高峻淵
博，難以被人瞭解；或指高峻淵博的學識、品德、才能等。

　　隋〈元智墓誌〉：「六德孔備，百行無虧。丘陵難越，牆仞莫
窺。」（10.133）

　　唐〈耿士隆墓誌〉：「爰始登庸，禮儀邦國，邦國伊何？忠貞是
奇，禮儀伊何？汪汪牆仞。」（11.049）

　　唐〈王護墓誌〉：「公稟氣淳和，率性忠孝，風神凝遠，器局弘
深。牆仞巍而難窺，清瀾遊而可泳。」（11.068）

　　唐〈李泰墓誌〉：「文光奪日，才氣凌雲，汪汪焉，巍巍焉，牆仞
罕窺，陂深難挹。」（15.080）（總章元年）

143　〔魏〕何晏集解，〔宋〕邢昺疏：《十三經注疏・論語注疏》（北京：中華書局，2003
　　年），頁2532-2533。

唐〈唐故絳州曲沃縣令上騎都尉王君（大禮）墓誌銘〉：「風裁簡邈，牆仞高跱，憲冰霜而等潔，侔玉鏡以齊明。」（新出陝西2.044）（總章三年）

唐〈李叔墓誌〉：「顯顯令族，光光雅胤。價重珠胎，聲高牆仞。」（17.128）（天授二年）

唐〈南郭生墓誌〉：「議其牆仞，門高桐柏之山，語以波瀾，基濬昌蒲之海。」（18.055）

唐〈張忱墓誌〉：「牆仞高邈，詞鋒抑揚，吏稱美寶，宰實惟良。」（18.071）

唐〈吳延陵季子廟碑〉：「詳其精義被物鉤深致遠之旨，烏可究其津涯而窺其牆仞哉？」（27.190）

唐〈崔苣合祔志〉：「以無害為心，以坦懷接物，牆仞不峻而吏不敢逾，笞罰不加而事不愆。」（32.072）

第五節　來源商榷

《漢語典故大辭典》有少量用典形式的來源值得商榷，舉例如下。

一　長沙不足舞

「長沙不足舞」，形容地方狹小，不足迴旋。

《漢語典故大辭典》來源為《漢書・長沙定王發傳》：「長沙定王發，母唐姬，故程姬侍者……以孝景前二年立。以其母微無寵，故王卑濕貧國。」顏師古注引漢應劭曰：「景帝後二年，諸王來朝，有詔更前稱壽歌舞。定王但張袖小舉手。左右笑其拙，上怪問之，對曰：『臣國小地狹，不足迴旋。』帝乃以武陵、零陵、桂陽益焉。」

「長沙不足舞」，較早見於《史記・五宗世家》[144]：「長沙定王發，發之母唐姬，故程姬侍者……以孝景前二年用皇子為長沙王。以其母微，無寵，故王卑濕貧國。」裴駰集解引漢應劭曰：「景帝後二年，諸王來朝，有詔更前稱壽歌舞。定王但張袖小舉手。左右笑其拙，上怪問之，對曰：『臣國小地狹，不足迴旋。』帝以武陵、零陵、桂陽屬焉。」

二書所載內容相差無幾，但《史記》時代早於《漢書》，《漢語典故大辭典》以《漢書・長沙定王發傳》為來源，不妥，當以《史記・五宗世家》為來源。

石刻語料有「長沙地濕」、「長沙地卑」等，形容地方環境惡劣。

唐〈劉齊賢墓誌〉：「長沙地濕，仰妖鵩而增懷；嶺障氛連，觀跕鳶而喪魄。」（19.051）

唐〈司馬銓墓誌〉：「睢陽城廣，重喜來遊；長沙地卑，俄聞作賦。」（23.060）

唐〈崔偃墓誌〉：「因伯氏尉於湘潭，公亦從焉。長沙地卑，蒸濕為癘。」（29.162）

二　封豕

「封豕」，比喻貪暴者。

晉〈郭休碑〉：「封豕遠遁，三巴用康。」（2.040）

北魏〈元融墓誌〉：「封豕縱突，長蛇肆噬；義厲其心，衝冠裂皆。」（5.060）

東魏〈蕭正表墓誌〉：「但封豕遊魂，長蛇假氣，未伏辜誅，猶為時蠹。」（6.164）

---

144 〔漢〕司馬遷：《史記》（北京市：中華書局，1982年），頁2100。

　　唐〈王嘉墓誌〉：「弧穿七劄，劍敵萬夫，陟玄兔以斬長蛇，望燭龍而斷封豕。」（19.056）

　　唐〈張士龍墓誌〉：「昔圯橋授略，斬封豕於函關；鬼谷收圖，斷修蛇於楚縣。」（19.062）

　　《漢語典故大辭典》來源為《左傳・定公四年》：「吳為封豕長蛇，以薦食上國，虐始於楚。」杜預注：「言吳貪害如蛇豕。」

　　「封豕」，較早來源當為《左傳・昭公二十八年》[145]：「生伯封，實有豕心，貪婪無饜，忿類無期，謂之封豕。」

　　從「封」的意義來看，《左傳・定公四年》之「封」義為大，《左傳・昭公二十八年》之「封」為人名，「封豕」或源自《左傳・昭公二十八年》，且昭公二十八年早於定公四年。

三　蒲帛

　　「蒲帛」，蒲車與束帛。古代徵聘賢者之禮。《易・賁》[146]：「賁於丘園，束帛戔戔。」

　　北魏〈元信墓誌〉：「司空元公秉哲經朝，緯文綏武，旌弓以待賢，蒲帛以邀德。」（5.092）

　　唐〈智悟墓誌〉：「曾祖如願，志高泉石，脫略軒榮，蒲帛累徵，偃仰蘿薜，貴樂生前之志，殊輕身後之名。」（27.113）

　　《漢語典故大辭典》來源為《史記・平津侯主父列傳》：「始以蒲輪迎枚生，見主父而歎息。」《漢書・武帝紀》：「遣使者安車蒲輪，

145　〔晉〕杜預注，（唐）孔穎達等正義：《十三經注疏・春秋左傳正義》（北京市：中華書局，2003年），頁2118。

146　〔魏〕王弼，〔晉〕韓康伯注，〔唐〕孔穎達等正義：《十三經注疏・周易正義》（北京市：中華書局，2003年），頁38。

束帛加璧,徵魯申公。」顏師古注:「以蒲裹輪,取其安也。」

從形式來看,「蒲帛」較早來源當為《漢書・武帝紀》[147]:「遣使者安車蒲輪,束帛加璧,徵魯申公。」顏師古注:「以蒲裹輪,取其安也。」或者以「帛」來源於《易・賁》,取《易・賁》與《史記・平津侯主父列傳》[148]為來源。

四 八陣

「八陣」,亦作「八陳」,謂巧妙難測的謀略或陣法。

唐〈張琮墓碑〉:「公知包三略,勇冠六軍,運奇謀以抗千里,舞勁劍而摧八陣。」(11.080)(貞觀十三年)

唐〈大唐故開府儀同三司鄂國公尉遲君(敬德)墓誌〉:「雁翼晨開,翦風雲而摧八陣;魚鱗曉布,蹈湯火而入重圍。」(新出陝西1.047)(顯慶四年)

唐〈仵欽墓誌〉:「五校分營,神鶴之儀奮列,八陣齊起,靈蛇之勢昭先。」(15.140)(咸亨元年)

唐〈王建墓誌〉:「由是韞玉鈐之策,懷金匱之書,叱吒祆氛,氣壓萬人之敵;規模鬱起,聲高八陣之圖。」(18.181)

唐〈劉庭訓墓誌〉:「加以六韜八陣,五策九宮,長兵短兵,傷李陵之莫曉;多灶少灶,惜龐涓之未工。」(23.032)

《漢語典故大辭典》來源為《三國志・蜀志・諸葛亮傳》:「亮性長於巧思,損益連弩,木牛流馬,皆出其意;推演兵法,作八陣圖,咸得其要。」

---

147 〔漢〕班固撰,〔唐〕顏師古注:《漢書》(北京市:中華書局,1962年),頁157。

148 〔漢〕司馬遷:《史記》(北京市:中華書局,1982年),頁2964。

《銀雀山漢墓竹簡・孫臏兵法・八陣》[149]：「用八陳戰者，因地之利，用八陳之宜。」此亦可能為「八陣」之來源。

五　社鼠

「社鼠」，比喻仗勢作惡的小人。

北齊〈竇泰墓誌〉：「權豪屏息，貴戚側視。社鼠不得成群，稷蜂無以自固。」（7.046）

唐〈楊執一墓誌〉：「覆命為朔方元帥兼御史大夫，慰撫凋亡，糾繩濫竊，攘綖逾於鉅萬，盜駿軼於千蹄，而皆社鼠稷蜂，咸乃傾巢熏穴。」（新出陝西2.087）

《漢語典故大辭典》來源為《晏子春秋・問上九》：「夫社，束木而塗之，鼠因往托焉，熏之則恐燒其木，灌之則恐敗其塗，此鼠所以不可得殺者，以社故也。」《晉書・謝鯤傳》：「及敦將為逆，謂鯤曰：『劉隗姦邪，將危社稷。吾欲除君側之惡，匡主濟時，何如？』對曰：『隗誠始禍，然城狐社鼠也。』」宋洪邁《容齋四筆・城狐社鼠》：「城狐不灌，社鼠不熏。謂其所棲穴者得所憑依，此古語也。故議論者率指人君左右近習為城狐社鼠。」

「社鼠」，較早來源當為《晏子春秋・問上》[150]第九：「夫社，束木而塗之，鼠因往托焉，熏之則恐燒其木，灌之則恐敗其塗，此鼠所以不可得殺者，以社故也。」《晉書・謝鯤傳》「城狐社鼠」已屬用典，不當為來源。「城狐」，不知來源，與「社鼠」合用，較早見於

---

149 銀雀山漢墓竹簡整理組：《銀雀山漢墓竹簡》（北京市：文物出版社，1985年），頁60。

150 〔漢〕劉向編集：《晏子春秋》，收入《百子全書》（杭州市：浙江人民出版社，影印1919年掃葉山房石印本，1984年），第3冊。

《晉書·謝鯤傳》。宋洪邁《容齋四筆·城狐社鼠》只是後人解說之辭，不當置之來源處。

六　芻狗

「芻狗」，古代祭祀時用草紮成的狗。

唐〈謝通墓誌〉：「天地不仁，芻狗萬物，勁翩未申，壯心猶鬱。」（15.057）

唐〈李文墓誌〉：「豈期著談芻狗，信矣可憑；在論無親，忽焉見爽。」（15.073）

唐〈鄭忠墓碑〉：「其晦跡也，恬然靜默，其偶俗也，同為滑和，致身於木雁，與物為芻狗。謂為慕隱，不處於山林，謂為趨榮，不親於朝市。」（27.043）

《漢語典故大辭典》來源為《莊子·天運》：「夫芻狗之未陳也，盛以篋衍，巾以文繡，尸祝齊戒以將之；及其已陳也，行者踐其首脊，蘇者取而爨之而已。」《三國志·周宣傳》：「嘗有問宣曰：『吾昨夜夢見芻狗，其占何也？』宣答曰：『君欲得美食而！』有頃，出行，果遇豐膳。後又問宣曰：『昨夜復夢見芻狗，何也？』宣曰：『君欲墮車折腳，宜戒慎之。』頃之，果如宣言。後又問宣曰：『昨夜復夢見芻狗，何也？』宣曰：『君家失火，當善護之。』俄遂起火。語宣曰：『前後三時，皆不夢也。聊試君耳，何以皆驗邪？』宣對曰：『此神靈動君使言，故與真夢無異也。』又問宣曰：『三夢芻狗而其占不同，何也？』宣曰：『芻狗者，祭神之物。故君始夢，當得餘食也。祭祀既訖，則芻狗為車所轢，故中夢當墮車折腳也。芻狗既車轢之後，必則以為樵，故後夢憂失火也。』」後因以「芻狗」喻微賤無用的事物或言論。

這裏有兩處值得商榷。

其一，「芻狗」，較早來源當為《老子》[151]：「天地不仁，以萬物為芻狗；聖人不仁，以百姓為芻狗。」「芻狗」，喻微賤無用的事物或言論。此意義與《三國志·周宣傳》所記無關。

其二，源於《三國志·周宣傳》的用典形式，《漢語典故大辭典》有「芻狗遺夢」，謂後來將有禍患。此意義與《莊子·天運》無涉。

「芻狗」、「芻狗遺夢」是兩個形近、來源不同的用典形式，各自來源因分列，不當混為一處。

七　傅粉何郎

「傅粉何郎」，稱美男子。

後晉〈羅周敬墓誌〉：「傅粉何郎，晨趍月殿；吹簫秦女，夜渡星橋。一時之盛事難儔，千古之清風盡在。」（36.062）

《漢語典故大辭典》來源為《太平御覽》卷一五四引晉裴啟《語林》：「何晏字平叔，以主婿拜駙馬都尉，美姿儀。」南朝宋劉義慶《世說新語·容止》：「何平叔美姿儀，面至白。魏明帝疑其傅粉，正夏月，與熱湯餅。既啖，大汗出，以朱衣自拭，色轉皎然。」

晉裴啟《語林》早於南朝宋劉義慶《世說新語》，但其所引內容與「傅粉何郎」沒有聯繫；不僅如此，《漢語典故大辭典》所列詞條均與《世說新語·容止》有關，與《語林》無關，此來源有蛇足之嫌。

「傅粉何郎」，較早來源當為南朝宋劉義慶《世說新語·容止》[152]：

---

151 陳鼓應：《老子注譯及評介》（北京市：中華書局，2009年），頁74。

152 〔南朝宋〕劉義慶撰，〔南朝梁〕劉孝標注，余嘉錫箋疏：《世說新語箋疏》（北京市：中華書局，2007年），頁714。

「何平叔美姿儀，面至白；魏明帝疑其傅粉。正夏月，與熱湯餅。既啖，大汗出，以朱衣自拭，色轉皎然。」

八　地維

「地維」，維繫大地的繩子。古人以為天圓地方，天有九柱支持，地有四維繫綴。故亦指地的四角。亦喻紀綱。

唐〈孔子廟堂碑〉：「於時天□浸微，地維將絕，周室大壞，魯道日衰，永歎時囏，實思濡足。」（11.007）

唐〈獨孤開遠墓誌〉：「聖人有作，膺茲日暮。參紐地維，預康天步。」（11.105）

唐〈許行本墓誌〉：「爰以妙年，一從筮仕，屬地維絕紐，陰靈馳馭，枚綍之選，允寄時髦。」（16.009）

唐〈張仁楚墓誌〉：「掌握黃石，飛騰白羽，功絕地維，勢窮天柱。」（19.083）

《漢語典故大辭典》來源為《淮南子・天文訓》：「昔者共工與顓頊爭為帝，怒而觸不周之山，天柱折，地維絕。」

「地維」，較早來源當為《列子・湯問》[153]第五：「其後共工氏與顓頊爭為帝，怒而觸不周之山，折天柱，絕地維。」

九　諫鼓

「諫鼓」，設於朝廷供進諫者敲擊以聞的鼓，稱頌帝王勇於納諫。

---

153 舊題〔周〕列禦寇撰：《列子》，收入《百子全書》（杭州市：浙江人民出版社，影印1919年掃葉山房石印本，1984年），第8冊。

東魏〈邑主造石像碑〉：「孤竹舍微，黃綺執鞭。誹木徒設，諫鼓空懸。」（6.150）

唐〈太上老君石像碑〉：「設謗木待逆耳之謀，懸諫鼓佇沃心之誥。」（17.034）

《漢語典故大辭典》來源為《淮南子・主術訓》：「古者天子聽朝，公卿正諫，博士誦詩，瞽箴師誦，庶人傳語，史書其過，宰徹其膳，猶以為未足也。故堯置敢諫之鼓，舜立誹謗之木。」

「諫鼓」，較早來源當為《管子・桓公問》[154]第五十六：「舜有告善之旌，而主不蔽也；禹立諫鼓於朝，而備訊唉。」

十　灌瓜

「灌瓜」，謂以德報怨，與鄰修好。

唐〈董希令墓誌〉：「梁亭解怨，竊水灌瓜；蜀道行餐，持綿繫芋。」（18.114）

《漢語典故大辭典》來源為漢劉向《新序・雜事四》載：梁與楚的邊亭皆種瓜。楚人妒恨梁人的瓜長得好，夜往毀之。梁縣令宋就制止了梁人的報復，並派人幫助楚人灌瓜，使楚瓜日美。楚王以重金相謝，與梁交好。

「灌瓜」，較早來源當為漢賈誼《新書・退讓》[155]卷七：「昔梁大夫宋就為邊縣令，與楚鄰界。梁亭楚亭皆種瓜。梁亭劬力數灌其瓜，瓜美。楚亭怠窳，而稀灌其瓜，瓜惡。楚令以梁瓜之美，怒其瓜之

---

154 舊題〔春秋〕管仲撰：《管子》，收入《百子全書》（杭州市：浙江人民出版社，影印1919年掃葉山房石印本，1984年），第3冊。

155 〔漢〕賈誼撰：《新書》，收入《百子全書》（杭州市：浙江人民出版社，影印1919年掃葉山房石印本，1984年），第1冊。

惡，因往夜竊搔梁瓜，皆有死焦者矣。梁亭覺之，因請其尉，亦欲竊往報搔瓜。宋就曰：『是構怨召禍之道也。』令人竊為楚亭夜灌其瓜，令勿知也。楚亭旦而往，瓜則已灌，瓜日以美。楚亭怪而察之，則梁亭之為也。楚令大悅，因以聞楚王。楚王曰：『此梁之陰讓也。』乃謝以幣，而請交於梁。」

　　事情相同，記載相似，然賈誼早於劉向一百多年，《漢語典故大辭典》「灌瓜」來源當據改。

十一　輟舂

　　「輟舂」，表示對死者的哀悼。

　　唐〈王朗及妻魏氏墓誌〉：「知與不知，莫不傷感，豈直輟舂興歎，罷織銜悲而已哉。」（14.009）

　　唐〈房寶子墓誌〉：「邑里人物，州閭故老，豈止輟舂掩泣，固亦罷祖興哀。」（14.022）

　　唐〈李相墓誌〉：「逮乎貽厥，餘慶允恭，二尊雲逝，停機輟舂。」（16.185）

　　唐〈張茂墓誌〉：「嗚呼！天不愁遺，殲我良哲，哀甚輟舂，嗟深大耋。」（19.086）

　　唐〈王同人墓誌〉：「人吏哀號，慟及鄰境，豈直輟舂罷市而已哉！」（23.008）

　　唐〈來慈墓誌〉：「公薨之日，知與不知，揮涕相趨，何止輟舂而已。」（23.091）

　　唐〈白知禮墓誌〉：「國人共悲，輟舂市絕，不琢貞礎，聲塵磨滅。」（23.142）

　　唐〈公孫孝遷墓誌〉：「沉瘵未瘳，春秋七十三，以開元廿二年二

月十五日奄終於大同府之官舍。裏盧之內，孰不輟舂。」（23.153）

　　唐〈賈欽惠墓誌〉：「於戲！良宰雲逝，誰其嗣之？聯僚雨泣，庶
眊曷仰，輟舂罷市，斯謂然矣。」（26.095）

　　唐〈高承金合祔志〉：「巷之居人，輟舂相弔。」（29.086）

　　《漢語典故大辭典》來源為漢賈誼《新書・春秋》載：古人舂築
時，以歌相和，以杵聲相送，用以自勸。里中有喪，則舂築者不相杵。

　　「輟舂」，較早來源當為《禮記・檀弓上》[156]：「鄰有喪，舂不
相；里有殯，不巷歌。」

十二　荊布

　　《漢語典故大辭典》釋義：「荊布」指對人謙稱自己的妻子。石
刻語料指婦女簡陋寒素的服飾。

　　唐〈崔妻王媛墓誌〉：「夫人清靜無欲，聽從有裕，即荊布而安，
舍丘園而逸。」（27.167）

　　「荊布」，《漢語典故大辭典》來源為《太平御覽》卷七一八引
《列女傳》：「梁鴻妻孟光，荊釵布裙。」

　　查檢劉向《列女傳》，並無《太平御覽》卷七一八所引內容。

十三　文不加點

　　「文不加點」，形容文思敏捷，作文一氣呵成。

　　唐〈崔光嗣墓誌〉：「三冬為學，則義必窮微；七步成章，則文不
加點。」（23.088）

156　〔漢〕鄭玄注，〔唐〕孔穎達等正義：《十三經注疏・禮記正義》（北京市：中華書
　　局，2003年），頁1275。

　　《漢語典故大辭典》來源為《初學記》卷十七引漢張隱《文士傳》：「吳郡張純，少有令名，嘗謁鎮南將軍朱據，據令賦一物然後坐，純應聲便成，文不加點。」

　　查檢《初學記》[157]卷十七，乃引晉張隱《文士傳》：「吳郡張純，少有令名，嘗謁驃騎將軍朱據，據令賦一物然後坐，純應聲便成，文不加點。」內容稍異。

　　「文不加點」，其來源文獻為晉張隱《文士傳》較合理。

157　〔唐〕徐堅等：《初學記》（北京市：中華書局，1962年），頁429。

附錄二
石刻用典形式變體組部分內容

變體組關係類別	石刻用典形式變體
多重關係	蒲車、蒲輪、蒲輪之征、蒲帛
近義替換	八眉、八彩
取象差異	傅氏之岩、商岩
二重關係	拔茅以匯、拔茅之榮、拔茅以類、連茹
媒介聯繫	蓮水、置蓮之言
多重關係	伯牙絕弦、伯牙弦絕、絕弦之痛、子期、鍾期絕弦、流水、知音
多重關係	於飛之望、和鳴、鳳兆、卜鳳、鸞鳳和鳴、鳳鳴之兆、鳳凰于飛、和鳳之音
修飾關係	簪筆、簪白筆
多重關係	貫白日、貫日、精誠貫日、精貫白日、長虹貫日
多重關係	白駒、白駒之言、白駒過隙、百年過隙、駒過隙、駒隙、隙駒
同根變體	捕影、繫風捕影
同根變體	白魚效入舟之祥
多重關係	穿楊、百中之策、百中楊穿、百中
同根變體	柏梁、柏梁之詞
多重關係	柏舟永歎、柏舟之誓、共姜誓志、恭姜
同根變體	遭天不慭、上天不慭、天不慭、不慭遺
同根變體	躍馬、躍馬之年

（續表）

變體組關係類別	石刻用典形式變體
同根變體	半面十年、終識半面、十年半面、半面
二重關係	覆局、覆局背碑、必誦全碑、背碑
同根變體	卻掃、門卻掃
多重關係	巨海成田、碧海成桑、滄海成田、海變桑田、碧海成田、海成田、大海成田、圓海生桑、海桑、海田遷易、桑田成海、桑田海水、三見桑田、桑田碧海、桑田變海、桑田屢改、桑海
多重關係	待時藏器、藏器俟時、藏器待問、藏器待用、藏器有待、藏器須時、藏器
同根變體	操斧伐柯、伐柯
多重關係	奔月、常娥飛月、姮娥入月、娥月、素娥、娥影、娥靈、常娥、姮娥
取象差異	陳室之未掃、陳蕃掃除之志
多重關係	晨省、昏定晨省、定省、晨昏
多重關係	溫清、冬溫夏清、夏清冬溫
取象差異	狐鼠、社鼠
多重關係	橋山、遺弓之感、龍髯、號弓、攀髯、攀慕、攀號弓劍、鼎湖升遠
同音變體	赤符、赤伏
取象差異	赤縣、神州
多重關係	遷鶯、鶯遷、遷喬、遷谷、出谷、出谷鶯遷、出幽遷木
同根變體	楚老、楚老泣其蘭芳
近義替換	置醴、設醴
近義替換	觸類而長、觸類長之
同根變體	筆削、春秋筆削
二重關係	將軍大樹、大樹、坐樹

（續表）

變體組關係類別	石刻用典形式變體
同根變體	當仁不讓、當仁
多重關係	忘筌、筌蹄、荃蹄、筌忘蹄忘
多重關係	鄧攸無子、伯道無兒、伯道之悲
同根變體	修文泉壤、修文、地府修文、地下修文
二重關係	開閣、東閣、平津
二重關係	採菊、陶菊、東籬之菊
取象差異	東陵之酷、東陵廢侯
多重關係	瞻碑墮淚、墮淚、墮淚之遊、羊碑
取象差異	面命言提、提耳
修飾關係	滅火、風滅火
取象差異	觸鱗之請、逆鱗
取象差異	范張之交、雞黍密友
同根變體	方寸、方寸地
二重關係	熊羆之兆、非熊、兆入非熊
多重關係	分虎竹、竹符、符竹、分竹、分虎、分竹剖符、虎竹、竹使
多重關係	分茅列土、錫土分茅、列土、裂壤、裂土、裂土分茅、茅社、分茅、茅土、分茅錫壤、分茅錫祉、分茅錫社
多重關係	萬里封侯、封侯萬里、燕頷、虎頭
多重關係	封豕、封豨、蛇豕之毒、長蛇封豕、長蛇
取象差異	馮唐之歲、馮唐之晚仕
同根變體	來儀、寶鳳來儀
同根變體	扇仁風、仁風、奉揚仁風
多重關係	一夢兩楹、兩楹、奠楹、兩楹夢奠、梁摧、梁木斯壞、夢在兩楹、夢奠、夢奠兩楹、兩楹之夢、奠兩楹、夢奠楹、

（續表）

變體組關係類別	石刻用典形式變體
	梁壞、梁木斯摧、哲人萎、哲人其萎、哲人其委、泰山其頹、夢楹、泰山頹、山頹、梁木摧、梁木頓摧、梁木將摧、梁木雲摧、梁木之摧、梁木既摧、梁木已摧、梁木其摧、梁木遽摧、梁木俄摧、梁木倏摧、梁木之遽摧
同根變體	聚米、山川聚米
多重關係	干父之蠱、干父、干蠱
多重關係	仰高、高山仰止、仰止
多重關係	人歌五袴、歌袴、來暮、來暮之歌、來暮之謳、襦袴之詠、襦袴、五袴、五袴之歌
取象差異	弓招、弓旌
同根變體	為山覆匱、為山、為山始簣
同根變體	谷口、子真谷口
取象差異	關雎、雎鳩
多重關係	歸馬、散馬休牛、散馬華陽、歸馬華陽、散牛桃野
取象差異	龜書、九疇
取象差異	金穴、金藏郭穴
二重關係	短狐貢影、短狐之含沙、含沙
多重關係	韓信登壇、登壇之寄、築壇拜將
同根變體	題柱、漢皇之題柱
同根變體	汗馬之勞、汗馬之殊功、汗馬
二重關係	濠梁之想、濠上、觀魚樂
多重關係	珠浦、珠還合浦、合浦珠胎、合浦還珠、合浦珠、合浦珠還、還珠、珠還舊邦、浦珠、珠還
多重關係	和氏之璧、卞璞、抱玉、抱璞、荊山和玉、楚璧、和璞、楚玉、卞玉、和璧、荊山玉、荊玉、玉璞、刖足、和肆、泣玉

（續表）

變體組關係類別	石刻用典形式變體
多重關係	河山帶礪、帶礪、漢誓、帶礪山河、帶礪之功、山河帶礪、漢誓山河、帶礪之誓
同根變體	夷門抱關、夷門
注解變體	狐丘首正、首丘之感
取象差異	壺公、壺中之日月
取象差異	霧市、公超之市
近義替換	懷道迷邦、懷寶迷邦
同根變體	握瑜懷瑾、懷瑾瑜、懷瑾、懷瑜握瑾、懷瑾握瑜
取象差異	鉛槧、握槧懷鉛
多重關係	蘊玉、懷珠蘊玉、蘊璧懷珠、懷珠、懷珠玉之美
取象差異	學市、槐市
取象差異	范金、鑄金圖狀
多重關係	揮戈退日、揮日、駐日之戈、揮長戈而駐日、魯陽揮戈、修戈駐日
簡縮變體	毀方而瓦合、毀方瓦合
多重關係	餘慶、積善、積善無徵、積善餘慶、積善多慶
取象差異	箕穎、箕山之風
簡縮變體	欒棘、棘人欒欒
同根變體	四壁、家徒四壁
二重關係	鵬賦、賈生賦鵬、止鵬
注解變體	陶母之剪髮、截髮之規
同根變體	劍履上殿、劍履
近義替換	去病之辭第、去病之辭家、去病辭宅、霍病辭第
注解變體	共被傅衫之美、大被之慈
多重關係	絳紗、絳帳、馬帳、設帳

（續表）

變體組關係類別	石刻用典形式變體
多重關係	椒聊繁衍、椒聊之福、椒花、椒頌、椒花之頌、椒花頌麗、解頌椒花
同根變體	角巾、角巾私第、角巾私圃
反義變體	亂命、治命
注解變體	桀犬、吠堯之犬
二重關係	推解之惠、解衣、脫衣輟食
同根變體	介眉壽、眉壽
取象差異	借絢、借留
多重關係	永固金湯、金湯、金湯之嶮、金城、湯池
多重關係	金聲玉振、玉振、玉振金聲
同根變體	金屋、漢王金屋，思貯阿嬌
多重關係	玉昆金友、金友玉昆、玉昆
取象差異	許史、金張
同根變體	涇渭之明、涇渭斯明、涇渭、涇渭殊流、涇渭斯分
注解變體	虱心之妙、貫虱
多重關係	飛龍、飛龍在天、九五飛天、九五、九五之尊、龍飛鳳翔、天飛、龍飛
取象差異	具瞻、岩石
二重關係	麟經、泣麟、吾道窮
近義替換	斧柯潛壞、爛柯
多重關係	落雁、驚弦、傷弓、虛弓虛弦
同根變體	窮途、窮途之泣、窮途泣
多重關係	垂天之羽、垂天之翼、大鵬尺、垂天、扶搖、風搏、九萬搏風、鯤池、鯤化、化鵬之翼、九萬、化鯤、鯤鵬、九霄鵬、南鵬、淩九萬、南圖、化鶬鵬、溟鵬、鵬圖、鵬霄、

（續表）

變體組關係類別	石刻用典形式變體
	鵬衢、鵬翮、鵬路、鵬化、鶤鵬蜩、鵬天、鵬溟、鵬海、鵬風、鵬搏、鵬騫、鵬運、鵬、鵬雲、鵬耆、圖南、搏風、鵬翼、搏鵬、搏扶搖、搏扶、雲翼、萬里鵬程
顛倒變體	驥伏、伏驥
近義替換	勒石北燕、勒燕然之銘碣
多重關係	秣馬脂車、秣馬、厲兵秣馬、秣馬利兵
注解變體	清風林下、林下之風
多重關係	谷變陵遷、陵遷谷變、陵谷變、陵谷變遷、陵谷徙、谷變、岸谷變位、谷陵、陵谷變改、陵谷變更、陵谷變移、陵谷
多重關係	流霞、飲霞、霞酌、霞杯
多重關係	鶂飛、退飛、鶂路、宋都鶂退
同根變體	龍戰、龍戰玄黃
多重關係	乳雉馴童、馴羽、馴翬、中牟三異、馴雉、魯恭三異、馴翟、魯恭飛蝗、魯恭之化、虎去雉馴、蝗雉之譽、雉馴、蝗徙、馴雉之仁、魯恭、魯恭馴雉
取象差異	高蹈滄海、蹈海之夫
取象差異	巋然獨存、靈光、魯殿
同根變體	魯衛之政、魯衛
取象差異	魚魯、豕亥
多重關係	陸績懷橘、懷橘之年、懷橘、懷橘之歲、懷陸橘
同根變體	蓼莪、蓼莪哀、蓼莪興感
多重關係	鴛行、鶩行、鶩鴻之彩、鶩鴻、鶩鸞、鶩鷺、鴛鷺
多重關係	綸命、綸言、綸翰、綸冊、綸誥、綸綍、絲綸、絲言、綸旨
多重關係	靈妃、淩波之步、羅塵、淩波、洛神、鴻驚、洛浦、洛媛

（續表）

變體組關係類別	石刻用典形式變體
取象差異	白社、洛社
多重關係	馬革裹屍、裹屍、馬革之志、馬革來歸
二重關係	馬援銅柱、銅柱標勳、銅標
同根變體	捧檄、毛義捧檄
注解變體	輪奐之美、輪焉奐焉
注解關係	翟門、翟公之門
多重關係	倚閭、倚門、倚門之望、倚閭之念、倚閭之訓
取象差異	斷織、斷機
取象差異	冬筍、哭竹
二重關係	熊羆夢、夢熊、夢熊之慶
多重關係	鳴琴之化、鳴琴、鳴琴理化、鳴琴單父、鳴琴化俗、子賤琴鳴、單父之琴、單父琴堂、單父琴曲、彈琴、單父鳴琴、彈琴豈唯於單父、琴堂
多重關係	不磷不淄、磨而不磷、磨而不磷，涅而不緇、磷淄、涅而不淄、涅而不緇、淄磷、緇磷、涅而不渝、堅白
多重關係	垂帷、下帷、董帷、不窺園圃
多重關係	櫛沐風雨、櫛風沐雨、沭雨、櫛沐、櫛風
同根變體	納隍之慮、納隍興慮、納隍在念
同根變體	南冠、南冠縶者
多重關係	南金東箭、東箭、東南竹箭、東箭南金、南金、會稽竹箭、雙金
近義替換	乳獸、乳虎
注解變體	寧戚之飯牛、飯牛之歎
多重關係	弄瓦之歲、弄璋、弄瓦、載弄
近義替換	拍洪崖之肩、撫洪崖之肩

（續表）

變體組關係類別	石刻用典形式變體
注解變體	安仁悼、安仁之悼亡
多重關係	攀轅、臥轍、臥轍攀轅、臥轍之悲、攀轅之思、攀轅之戀、攀戀、攀輪、攀車
多重關係	庖丁之解牛、餘刃、刃有餘地、割難遊刃、投刃皆虛、遊刃、遊刃有餘、全牛
近義替換	焚舟、沉船破釜
同根變體	蒲鞭示恥、蒲鞭
取象差異	鯨鍾、鯨魚
同根變體	七貴、七貴五侯
取象差異	蒙吏、漆園之傲吏
簡縮變體	齊大非偶、齊偶
多重關係	瑞鸑鳴岐、祥鳳鳴岐、鳳集岐山、歸昌、鳴岐
多重關係	陟屺、屺岵、陟岵、陟屺岵
近義替換	杞國天傾、杞國之天崩
顛倒變體	萬人敵、敵萬人
多重關係	千里駒、吾家千里駒、名駒千里、吾家千里
近義替換	牽裾、引裾
同根變體	鄭主牽羊、肉袒牽羊
取象差異	一割、鉛刀之割、磨鉛
同根變體	秦晉匹、秦晉之好、秦晉、秦晉匹敵
顛倒變體	瑟琴、琴瑟
同根變體	娥眉、娥眉蟒首
同根變體	寢丘之田、寢丘之陋
同根變體	鶴起青田、青田兩鶴、青田孕鶴
同根變體	青雲自致、自致青雲、青雲

（續表）

變體組關係類別	石刻用典形式變體
二重關係	清風朗月、明月清風、清風明月
近義替換	劬勞之切、劬勞之恩
注解變體	蘧瑗知非之年、知非
取象差異	犬牙、磐石
修飾關係	人龍、人中龍
二重關係	紉蘭佩蕙、紉蘭佩、佩蘭
多重關係	月將、月將日就、日就月將、日就
二重關係	萬機、一日萬幾、一日萬機
多重關係	啟期之三樂、三樂、榮期之三樂、榮期、榮樂、歌三樂
多重關係	三冬足用、曼倩之三冬、三冬、三冬曼倩、三冬之勤
同根變體	三禾在夢、三禾出殿
多重關係	三槐、棘路、槐門棘路、三槐九棘、槐棘、九棘、槐庭、登槐、槐鼎、九蘬
多重關係	三鱣、三魚、祥鱣、鱣庭、銜鱣
多重關係	三友、三益、直諒多聞、直諒
取象差異	三珠、珠樹
多重關係	金烏、赤烏、陽烏、烏照、烏兔、烏輪、烏光
多重關係	桑榆暮景、桑榆之景、桑榆、桑榆景暮、桑榆之年、榆景
注解關係	喪明之痛、喪明
二重關係	聞向秀之笛、向秀悲笛、聞笛
取象差異	商羊屢舞、商羊之興雨
二重關係	劭父杜母、杜母、邵杜
多重關係	甘棠之頌、甘棠、甘棠之詠、甘棠流詠、甘棠之政、坐棠、坐棠之政、愛樹、愛棠、蔽芾、棠陰
同根變體	社稷之臣、社稷之器、社稷

（續表）

變體組關係類別	石刻用典形式變體
多重關係	發石飲羽、勁石飲羽、飲羽、應機飲羽、飲羽之能、飲石
多重關係	入室、陞堂、入室陞堂、陞堂入室、登科入室、入室弟子
二重關係	榮哀、生榮死哀、哀榮
同根變體	文物、文物聲明
同根變體	雞肋、敏窮雞肋
多重關係	車書未同、車軌未并、混一車書、車書不一、車書順、文軌已一、車書未一、文軌同、文軌未同、文軌復同、車書混一、車書更一、車書、書軌
多重關係	黃陂萬頃、叔度之陂、叔度之波瀾、叔度百頃、叔度
多重關係	歠菽盡歡、歡兼水菽、盡歡、含菽飲水
多重關係	散金娛老、揮金之樂、揮金暮年、散金於鄉里、疏廣揮金
二重關係	枕肱、曲肱、飲水曲肱
近義替換	黍離之歎、黍離之詠
多重關係	霜露之感、霜露怵惕、霜露之悲、履霜露、霜露哀感、孝感霜露、霜露之思、霜露感懷、踐霜露而增感
多重關係	負郭二頃、二頃之田、負郭之田、負郭
多重關係	隨侯之珠、靈蛇之珠、靈蛇、隋和之德、靈珠、隋珠、隨珠、蛇珠、隨侯明月、隨和
同根變體	他山之石、他山
同根變體	坦腹、坦腹之材、坦腹之才
多重關係	驪龍珠、龍頷、驪龍之珠、探驪龍珠、驪龍之寶、驪珠、摳龍頷
取象差異	夭夭攸歸、桃之夭夭、桃夭
注解關係	陶朱、陶朱之術
二重關係	今是而昨非、賦歸來、歸來

（續表）

變體組關係類別	石刻用典形式變體
同根變體	淵明之五柳、五柳
多重關係	望雲就日、就日望雲、就日、望雲
同根變體	八翼、張八翼於天門
取象差異	韓起葉契於田蘇、田蘇之游、田蘇
多重關係	亭伯見棄於長岑、投荒、位終亭伯、亭伯高才，不樂長岑之縣、亭伯高材，已矣長岑之令、亭伯抱長岑之恨
多重關係	同聲、同氣、同氣相求、同聲相援
同根變體	桐鄉之墓、桐鄉有愛、桐鄉
取象差異	桐珪、削桐葉
近義替換	銅街、銅駝之路
多重關係	投筆、投筆前驅、棄筆從戎、投筆從戎、投筆從軍、投棄筆硯
同根變體	投金、投金瀨沚
多重關係	麒麟之閣、麟閣丹圖、圖形麟閣、麟閣之圖、麟閣之名、麟閣書功、在麟閣而圖形、畫像麒麟、虓闞已圖於麒麟之臺、圖畫於麟臺、形圖麟閣、麟閣
同根變體	屠龍之道、屠龍之伎、屠龍
同根變體	犀之劍、犀之術、犀、犀之妙
近義替換	解驂、脫驂
同根變體	壯發衝冠、發起衝冠、衝冠
多重關係	連城之璧、連城之價、連城、連城之寶、趙璧、趙玉、連城趙璧、返璧
多重關係	飛鳧、控鳧舄、化鳧舄、青鳧控舄、單鳧化履、飛鳧、飛舄
多重關係	緱山控鶴、緱山駕鶴、周儲駕鶴、馭鶴
二重關係	解網、開網、湯網

（續表）

變體組關係類別	石刻用典形式變體
顛倒變體	屢絕韋編、韋編屢絕
多重關係	韋弦、佩韋、弦韋、佩韋弦
同根變體	渭陽之念、渭陽之感、渭陽
多重關係	燭乘、照乘、照車、照乘之珍、照乘之珠、魏珠
多重關係	文翁之美化、文翁之化、化蜀、文翁之化蜀
同根變體	聞雞暗舞、聞雞且舞
取象差異	伏龍、臥龍睡伏
近義替換	握符、握圖
多重關係	暮雨、高唐樹雨、暮雨朝雲、巫陽之夢、朝雲暮雨
多重關係	惠載五車、惠施五車、五車之富、學富五車、五車
多重關係	割雞之歎、宰絃歌、割雞之小榮、割雞之用、割雞、割雞為政、牛刀試弄、牛刀恥雞、牛刀遊刃、割雞之為小、絃歌誦路、武城歌館、絃歌、牛刀、鳴弦
取象不同	西施、西子
多重關係	易子朝餐，析骸夜爨、易子而炊、易子咬骨
注解變體	析薪之業、析薪
近義替換	犀表、犀頂
多重關係	六龍回轡、龍車、日車、六龍、日馭、日轡、日輪、羲和、曦車、曦輪、羲馭
修飾關係	愈頭風、愈我頭風
顛倒變體	繫馬埋輪、埋輪繫馬
近義替換	指樹為宗、指樹為氏
取象差異	悲深染竹、湘妃之淚
二重關係	遏行雲、歌雲、駐行雲
取象差異	邊笥、經笥

（續表）

變體組關係類別	石刻用典形式變體
多重關係	謝庭玉樹、庭玉、芳庭玉樹、謝玉、玉樹芝蘭、玉樹、庭前謝玉、謝家玉樹、謝庭蘊玉
二重關係	心猿、意馬、心馬
近義替換	興亡繼絕、存亡繼絕
取象差異	上臺星坼、三星中坼
同根變體	燎原、火燎原
同根變體	由徑、行非由徑
注解變體	虛白、虛白之心
多重關係	啼猿之妙、吟猿落雁、落雁吟猿、猿驚、啼猿之伎
多重關係	風瓢、許樹懸瓢、許由之志、由巢、許由、巢由
取象差異	對宣室、宣室之召
多重關係	玄女之靈符、玄女之符、玄女之法、符開玄女、玄女神符
多重關係	懸車之年、懸車、懸車之歲、致仕
同音變體	懸圃、玄圃
二重關係	雁行、雁行、雁序
同根變體	巢幕、巢幕之燕
同根變體	燕爾新婚、燕爾
注解變體	嚴陵之操、子陵逃漢
注解變體	百六之厄、百六
同根變體	夭桃、夭桃穠李
同根變體	王門曳裾、曳裾王室、曳裾
同根變體	曳尾、曳尾於塗中
多重關係	一丘、丘壑、一丘一壑、丘壑之志
近義替換	一繩匡維、一繩靡維
多重關係	圯橋星略、黃石兵書、吞戎韜於黃石、圯橋之冊、圯橋授

（續表）

變體組關係類別	石刻用典形式變體
	略、氾橋取履、圯上之書、圯橋受略
多重關係	貽厥孫謀、貽孫、貽厥、燕翼、貽燕、孫謀、謀翼之勤、謀孫、詒厥、詒厥孫謀、謀孫翼子、翼子謀孫、翼子、貽宴孫謀、燕翼謀孫、貽則
同根變體	倚馬之能、倚馬、倚馬之文
同根變體	萬斯年、億萬斯年、於萬斯年、越萬斯年、百萬斯年
多重關係	衣錦還鄉、衣錦榮鄉、衣錦夜遊、衣錦晝遊、衣錦還越、晝錦
同根變體	食其以下齊城、憑軾下齊
同根變體	附驥、附驥尾
多重關係	對雪飛於柳絮、高談柳絮、柳絮、柳絮裁文、謝女之學、雪絮之什、謝女、謝庭飛雪
同根變體	魚水相從、魚水之游、魚水之合體
多重關係	壺冰、冰壺之節、冰壺之操、冰壺
同根變體	玉山、玉山之姿
多重關係	原思之高節、原思貧病、原憲之貧、原憲之遺榮、原憲之遺榮陋巷、原憲之安貧陋巷
取象差異	黿鼉之梁、黿鼉為梁
多重關係	山嶽降精、川嶽降神、維岳降氣、山嶽降靈、惟嶽降神、川嶽降精、川嶽降靈、惟嶽降靈
二重關係	帷幄之謀、謀謨帷握之間、帷幄陳謀
同音變體	韞匵、韞櫝
同音變體	混沌、渾沌
多重關係	萊蕪塵甑、虛甑生塵、塵甑之廉、范甑塵、塵生范甑
二重關係	道肥、道肥戰勝、道勝
注解變體	湛露、湛露之義

（續表）

變體組關係類別	石刻用典形式變體
同根變體	畫眉、張敞之畫眉
取象差異	杖國、杖朝
多重關係	夏日可畏、夏日之威、夏日、畏日、冬日、趙日
多重關係	折衝樽俎、折衝之望、折衝萬里、折衝千里、折衝罇俎、折衝良將
二重關係	置驛邀賓、鄭驛之賓、置驛
同根變體	芝焚蕙歎、芝焚
多重關係	迴文、迴文寄遠、織錦之家、錦袖迴文
多重關係	天顏咫尺、咫尺天顏、咫尺天威、咫尺當宸、天威咫尺
多重關係	擲地雄才、擲地、擲孫金、擲金、擲金之聲、金聲擲地
多重關係	中原鹿散、天下逐鹿、逐鹿之心、秦鹿走原、秦鹿走嶮、中原逐鹿、中原鹿走、逐鹿於中原、掎鹿
多重關係	鐘鳴鼎食、鳴鐘列鼎、擊鍾鼎食、陳鍾列鼎、列鼎而食、鼎食、擊鍾列鼎、食鼎鳴鐘
多重關係	螽斯之慶、螽斯之德、螽羽、慶顯螽斯、螽斯、螽斯之羽、螽羽詵詵
多重關係	珠璧連暉、璧合珠聯、珠連璧合、連星
多重關係	竹馬之契、竹馬為期、竹馬迎來、竹馬盈郊、竹馬之信、竹馬之期
同根變體	負米、仲由負米
多重關係	心馳魏闕、子牟懷戀、心歸魏闕、還瞻魏闕、懷魏闕、志懸魏闕
二重關係	紫氣、紫氛、函關紫氣
同根變體	總角、總角之歲、總角之年
同根變體	談天、鄒辯談天
同根變體	走丸、逆阪以走丸

（續表）

變體組關係類別	石刻用典形式變體
同根變體	枕戈、枕戈而待旦、枕戈嘗膽
近義替換	無機、忘機
近義替換	浮杯、乘杯
同根變體	拔山、拔山之力
同音變體	薑菲、薑斐
二重關係	拔斾、拔幟、拔幟之功
二重關係	避驄、避馬、驄馬
取象差異	璧池、璧水、璧沼
取象差異	豹變、豹蔚
多重關係	潤玉、冰清、冰清玉潤、衛玉
多重關係	豎子、秦醫、膏肓之疾、二豎、二豎為災、膏肓、醫緩、兩童之慶
取象差異	卜洛、卜食
多重關係	不茹柔、不吐不茹、吐茹、剛柔
同根變體	橫流、滄海橫流
取象差異	濯滄浪、濯纓
多重關係	藏壑之舟、藏舟、藏舟徙壑、壑徙藏舟、徙藏舟於夜壑、徙藏舟之夜壑、藏舟遽驚其遷壑、藏舟去壑、藏舟貿壑、藏舟已運、藏舟之夜往、藏舟遂遠、藏舟既遠、藏舟夜徙、藏舟有謝、運彼藏舟、奄運藏舟、藏舟徙於大川、藏舟之夜失、藏舟遽移、藏舟驟徙、藏舟忽運、藏舟遽遠、藏舟忽謝、藏舟忽往、藏舟夜速、舟壑雲徙、舟壑推運、舟壑夜遷、舟壑夕遷、奄移舟壑、遽徙舟壑、徙舟壑、遷舟壑、潛移舟壑、舟壑雖改、痛藏舟壑、舟壑之運、化遷於舟壑、舟壑斯淪、舟壑之藏、舟壑遽遷、壑舟已往、壑舟夜徙、壑舟闇徙、大壑舟遷、壑舟奔夜、夜徙壑舟、壑

（續表）

變體組關係類別	石刻用典形式變體
	舟仍謝、壑舟夜驚、夜壑遷舟、夜壑之移舟、夜壑舟遷、夜壑俄遷、夜壑舟徙、夜壑移舟、夜壑默遷、夜壑舟移、夜壑兮移舟、夜壑舟隱、遷夜壑、舟遷夜壑、舟移夜壑、遷舟於夜壑、藏山遽移、藏山徙崿、藏山奄謝、藏山徙澤、藏山之聖、澤無藏山、藏山不留、藏山冥改、藏山遷壑、藏舟不固、藏舟不駐、藏舟靡固、藏舟匪固、藏舟未固、藏舟難固、巨壑藏舟、大壑藏舟、藏舟易遠、藏舟易淪、藏舟易往、藏舟易轉、藏舟易徙、藏舟易謝、藏舟易失、藏舟於壑、壑其藏舟、送藏舟而不輟、舟藏、舟藏夜壑、夜壑難藏、夜壑非保、夜壑、藏山、藏山易謝、藏山易往、藏山易負、藏山非固、不固藏山之澤、藏山靡固、靡固於藏山、藏山匪固、大澤藏山、
多重關係	澤不固於藏山、藏山潛運、藏壑、藏壑難留、藏壑易遷、遷藏壑之舟、舟壑、舟壑異徙、舟壑既遷、舟壑徂遷、舟壑之屢遷、舟壑遷改、舟壑遷亡、舟壑推遷、舟壑遷移、舟壑變遷、舟壑屢遷、舟壑有遷、舟壑推移、舟壑貿遷、舟壑之遽徙、舟壑移、舟壑忽遷、舟壑倏遷、舟壑或遷、舟壑易徙、舟壑難藏、舟壑易遷、舟壑之譏、舟壑互變、舟壑雖變、舟壑潛移、舟壑潛徙、舟壑之潛運、舟壑而潛移、舟壑潛運、舟壑之潛移、壑舟遽徙、壑舟俄往、壑舟俄徙、壑舟靡固、壑舟難駐、遽徙壑舟、壑舟易往、壑舟潛徙、壑舟、壑舟兮徙夜、舟遷去壑、舟去壑
取象差異	蟾桂、蟾輪、蟾魄
修飾關係	月桂、月中桂
多重關係	陳蕃之榻、陳蕃解榻、解榻、懸榻招賢、陳榻
多重關係	膠漆、投膠、投漆
同根變體	閉門投轄、投轄
多重關係	尋源、尋河、乘查、靈槎、客星、支機

（續表）

變體組關係類別	石刻用典形式變體
多重關係	裘馬、肥馬輕裘、肥輕
取象差異	遲光、遲日
取象差異	赤帝、赤龍
取象差異	汗血、赭汗
同根變體	出處、出處語默
多重關係	楚材晉用、晉用楚材、楚才晉用、楚材
多重關係	椿年、椿靈、椿齡、大椿、松椿之歲、靈椿
同根變體	大隱朝市之間、大隱、隱朝市
取象差異	顏氏庶幾、殆庶
取象差異	簞瓢、瓢飲、顏回
近義替換	當途、當路
多重關係	蔡邕倒屣、倒屣、伯喈倒屣、倒屣迎賓
二重關係	公儀之拔葵、拔葵去織、去織
同根變體	雕蟲、雕蟲小藝
多重關係	渡虎、浮虎、去獸之風、猛虎去、虎去
顛倒變體	斷腸、腸斷
多重關係	敦閱詩書、敦悅之風、敦閱、敦悅
取象差異	立年、逾立
取象差異	二陸、機雲
近義替換	二疏、兩疏
多重關係	藩維、垣翰、維翰、邦翰、翰屏、藩翰、屏翰、藩屏、維城、維城之志
近義變體	飛錫、振錫
同根變體	非煙非雲、非煙
取象差異	石席、匪席

（續表）

變體組關係類別	石刻用典形式變體
多重關係	風木之悲、風枝、風樹、風樹之思、風樹之悲、風樹之感
多重關係	靡然隨風、偃草從風、望風草靡、草偃風行、風動草偃、靡然、偃草、風行草偃、化偃風飆、草偃、靡然向風、偃風、德風、向風靡然
取象差異	長鋏之謠、彈鋏之嗟
多重關係	鳳沼、荀池、鳳池、浴鳳
近義替換	鳳紀、鳳歷
取象差異	浮生、浮休之理
取象差異	負荊之將、廉公屈體、廉藺
拆分組合	阜財、阜財解慍、解慍
多重關係	作霖、霖雨、巨川、濟巨川、巨川之舟楫
取象差異	火未改木、改火
同根變體	短綆汲深、短綆之詞
拆分組合	公才、公望、公才公望
多重關係	拱辰、拱極、拱北辰、拱北
同音變體	共敝、共弊
多重關係	綿綿瓜瓞、綿瓞、瓜瓞綿綿、瓜綿、瓜瓞
近義替換	解冠、掛冠、掛冕
二重關係	管見、管窺、窺管、
近義替換	龜印、龜章
同根變體	珪璋、珪璋特達
多重關係	唇齒、唇亡齒寒、輔車之勢
同根變體	鼓腹、鼓腹含哺
多重關係	和光同塵、和光、同塵、光塵
多重關係	枯鱗、枯魚、窮鱗、涸轍

（續表）

變體組關係類別	石刻用典形式變體
取象差異	赫斯之怒、赫怒
多重關係	衡門、飲泌棲衡、衡泌、泌丘
多重關係	漸鴻、鴻漸於儀、鴻漸於磐、鴻漸於郊、鴻漸於陸、鴻漸於原、鴻漸之儀、鴻漸臺階、漸鴻陸、鴻漸、鴻漸於干、鴻漸羽儀、鴻儀、鴻陸、羽儀
同根變體	瑚璉之器、瑚璉、瑚璉之宏材、器等瑚璉
多重關係	春冰、履尾之懼、履虎尾、蹈春冰
顛倒變體	怗恃、恃怗
近義替換	懷龍、懷蛟
多重關係	握槧懷鉛、鉛槧騰聲、懷鉛、磨鉛、握槧
多重關係	煥然冰釋、冰開、冰消、渙若冰消、渙乎冰釋、渙若冰釋、冰釋
多重關係	隗始、燕館、郭隗之榮、燕臺、隗臺
同音變體	灰管、灰琯
多重關係	擊壤鼓腹、擊壤、帝利、忘帝利、耕鑿
多重關係	激清、激濁揚清、激揚、揚清激濁、揚清、激揚濁清
近義替換	羈角、羈丱
取象差異	瓜時、及瓜
多重關係	在原之痛、鶺鴒、鴒原、鶺原、在原、在原之慮、在原之思、在原之切
二重關係	解劍之夫、掛劍、懸劍
多重關係	蹇蹇、蹇諤之志、蹇蹇匪躬、蹇連
同音變體	踐阼、踐祚
取象差異	蔣徑、三徑
近義替換	膠序、膠庠

（續表）

變體組關係類別	石刻用典形式變體
近義替換	金地、金田
同根變體	結金蘭、金蘭
近義替換	錦城、錦裏
同根變體	九原之可作、九原可作、九原不作、九原
修飾關係	蹐厚地、蹐地
注解變體	寒泉之思、寒泉
二重關係	康歌、康哉、賡歌
取象差異	朽索、馭朽
多重關係	弓裘、箕業、箕裘、克傳弓冶、克紹箕裘、家襲箕裘、為裘之美
多重關係	趨庭、鯉趨、過庭聞禮、過庭、過庭之訓、鯉庭、鯉對
取象差異	辨類懸河、辯注懸河
多重關係	澄清、攬轡、澄清之志、攬轡澄清
二重關係	承歡彩服、衣彩、斑衣 舐犢之情、舐犢
取象差異	雷解、雷雨作解
同根變體	登龍門、登龍
近義替換	蓮宇、蓮宮
同根變體	借箸成策、借箸
同根變體	虎踞龍左盤、虎踞
取象差異	履薄、履冰
修飾關係	洛陽才、洛陽才子
同根變體	三都紙貴、紙貴
多重關係	埋玉樹、玉樹長埋、玉樹埋柯、玉樹凋零、埋玉
多重關係	處囊、脫穎、耀穎、穎脫、穎曜錐囊、擢穎、穎出、錐囊

（續表）

變體組關係類別	石刻用典形式變體
多重關係	三遷之訓、孟裏擇遷、三遷、三徙、三徙擇鄰、孟母三徙、孟母徙宅、徙鄰、徙宅、擇鄰、孟母求鄰、徙鄰
二重關係	夢幻泡影、如泡如電、泡幻
二重關係	蘋蘋孤嗣、蘋孤、孤蘋
同根變體	莫逆之交、莫逆之友、莫逆
多重關係	鳳書、丹鳳銜詔、鳳詔、丹鳳
多重關係	玄豹之霧藏、霧隱、豹隱、霧藏、隱豹
多重關係	難兄難弟、難弟、難弟難兄、難兄、二難、元方季方
多重關係	收螢、集螢志學、聚螢積雪、聚螢之志、聚螢、聚螢映雪、囊螢、螢雪
多重關係	補天立極、立極補天、練石斷鼇、練石張天、練石補天
近義替換	狎鷗群、狎鳥
同根變體	潘楊、潘楊之睦
多重關係	板輿、版輿、潘輿、潘園、潘岳賦閒居之所
多重關係	攀龍附鳳、附鳳攀龍、攀鱗、攀鳳翼、攀鳳羽、附鳳
多重關係	烹魚、烹小鮮、亨鮮、亨鮮之術
近義替換	牝雞遂晨、牝雞晨鳴
取象差異	窮波暴鱗、鯨鯢曝鰓
同根變體	七步成篇、七步
多重關係	七剡、穿七剡、箭穿七剡、徹剡
多重關係	七擒七縱、七禽、七縱、七縱七擒
同音變體	歧嶷、岐嶷
二重關係	乞骸骨、乞骸、請骸骨
多重關係	崩城、城崩、杞婦之哀、杞婦崩城、崩城之泣、杞婦、杞妻

（續表）

變體組關係類別	石刻用典形式變體
多重關係	啟足啟手、啟手之言、啟足、啟手足、啟手、啟手啟足、啟全
二重關係	搴帷、褰帷、褰帷露冕
多重關係	潛龍、潛鱗、龍潛、潛靈
同音變體	切瑳、切磋
二重關係	青眸、青眼之交、垂青
同音變體	青箱、青緗
同根變體	青蠅構慝、青蠅
簡縮變體	色傾城國、傾國
多重關係	俯拾青紫、拾青紫、拾芥、拾地芥、拾紫、拾青
簡縮變體	勸善懲惡、懲勸
注解關係	讓畔之風、讓耕
多重關係	人琴俱死、人琴俱巳、子敬之琴亡、人琴並亡、人琴俱逝、共人琴而永絕、人琴俱亡、人琴遂往、人琴兩故、人琴巳矣、人琴之俱絕、人琴喪質、人琴莫存、人琴俱謝、亡琴之悲
顛倒變體	日來月往、日往月來
拆分組合	三墳、五典、三墳五典
二重關係	惟桑、維桑、桑梓
同根變體	垂衣馭宇、垂衣、垂衣裳
多重關係	鳲鳩、鳲鳩之均育、鳲鳩均養、均若鳲鳩、鳲鳩之德、鳲鳩之仁
同根變體	識微通變、識微
同根變體	食椹懷音、食椹泮林
二重關係	星使、使星、二星

（續表）

變體組關係類別	石刻用典形式變體
多重關係	驥足、士元驥足、龐統展驥、展驥
同根變體	勢如破竹、勢同破竹、破竹之勢、破竹
同根變體	懸磬之歎、室如懸磬
多重關係	逝川之歎、逝川、川逝、逝者如斯、逝水、逝波、不捨晝夜
同根變體	嗽流枕石、枕石漱流、漱流
近義替換	舞戚、舞干
多重關係	聚螢積雪、積雪、映雪、聚螢映雪、照雪
近義替換	隼、隼旗
二重關係	否終泰及、否終斯泰、否泰
同根變體	彈冠振纓、彈冠結綬、彈冠
多重關係	鄂鄂韡韡、常棣、韡韡跗萼、棠棣、跗萼重暉、棣萼、棣華、跗萼、華萼
取象差異	桃李不言、桃李成蹊
多重關係	佳城、滕公佳城見白日、滕城、滕室
近義替換	題輿、題車
取象差異	牛涔、蹄涔
同根變體	天驕子、驕子
注解變體	斷金之契、斷金
近義替換	泛梗、漂梗
多重關係	握髮、周公之吐哺、吐握、握髮吐飱、捉發、三吐
注解變體	吐鳳、吐鳳之才
多重關係	九阪、驅九折、九折險、九折路、旋驂於九折、叱馭、折阪
二重關係	人其魚、微禹之歎、為魚

（續表）

變體組關係類別	石刻用典形式變體
顛倒變體	維縶、縶維
多重關係	溫床扇枕、扇枕、扇席溫床、溫席、溫席扇枕、扇席、溫枕扇席
近義替換	嘗膽、銜膽
多重關係	返哺、烏鳥之志、烏哺之情、反哺之戀
注解變體	來蘇之望、來蘇
多重關係	席上稱珍、席珍、擿英席上、席上之珍、席上儒珍、席上珍、席上、擿英席上
多重關係	細柳之軍、細柳、細柳營、柳營
多重關係	攀丹桂、昆玉、桂枝、崑山片玉、攀桂樹、桂枝之第、片玉、攀桂枝、擢桂、郤桂之一枝、折桂、丹桂、比玉、桂枝、桂苑、東堂、得桂、丹枝
注解變體	下車、下車之始
多重關係	獻替、獻可替否、獻可替不、獻可、替否
簡縮變體	心印、心心相印
同根變體	薪盡、薪盡火滅
二重關係	熊軒、熊軾、熊車
同音變體	學殖、學植
二重關係	和鼎、調鼎、調梅
二重關係	飲河滿腹、飲河止滿、飲河期足
近義替換	雁池、雁沼
二重關係	雁信魚音、雁帛、雁信
多重關係	瓊樹、瑤林瓊樹、瓊枝、瑤林
同音變體	夜魚、夜漁
注解變體	一鳴驚人、一鳴

（續表）

變體組關係類別	石刻用典形式變體
多重關係	季布一言之諾、重一諾、一諾、一諾千金、言無二諾
近義替換	旬歲九遷、一日九遷
注解變體	飲羊之欺、飲羊
同音變體	擁彗、擁篲
同音變體	有於、友於
二重關係	賈余勇、賈勇、餘勇
取象差異	方輿、地輿
多重關係	炎火焚玉、火炎昆阜、玉石同銷、玉石同粉、玉石同焚、火炎琬琰、玉石俱焚
注解變體	在三、在三之義
二重關係	掌上珠、掌珠、明珠在掌
多重關係	曳履廊廟、曳履之響、曳履之聲、尚書曳履、漢皇識履、曳履
同根變體	知命、知命之紀、知命之秋、知命之年
取象差異	脂膏不惑、脂膏不潤
二重關係	直如絲繩、直弦之論、直如弦
同根變體	黜幽陟明、陟明
多重關係	函谷棄繻、終軍之弱歲、終軍誕秀、終軍之歲、終童少穎、終軍之請纓、棄繻、請長纓、請纓、終童
多重關係	鐘鳴漏短、漏盡鐘鳴、更窮漏盡、鐘鳴漏盡、鍾漏
近義替換	攀檻、折檻
多重關係	貪泉必酌、酌泉、酌貪泉、酌水、貪水
近義替換	鶉衣、鶉服
同根變體	三篋不忘、河東之三篋、富平之三篋、學窮三篋、三篋、張誦三篋、三篋五車之義

（續表）

變體組關係類別	石刻用典形式變體
多重關係	梁鴻妻、梁鴻、德耀之齊眉、德曜、舉案齊眉、鴻妻、伯鸞、齊眉舉食、孟光、孟婦、齊眉
同根變體	麥秀兩岐、兩岐興詠、兩岐之詠、兩岐著美
同根變體	白眉皆良、白眉之目、白眉
多重關係	五行、五行之目、俱下於五行、五行壹目、五行俱下、世叔之一覽五行、五行一覽、應氏之五行、汝南之五行、一覽五行
同根變體	顏回之陋巷、顏氏之陋巷、陋巷、陋巷卜居
注解關係	生芻、生芻之禮
同根變體	束帛丘園、賁於丘園、束帛之禮、束帛、束帛之征
同根變體	伐枳興詠、伐枳、伐枳流詠、伐枳之詠、伐枳於是興謠
同根變體	含香之業、含香伏奏、含香之臣
同根變體	薰衣粉署、粉署
多重關係	繡衣使者、繡衣之任、繡衣之榮、繡衣、繡衣之使、繡衣直指、持斧、繡衣
同根變體	鷹鸇之心、鷹鸇、鷹鸇之逐鳥雀
同音變體	伐檀、筏檀
同根變體	八柱、八柱承天
同根變體	留犢、留犢之愛、賣刀留犢、留犢縣魚、掛床留犢
取象差異	空谷、白駒
多重關係	班扇、詩裁秋扇、團扇、月扇
同根變體	應標梅、標梅、標梅之節、標梅之詠
二重關係	五斗、斗粟、折腰
多重關係	孤竹、孤竹之操、食薇之心、首陽、夷齊、夷叔、周粟
多重關係	制錦、美錦、操割、操刀、裁錦

（續表）

變體組關係類別	石刻用典形式變體
多重關係	鳳去秦樓、鳳去簫臺、乘鸞、吹簫、鳳樓、鳳曲、鳳去秦臺、鳳臺、鳳簫、秦臺、弄玉、鳳下秦樓、秦女、秦樓翔鳳、秦簫
二重關係	疇庸、疇諮、疇諮可庸
取象差異	輟相、輟舂
取象差異	弔鶴之賓、鶴弔
同根變體	眾醉獨醒、獨醒
二重關係	滅學、焚書坑儒、秦坑
多重關係	斗牛之氣、靈出劍池，貫斗牛而騰氣、別紫氣於斗牛、酆城劍、酆城雙劍、酆城之氣、劍合蛟龍、劍氣沖星、劍飛、匣劍、雙龍、雙劍、延津、龍沉
同根變體	蔀家之昧、豐屋蔀家
多重關係	風雲之志、風雲、風雲感會、從龍、龍虎風雲、龍見、龍虎、雲龍
取象差異	舞鳳、鳳雛
取象差異	鳴鳳、鳳條
取象差異	宮牆、及肩、牆仞
多重關係	干將、干將莫耶、干鏌、鏌鋣
取象差異	功成身退、功成名遂
取象差異	地維、天柱
取象差異	顧復、長育、鞠育
取象差異	鮑叔之知我、管鮑
二重關係	花縣、潘河陽、潘令
同根變體	九皋、鶴唳九皋
同根變體	四鳥悲林、四鳥

（續表）

變體組關係類別	石刻用典形式變體
取象差異	雀環、銜環
多重關係	鳳德、狂歌、歎鳳、歌鳳
取象差異	緇塵、素衣
多重關係	鏡鸞、孤鸞、孤鸞舞鏡、鸞鏡、鏡中鸞、青鸞
取象差異	九畹、九蘭
取象差異	耦耕、沮溺
二重關係	夢鈞天、鈞天、九奏
取相差異	相圃、矍相
二重關係	幼婦、幼婦外孫、色絲
取象差異	肯堂、堂構
取象差異	咳唾、珠璣
近義替換	魯壁、魯室
二重關係	竊吹、吹竽、南郭
二重關係	梁苑、兔苑、梁園
近義替換	墨沼、墨池
取象差異	嶰谷、嶰竹、伶倫
近義替換	赤松游、追赤松
取象差異	陸海、潘江
取象差異	夢鳥、吞鳥
多重關係	南陔、採蘭、陔蘭、循陔、蘭陔
取象差異	八駿、赤驥
近義替換	拱樹、拱木
近義替換	蘋蘩、蘋藻
取象差異	披霧、水鏡

（續表）

變體組關係類別	石刻用典形式變體
取象差異	蓬萊、蓬閣
取象差異	芝室、芝蘭室
取象差異	市駿、駿骨
取象差異	三刀、夢刀
多重關係	商山四皓、商顏、四皓、園綺
取象差異	素王、素臣、素文
同根變體	綢繆牖戶、綢繆
二重關係	阮公南巷、阮巷、北阮
取象差異	鶂舟、畫鶂
取象差異	周鼎、定鼎、問鼎
同根變體	五侯、五侯七貴
取象不同	希微、希夷
取象差異	象闕、象魏
取象差異	鑿坯、鑿壞
同根變體	一麾出守、一麾
近義替換	堯年、堯天
近義替換	瑞馬、玉馬
多重關係	月桂、桂宮、桂輪、桂影、桂魄
同根變體	智周、智周萬物
同根變體	周南留滯、周南

參考文獻

一 著作

〔漢〕班固 《漢書》 中華書局 1962年

〔漢〕許慎 《說文解字》 中華書局 1963年

〔漢〕司馬遷 《史記》 中華書局 1982年

〔漢〕劉安 《淮南子》 上海古籍出版社 1989年

〔漢〕劉向 《列仙傳》 上海古籍出版社 1990年

〔漢〕劉向 《戰國策》 上海古籍出版社 1998年

〔漢〕劉向撰 劉曉東校點 《列女傳》 遼寧教育出版社 1998年

〔漢〕劉向、劉歆撰 〔清〕姚振宗輯錄 鄧駿捷校補 《七略別錄佚文》 上海古籍出版社 2008年

〔漢〕劉珍等撰 吳樹平校注 《東觀漢記》 中華書局 2008年

〔魏〕王肅注 《孔子家語》 上海古籍出版社 1990年

〔晉〕陳壽 《三國志》 中華書局 1982年

〔晉〕王嘉 《拾遺記》 中華書局 1981年

〔晉〕葛洪 《神仙傳》 中華書局 1991年

〔晉〕葛洪撰 周天遊校注 《西京雜記》 三秦出版社 2006年

〔晉〕干寶撰 汪紹楹校注 《搜神記》 中華書局 1979年

〔晉〕陶淵明撰 曹明綱標點 《陶淵明全集》 上海古籍出版社 1998年

〔南朝宋〕范曄 《後漢書》 中華書局 1965年

〔南朝宋〕劉義慶撰、〔南朝梁〕劉孝標注、余嘉錫箋疏　《世說新語箋疏》　中華書局　2007年

〔南朝齊梁〕劉勰　《文心雕龍》　中華書局　1986年

〔南朝梁〕沈約　《宋書》　中華書局　1974年

〔南朝梁〕蕭統　《文選》　上海古籍出版社　1986年

〔南朝梁〕宗懍撰　譚麟譯注　《荊楚歲時記譯注》　湖北人民出版社　1985年

〔南朝梁〕鍾嶸撰　古直箋　《詩品》　上海古籍出版社　2007年

〔唐〕歐陽詢撰　汪紹楹校　《藝文類聚》　上海古籍出版社　1999年

〔唐〕房玄齡　《晉書》　中華書局　1974年

〔唐〕李延壽　《北史》　中華書局　1974年

〔唐〕李延壽　《南史》　中華書局　1975年

〔唐〕徐堅等撰　《初學記》　中華書局　1962年

〔唐〕虞世南　《北堂書鈔》　學苑出版社　1998年

〔後晉〕劉昫　《舊唐書》　中華書局　1975年

〔宋〕郭茂倩　《樂府詩集》　中華書局　1979年

〔宋〕薛居正等撰　《舊五代史》　中華書局　1976年

〔宋〕李昉等撰　《太平御覽》　中華書局　1960年

〔宋〕李昉　《太平廣記》　大眾文藝出版社　1999年

〔宋〕王安石撰，秦克、鞏軍校點　《王安石全集》　上海古籍出版社　1999年

〔宋〕陸佃撰，王敏紅校點　《埤雅》　浙江大學出版社　2008年

〔元〕脫脫等撰　《宋史》　中華書局　1977年

〔明〕楊慎　《升菴全集》　商務印書館　1937年

〔清〕紀昀等編撰　《文淵閣四庫全書》　上海古籍出版社　2003年

〔清〕郭慶藩　《莊子集釋》　中華書局　2004年

〔清〕焦循　《孟子正義》　中華書局　1987年

〔清〕段玉裁　《說文解字注》　上海古籍出版社　1981年

〔清〕楊倫箋注　《杜詩鏡銓》　上海古籍出版社　1998年

〔清〕王先慎　《韓非子集解》　中華書局　1998年

〔清〕董誥等編撰　《全唐文》　上海古籍出版社　1990年

〔清〕嚴可均　《全上古三代秦漢三國六朝文》　中華書局　1958年

〔清〕袁枚撰　顧學頡校點　《隨園詩話》　人民文學出版社　1982年

〔日〕小野玄妙等編校　《大正新修大藏經》　〔臺北〕佛陀教育基
　　　金會　1990年

游國恩　《中國文學史》　人民文學出版社　1964年

陳望道　《修辭學發凡》　上海教育出版社　1976年

范祥雍　《洛陽伽藍記校注》　上海古籍出版社　1978年

江蘇廣陵古籍刻印社　《筆記小說大觀》　江蘇廣陵古籍刻印社
　　　1983年

臺北新興書局　《筆記小說大觀叢刊33編》　新興書局　1983年

郭紹虞編選　富壽蓀校點　《清詩話續編》　上海古籍出版社　1983年

胡樸安　《中國文字學史》　北京市中國書店　1983年

杜松柏編　《尚書類聚初集》〔共八冊〕　新文豐出版公司　1984年

銀雀山漢墓竹簡整理組　《銀雀山漢墓竹簡》　文物出版社　1985年

王國良　《續齊諧記研究》　〔臺北〕文史哲出版社　1987年

汪榮寶　《法言義疏》　中華書局　1987年

裘錫圭　《文字學概要》　商務印書館　1988年

潘允中　《漢語詞彙史概要》　上海古籍出版社　1989年

蔣紹愚　《古漢語詞彙綱要》　北京大學出版社　1989年

成偉鈞等　《修辭通鑒》　中國青年出版社　1991年

趙　超　《漢魏南北朝墓誌彙編》　天津古籍出版社　1991～1992年

周紹良　《唐代墓誌彙編》　上海古籍出版社　1992年

王利器　《顏氏家訓集解》　中華書局　1993年

臧克和　《說文解字的文化說解》　湖北人民出版社　1994年

周光培　《宋代筆記小說》　河北教育出版社　1995年

臧克和　《中國文字與儒學思想》　廣西教育出版社　1996年

劉志基　《漢字文化綜論》　廣西教育出版社　1996年

金開誠、董洪利、高路明　《屈原集校注》　中華書局　1996年

臧克和　《尚書文字校詁》　上海教育出版社　1999年

周紹良、趙超　《唐代墓誌彙編續集》　上海古籍出版社　2001年

葛兆光　《中國思想史》　復旦大學出版社　2001年

葛本儀　《現代漢語詞彙學》　山東人民出版社　2001年

唐　蘭　《中國文字學》　上海古籍出版社　2001年

王元鹿　《比較文字學》　廣西教育出版社　2001年

葛兆光　《古代中國社會與文化十講》　清華大學出版社　2002年

臧克和、王平　《說文解字新訂》　中華書局　2002年

顏吾芟　《中國歷史文化概論》　北方交通大學出版社　2002年

羅維明　《中古墓誌詞語研究》　暨南大學出版社　2003年

許輝、李天石　《六朝文化概論》　南京出版社　2003年

羅常培　《語言與文化》　北京出版社　2004年

張岱年、方克立　《中國文化概論》　北京師範大學出版社　2004年

王　力　《漢語史稿》　中華書局　2004年

羅積勇　《用典研究》　武漢大學出版社　2005年

《中華再造善本》編纂出版委員會編　《中華再造善本》　北京圖書
　　　　館出版社　2006年

錢鍾書　《管錐編》　三聯書店　2007年

萬繩楠　《魏晉南北朝文化史》　東方出版中心　2007年

尚學鋒、夏德靠譯注　《國語》　中華書局　2007年

臧克和　《中古漢字流變》　華東師範大學出版社　2008年

唐子恒　《漢語典故詞語散論》　齊魯書社　2008年

李興和　《袁宏〈後漢紀〉集校》　雲南大學出版社　2008年

吳樹平　《東觀漢記校注》　中華書局　2008年

姚美玲　《唐代墓誌詞彙研究》　華東師範大學出版社　2008年

許維遹　《呂氏春秋集釋》　中華書局　2009年

毛遠明　《漢魏六朝碑刻校注》　線裝書局　2009年

陳鼓應　《老子注譯及評介》　中華書局　2009年

王國軒、王秀梅譯注　《孔子家語》　中華書局　2009年

俞志慧　《〈國語〉韋昭注辯正》　中華書局　2009年

北京圖書館金石組編　《北京圖書館藏中國歷代石刻拓本彙編》　中州古籍出版社　1989年

中國文物研究所、河南省文物考古研究所編　《新中國出土墓誌》文物出版社　河南卷壹　1994年

中國文物研究所、陝西省古籍整理辦公室編　《新中國出土墓誌》文物出版社　陝西卷壹　2000年

高峽主編　《西安碑林全集》　線裝書局　2000年

中國文物研究所、重慶博物館編　《新中國出土墓誌》　文物出版社重慶卷　2002年

中國文物研究所、河南省文物考古研究所編　《新中國出土墓誌》文物出版社　河南卷貳　2002年

中國文物研究所、陝西省古籍整理辦公室編　《新中國出土墓誌》文物出版社　陝西卷貳　2003年

二 期刊論文

管錫華 〈論典故詞語及其使用特點和釋義方法〉 《安徽大學學報（哲學社會科學版）》 1995年第1期年

張履祥 〈典故‧典故系列和典故辭典的編纂〉 《辭書研究》 1996年第4期年

蔡正時、蔡正序 〈「典故」詮釋中的蛇足〉 《語文學習》 1996年第10期年

王光漢 〈論典故詞的詞義特徵〉 《古漢語研究》 1997年第4期年

朱學忠 〈典故研究之我見〉〔哲學社會科學版〕 《淮北煤師院學報》 1999年第2期年

袁世全 〈典故辭典總體設計的一個探索——十一論辭書框架： 關於「兩無兩有」的立目原則〉 《安徽教育學院學報》 2000年第1期年

臧克和 〈「句樣」劄移〉 《北方論叢》 2001年第1期年

吳直雄 〈典故界定多歧義《辭海》定義應遵循——論典故的定義〉 《南昌大學學報（人社版）》 2003年第5期年

王 琪 〈從典故看中國古代的隱士文化〉 《渭南師範學院學報》 2004年第1期年

羅積勇 〈典故的典面研究〉 《湖北師範學院學報（哲學社會科學版）》 2005年第4期年

郭善芳 〈典故的認知模式〉 《貴州大學學報（社會科學版）》 2005年第5期年

唐雪凝、丁建川 〈典故詞語的文化內涵〉 《畢節師範高等專科學校學報》 2005年第6期年

郭　蓉　〈典故研究文獻綜述〉〔社會科學版〕　《上饒師範學院學
　　　　　報》　2006年第2期年

臧克和　〈結構的整體性〉　《語言文字應用　2006年第3期年

徐成志　〈《漢語大詞典》典故條目訛誤評析〉　《皖西學院學報》
　　　　　2006年第12期年

郭　蓉　〈典故研究的理論與方法概談〉　《學術論壇理論月刊》
　　　　　2006年第8期年

臧克和　〈唐抄本字書所存楷字字跡關係選析〉　《古漢語研究》
　　　　　2007年第2期年

臧克和　〈書體發展與文體自覺──魏晉南北朝書體發展的社會因素
　　　　　及社會功能〉　《學術月刊》　2007年第3期年

臧克和　〈楷字的時代性〉　《中國文字研究》　2007年第8輯年

臧克和　〈楷字的區別性〉　《中國文字研究》　2007年第9輯年

賈齊華　〈典故研究三題〉　《鄭州大學學報（哲學社會科學版）》
　　　　　2008年第9期年

臧克和　〈篆隸萬象名義體例及其價值〉　《中國文字研究》　2008
　　　　　年第10輯年

中華文化思想叢書 A0100021

魏晉南北朝隋唐五代石刻用典研究　下冊

作　　者	徐志學
責任編輯	蔡雅如
發 行 人	陳滿銘
總 經 理	梁錦興
總 編 輯	陳滿銘
副總編輯	張晏瑞
編 輯 所	萬卷樓圖書股份有限公司
排　　版	林曉敏
印　　刷	百通科技股份有限公司
封面設計	斐類設計工作室

出　　版　昌明文化有限公司

桃園市龜山區中原街 32 號

電話 (02)23216565

發　　行　萬卷樓圖書股份有限公司

臺北市羅斯福路二段 41 號 6 樓之 3

電話 (02)23216565

傳真 (02)23218698

電郵 SERVICE@WANJUAN.COM.TW

大陸經銷

廈門外圖臺灣書店有限公司

　　電郵 JKB188@188.COM

ISBN 978-986-92892-9-0

2016 年 4 月初版

定價：新臺幣 340 元

如何購買本書：

1. 劃撥購書，請透過以下郵政劃撥帳號：

　　帳號：15624015

　　戶名：萬卷樓圖書股份有限公司

2. 轉帳購書，請透過以下帳戶

　　合作金庫銀行 古亭分行

　　戶名：萬卷樓圖書股份有限公司

　　帳號：0877717092596

3. 網路購書，請透過萬卷樓網站

　　網址 WWW.WANJUAN.COM.TW

大量購書，請直接聯繫我們，將有專人為您
服務。客服：(02)23216565 分機 10

如有缺頁、破損或裝訂錯誤，請寄回更換

版權所有·翻印必究

Copyright©2016 by WanJuanLou Books CO., Ltd.

All Right Reserved　　　　**Printed in Taiwan**

國家圖書館出版品預行編目資料

魏晉南北朝隋唐五代石刻用典研究 ／ 徐志學
著. -- 初版. -- 桃園市：昌明文化出版；臺北
市：萬卷樓發行, 2016.04

　冊；　　公分. -- (中華文化思想叢書)

ISBN 978-986-92892-9-0(下冊 ： 平裝)

1.漢語文字學 2.中國文字

802.2　　　　　　　　　　　105003035

本著作物經廈門墨客知識產權代理有限公司代理，由上海交通大學出版社有限公司授
權萬卷樓圖書股份有限公司出版、發行中文繁體字版版權。